PERSONNE NE MEURT
À LONGYEARBYEN

Morgan Audic

PERSONNE NE MEURT À LONGYEARBYEN

ROMAN

Albin Michel

À ma première lectrice.
Merci de m'avoir transmis le goût des livres.

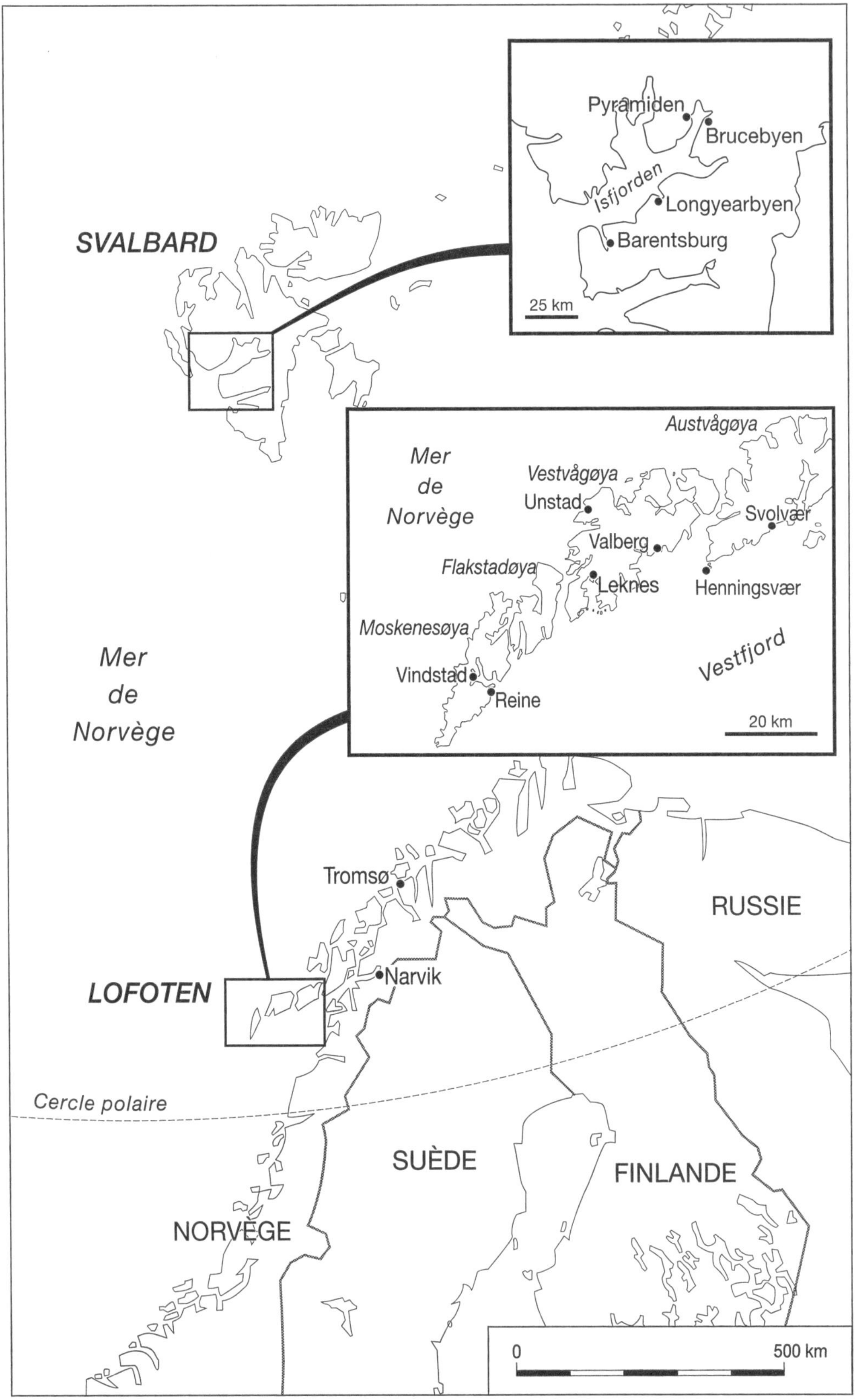

SVALBARD
Pyramiden
Brucebyen
Isfjorden
Longyearbyen
Barentsburg
25 km
Austvågøya
Mer de Norvège
Vestvågøya
Unstad
Svolvær
Valberg
Flakstadøya
Leknes
Henningsvær
Moskenesøya
Vestfjord
Vindstad
Reine
20 km
Mer de Norvège
Tromsø
RUSSIE
LOFOTEN
Narvik
Cercle polaire
SUÈDE
FINLANDE
NORVÈGE
0
500 km

I

1

L'aéroport de Longyearbyen, la dernière ville avant le pôle Nord.

Lottie Sandvik se gara sur le parking, entre deux voitures aux pare-brise aveuglés par la neige. Il faisait moins quinze degrés et elle retarda encore un instant le contact avec l'air glacé en s'allumant une dernière cigarette. Sur le siège passager, son téléphone mitraillait des notifications. Des amis, des collègues en congé, le journal local. Tout le monde savait déjà. Parmi les messages, un de Jørn Røst, son supérieur, s'affichait encore sur l'écran. *Le corps est dans un sale état. Prépare-toi.*

Longue bouffée de tabac, shoot de nicotine, léger vertige, frisson. Son regard accrocha le panneau triangulaire à l'entrée de l'aéroport. Bord rouge pour signaler un danger. Silhouette d'ours blanc sur fond noir. *Attention aux ours polaires.*

Ces foutus ours, songea-t-elle en recrachant nerveusement la fumée. Il y en avait presque trois cents dans l'archipel, pour un peu moins de trois mille habitants. Gamine, elle avait appris à vivre avec leur présence. Ils pouvaient être n'importe où, invisibles, tapis dans la neige, sans que vous n'en ayez jamais conscience. Même à quelques centaines de mètres de vous. Un prédateur patient, avec lequel les humains devaient partager le sommet de la pyramide alimentaire.

Depuis qu'elle avait quitté la brigade criminelle d'Oslo pour entrer dans les services de police du gouverneur du Svalbard, presque deux ans plus tôt, une partie de son job consistait à faire en sorte que la cohabitation avec les ours se passe le mieux possible, en ayant toujours en tête que le pire pouvait arriver.

Comme aujourd'hui.

Elle écrasa son mégot dans le cendrier et récupéra son fusil dans le coffre. Dans le hall de l'aéroport, une petite foule frileuse attendait devant le tapis roulant que les bagages soient déchargés de l'avion. Les passagers du vol Tromsø-Longyearbyen, la seule liaison régulière entre le Spitzberg, la plus grande île de l'archipel, et le reste de la Norvège continentale. Un mélange de résidents blasés, qui enfilaient à la va-vite des couches de vêtements chauds avant d'affronter le climat polaire, et de touristes prenant des selfies devant l'ours blanc empaillé qui dominait le carrousel.

Personne ne lui prêta attention, malgré le fusil qu'elle portait en bandoulière. La plupart des gens savaient qu'au Svalbard les habitants devaient porter une arme quand ils quittaient les villes. Et puis pour tout dire, c'était à peine si on la remarquait, avec sa petite taille et sa silhouette mince. Regard bleu, mèches de cheveux blonds qui glissaient sous son bonnet, elle avait le teint très pâle de ceux qui ont été sevrés trop longtemps de soleil. À Longyearbyen, il disparaissait totalement de novembre à fin janvier. *Mørketid.* L'hiver polaire. Plus de trois mois sans autre lumière que celle des éclairages électriques et des aurores boréales verdâtres. La période la plus déprimante de l'année. Mais depuis quelques jours, la lumière était revenue dans l'archipel. Un fragile crépuscule teintait d'indigo le flanc des montagnes. Presque rien pour ceux qui arrivaient du continent. Un incendie bleu pour les locaux.

Sur la piste d'atterrissage, le Super Puma, l'hélicoptère utilisé par le gouverneur pour les secours, déchargeait un groupe de volontaires de la Croix-Rouge de retour du lieu de l'accident. Visages fermés, démarche lasse. Des serpentins de neige soufflés par le vent butaient contre leurs bottes tandis qu'ils traversaient le tarmac en frissonnant.

Lottie crut déceler de la peur dans le regard de certains. Peut-être qu'elle se faisait des idées. Qu'elle projetait sur eux ses propres inquiétudes.

Elle s'installa dans l'appareil, qui décolla presque aussitôt dans un boucan effroyable. Des paysages familiers se mirent à défiler dans le hublot. Les pylônes dénudés de l'ancienne ligne de transport de charbon qui reliait la ville et le port. Les constellations déchues de lampadaires, le long des routes du centre-ville. Et puis très vite, la longue déchirure des fjords coagulés de glace et les vastes terres sauvages du Spitzberg, une houle infinie de crêtes rocheuses et de vallées enneigées. Une arène taillée pour des trolls et des géants, certainement pas pour les hommes.

On était loin des rues étroites, des parkings mesquins et des friches industrielles où elle avait bossé pendant des années. Elle se dit que l'inconnu du fjord serait le premier cadavre qu'elle allait voir depuis Oslo. Des souvenirs enfouis remontèrent brutalement à la surface. Une gamine battue à mort par son ancien petit ami. Un dealer au crâne défoncé en pleine rue par un junkie. Des cadavres boursouflés repêchés dans le fjord. Des images crues de jeunes assassinés se mirent à tourner en boucle dans sa tête sans qu'elle puisse les arrêter.

Sans prévenir, un orage silencieux éclata dans son corps. Tremblements, cœur qui accélère. Envie de vomir. *Pas maintenant, non, pas maintenant.* La vibration des rotors, les secousses de la carlingue. Elle eut l'impression, non, la certitude qu'elle allait mourir là, tout de suite, dans la cabine dont les parois rétrécissaient déjà. Elle retira ses gants qui tombèrent mollement au sol, puis chercha frénétiquement dans ses poches son médicament. Elle y avait forcément pensé. Même dans l'urgence du départ.

Enfin, dans une poche intérieure, la délivrance. Un cachet d'anxiolytique qu'elle avala avec empressement. Elle ferma les yeux. Pendant un temps infini, elle eut l'impression d'être sous l'eau. Une eau glacée qui montait jusqu'à sa gorge, son menton, à la limite de ses lèvres, et qui menaçait de la submerger au moindre mouvement qu'elle faisait.

Puis une voix crachota dans son casque :

– On est arrivés.

2

Une lueur pourpre pulsait dans les hublots quand elle ouvrit les yeux. Une fusée de détresse, loin sous l'appareil, qui faisait palpiter la neige comme une chair blessée. L'hélicoptère se posa tout à côté.

Lottie s'essuya le front et inspira profondément. D'après sa montre, quinze minutes s'étaient écoulées. Pour elle, la crise avait duré une éternité. La relativité du temps. Ça l'avait toujours frappée, à l'époque où ses crises d'angoisse étaient plus régulières. *Ressaisis-toi.* Elle détacha sa ceinture, ramassa ses gants et ouvrit la porte coulissante de l'hélicoptère.

Le vent froid lui remit les idées en place. Le Super Puma s'était posé à une centaine de mètres d'un groupe de quatre cabanes. Elle comprit qu'elle était à Brucebyen, un ancien campement de mineurs écossais abandonné au début du vingtième siècle. Derrière, on devinait la forme massive du Nordenskiöld, le glacier qui bordait le fjord. Dans le crépuscule finissant, on aurait dit une gigantesque vague figée juste avant de tout engloutir.

Le temps qu'elle récupère son fusil dans la trappe arrière, la silhouette massive de Thor Kristiansen, son collègue au poste de police de Longyearbyen, était apparue dans la lumière des feux d'atterrissage. Regard droit, allure athlétique, il portait un manteau d'hiver de la police frappé des armoiries de l'archipel.

À en juger par le givre qui avait pris dans ses sourcils et son épaisse barbe de Viking, ça faisait déjà un bon moment qu'il était sur place.

– Alors comme ça, Jørn a réquisitionné la superflic d'Oslo ? lui lança-t-il alors qu'elle le rejoignait.

– Ouais. Harry Hole n'était pas dispo, répondit-elle du tac au tac.

Thor esquissa un franc sourire à l'évocation du flic le plus célèbre de Norvège. Tous les deux savaient que Jørn n'avait pas vraiment eu le luxe de choisir : le district de police du Svalbard ne comptait que douze agents pour un territoire grand comme l'Irlande. En temps normal, c'était largement assez pour expédier les affaires courantes de l'archipel : le bureau du gouverneur traitait moins de deux cents enquêtes dans l'année. L'équivalent de quelques semaines de boulot dans un gros commissariat du continent.

– Où est le corps ? demanda-t-elle.

– Sur la plage.

Thor se dirigea vers les cabanes et elle lui emboîta le pas. Le vent charriait dans son sillage de minuscules flocons de neige soufflés depuis la réserve ornithologique des Gåsøyane, invisible dans la demi-pénombre bleutée à l'autre bout du fjord. Chaque printemps, des oiseaux migrateurs allaient nicher là-bas, eiders, fulmars boréaux, bernaches nonnettes et guillemots de Brünnich. C'était comme si la brise avait décroché le duvet de leurs nids abandonnés pour l'éparpiller jusqu'ici.

– Un peu trop arrosée, ta soirée ? demanda soudain Thor.

La question la prit par surprise.

– Quoi ? Non, pourquoi ?

– Tu as une mine horrible.

Elle fuit son regard rieur. Il n'était pas au courant pour ses crises d'angoisse. Personne dans les services du gouverneur n'était au courant. Et elle espérait bien que ça continuerait ainsi.

– J'ai pas beaucoup dormi. C'est tout, mentit-elle.

– Un nouveau copain ? demanda Thor, un sourire aux lèvres.

– Et si tu me faisais un topo sur l'accident… au lieu d'enquêter… sur ma vie privée ? répondit-elle d'un ton agacé.

Les grandes enjambées de Thor lui volaient son souffle. Sportif accompli, son collègue avait déjà fait deux fois la Birkebeiner rennet, la course reine des épreuves de ski de fond. Une course d'une cinquantaine de kilomètres avec sur le dos un sac de trois kilos et demi, représentant le poids d'un nouveau-né. Et pas n'importe lequel : Håkon Håkonsson, héritier du trône de Norvège, sauvé par deux Vikings d'après les sagas nordiques. On ne faisait pas plus norvégien. À part peut-être le championnat de course de rennes, quand des skieurs de toute la Laponie dévalaient la route principale de Tromsø, deux par deux, dans une sorte de *Fast and Furious* nordique.

– Il y a environ une heure et demie, deux gardiens de Pyramiden ont déclenché une balise de secours là où on se trouve actuellement, commença Thor. J'étais en train de faire des dépistages d'alcoolémie sur la route de l'aéroport, quand Jørn m'a appelé. Une demi-heure plus tard, on atterrissait ici. Les deux gardes nous attendaient, frigorifiés. Aucun ne parle l'anglais ou le norvégien, mais ils nous ont amenés au corps de la victime et on a vite compris ce qu'il s'était passé.

– Une attaque d'ours, dit-elle, comme s'il attendait une réponse. Qu'est-ce que les Russes faisaient ici ?

Pyramiden se trouvait de l'autre côté du fjord, à une dizaine de kilomètres à vol d'oiseau. C'était une ville minière abandonnée qui n'était habitée l'hiver que par quelques Russes qui gardaient les bâtiments déserts et faisaient tourner un hôtel-bar-restaurant où s'arrêtaient parfois les touristes en randonnée dans le secteur.

– Ils faisaient une ronde quand ils ont vu la motoneige, dit-il en pointant du doigt une Yamaha abandonnée près des baraques en bois. Ça leur a semblé bizarre, alors ils sont venus voir.

– Ils ont assisté à l'attaque ?

– Non. Enfin, c'est ce que j'ai compris avant que mon téléphone ne tombe en panne. On a communiqué via des traducteurs, jusqu'à ce que les batteries lâchent à cause du froid.

Elle comprenait mieux pourquoi Jørn l'avait débauchée elle plutôt qu'un autre de ses collègues : c'était la seule de son équipe à parler russe.

– Quand ils sont arrivés, ils ont trouvé l'ours en train de bouffer le cadavre de la victime, reprit Thor.

– Ils l'ont abattu ?

– Non. Ils ont tiré en l'air et ça l'a fait fuir. D'après ce qu'ils ont dit, l'ours serait parti en direction du glacier. On a fait plusieurs survols en hélicoptère, mais on n'a pas encore réussi à le retrouver.

Les attaques d'ours étaient rares au Svalbard. Surtout les attaques mortelles. Mais les contacts avec eux devenaient de plus en plus fréquents dans l'Arctique. À cause du réchauffement climatique, d'abord. Chaque année, la banquise reculait et la chasse au phoque se complexifiait pour les ours polaires. Ils avaient donc tendance à s'approcher de plus en plus des endroits occupés par les humains pour y trouver de quoi se nourrir. Et puis il y avait le tourisme, en plein essor dans l'archipel, qui amenait des hordes de curieux au cœur de leur territoire.

Au final, la question n'était pas de savoir s'il allait y avoir une autre attaque, mais plutôt de savoir quand elle allait survenir.

En arrivant à la hauteur de la motoneige, Lottie constata que la selle avait été complètement lacérée. Elle avait déjà vu ça. Les ours adoraient mâchonner la garniture en mousse synthétique. Il devait y avoir un truc chimique là-dedans qui les excitait. L'animal avait aussi retourné le contenu de la remorque accrochée à l'engin, renversant bidons d'essence, caisse d'outils et matériel de survie pour éventrer les cantinières contenant les provisions.

– La victime… on sait qui c'est ? demanda Lottie, de plus en plus essoufflée.

– Agneta Sørensen, vingt-six ans, originaire de Tromsø. Le visage est très abîmé, mais on a pu l'identifier avec la plaque de sa motoneige.

– Qu'est-ce qu'elle faisait ici ?

– Ici à Brucebyen, ou ici au Svalbard ?

– Commence par le Svalbard.

– Doctorat en biologie arctique. Elle étudiait à l'UNIS.

L'université du Svalbard. La fac la plus au nord du monde, comme à peu près tout ce qu'on trouvait dans l'archipel.

– Les parents ont été prévenus ?

– Jørn s'en occupe.

Lottie sentit son cœur se serrer. Loin de Longyearbyen, il y avait une famille qui ne savait pas encore que le malheur allait s'abattre sur elle.

Elle ferma les poings. *Allez, fais ton job.*

– Et on sait ce qu'elle faisait à Brucebyen ?

– Il faut qu'on vérifie avec l'université, mais on pense qu'elle était là pour la baleine.

– La baleine ?

3

Les cabanes de Brucebyen donnaient sur une petite plage qui bordait le fjord. Quand ils dépassèrent la dernière bâtisse, Lottie découvrit la scène la plus improbable de toute sa carrière de flic.

Un puissant projecteur portatif éclairait un corps allongé sur la neige, horriblement mutilé. À quelques mètres derrière, à moitié pris dans la glace qui couvrait la surface du fjord, on apercevait une longue montagne de chair boursouflée.

– Nom de Dieu, souffla Lottie.

– T'as pas vu des baleines comme ça à Oslo, hein ? dit Thor en contemplant le pachyderme marin.

– Un cachalot. Ça n'est pas une baleine, c'est un cachalot, corrigea Lottie en contemplant l'animal.

Deux de leurs collègues tournaient autour pour prendre des photos et collecter des indices, donnant presque l'impression qu'ils étaient là pour élucider les circonstances de la mort de l'animal. Taille : entre quinze et dix-huit mètres. Poids : trente, quarante tonnes ? Sexe : mâle, vu la taille. Adulte, assez âgé d'après les multiples cicatrices blanches sur sa peau. Nombreuses lacérations post-mortem, là où les ours s'étaient nourris. Cause de la mort ? Inconnue.

– Un cachalot, ouais, c'est ça, repris Thor. J'ai eu quelqu'un du service de l'environnement au téléphone. Apparemment, il s'est échoué ici à la toute fin de l'automne. Trop tard pour le tracter et le couler dans le fjord.

La masse de l'animal était tellement déroutante qu'elle en avait presque oublié la présence de la victime. C'était une femme d'une vingtaine d'années, assez grande, blonde, plutôt athlétique. Malgré ses blessures, on devinait qu'elle avait été jolie. Elle était allongée sur le dos, les bras le long du corps, comme si on venait de la sortir d'un sarcophage de glace. Sa combinaison de motoneige avait été éventrée par l'ours, et tout autour la neige avait pris une vilaine couleur brun-rouge.

En détaillant les blessures, Lottie ne put s'empêcher de penser à toutes ces fois où elle avait observé des ours se nourrir sur la carcasse d'un phoque. À la façon dont ils pelaient leur peau, léchaient la graisse avec leur langue noire, puis raclaient la chair avec leurs dents de devant. C'était exactement ce qu'avait fait l'animal. Il avait labouré l'épiderme de la jeune femme au niveau de la poitrine, des cuisses et du ventre, laissant à la place de l'abdomen une tourbe de tissus rougeâtres et de viscères solidifiés par le givre. La lumière glacée des projecteurs accentuait douloureusement les failles dans la chair, faisant ressortir les muscles mis à nu.

Lottie sentit la peur éclore dans sa poitrine, malgré l'anxiolytique qui commençait à agir. Hors de question de flancher devant Thor. Elle s'obligea à poursuivre son observation et reporta son attention sur le visage. Il était marqué, lui aussi. De profondes lésions cisaillaient le cuir chevelu. Des griffures, monstrueuses. L'oreille droite était entaillée et difforme. Un des yeux était crevé. L'autre était recouvert d'une pellicule blanchâtre qui donnait l'impression que la jeune femme était atteinte d'une sorte de cataracte.

Un sentiment diffus de gêne l'envahit. Quelque chose n'allait pas avec ce corps malmené. Bien sûr, il y avait les traces évidentes de la bestialité de l'ours. Morsures, griffures, peau arrachée. Mais elle avait l'impression de percevoir autre chose. Comme une intention humaine.

Encore tes sales souvenirs qui remontent, se dit-elle en s'autorisant à détourner le regard pour observer les traces dans la neige.

Il y avait des empreintes de pas un peu partout. Allers-retours, indécisions, croisements. Beaucoup de gens avaient potentiellement marché autour du corps. Les gardiens de Pyramiden, les secouristes, ses collègues. L'ensemble allait être difficile à interpréter. Il y avait aussi les traces de l'ours, ovales, imposantes, suivies des minuscules empreintes d'un renard des neiges. Ils talonnaient parfois les ours pour se nourrir des restes qu'ils laissaient derrière eux.

– Tu n'as pas fait de moulage des empreintes ? demanda-t-elle à Thor.

Le Viking sourit.

– Doucement, Oslo, on est sur une scène d'accident, pas de meurtre.

– Ça pourrait être utile pour comprendre le déroulement de l'attaque.

– On a déjà notre petite idée là-dessus.

Il éclaira le cachalot avec sa lampe torche. Une sorte de panneau avait été taillé dans la chair de l'animal. La découpe était droite et ne laissait aucun doute sur le fait qu'elle était d'origine humaine. À terre, un chevalet jaune en plastique signalait l'emplacement d'un couteau à demi enfoncé dans la neige. Pour la première fois, elle prit conscience de l'odeur. Ça sentait le sang, l'eau de mer et la charogne congelée.

– On pense qu'elle était en train de faire un genre d'autopsie quand l'ours l'a surprise, expliqua Thor.

– Une nécropsie, corrigea-t-elle. L'autopsie c'est pour les humains.

– Madame a du vocabulaire. Je comprends mieux pourquoi Jørn t'a confié l'enquête.

Lottie ignora la pique.

– Donc ton hypothèse, c'est qu'elle serait venue toute seule ici pour faire des prélèvements ? C'est de l'inconscience.

Thor haussa les épaules.

– Et encore, je t'ai gardé le meilleur pour la fin : elle n'avait pas de fusil.

– Quoi ?

Lottie retourna près du corps. Il n'y avait en effet pas de fusil à côté de la jeune femme. Elle avait simplement un holster au niveau de la taille, avec ce qu'elle devina être un pistolet-lance-fusée à l'intérieur.

– C'est de l'inconscience, répéta Lottie.

Pensive, elle passa le faisceau de sa lampe sur la peau grisâtre du cachalot. Pourquoi était-elle venue seule, sans une arme à feu, pour examiner l'animal ? Est-ce que l'université était au courant ? Ils étaient d'habitude très à cheval sur les protocoles de sécurité sur le terrain. Est-ce qu'elle était venue de son propre chef ? Elle avait utilisé sa motoneige, pas un engin de l'UNIS. Ça collait avec cette hypothèse.

Soudain, un accroc dans la chair de l'animal attira son attention. Est-ce que c'était bien ce qu'elle imaginait ?

Elle se tourna vers Thor.

– Tu as vu ça ?

– Ça quoi ? dit-il en regardant l'endroit qu'elle éclairait.

Puis il comprit.

– Merde, on a failli passer à côté…

Il y avait une blessure de forme circulaire dans la peau du cachalot, assez grande pour être un impact de balle, assez petite par rapport à la masse de l'animal pour qu'on passe à côté dans la demi-pénombre.

– Tu crois que ce sont les Russes ?

– Il n'y a qu'un moyen de le savoir.

– Il va falloir qu'on… qu'on ouvre ?

– Tu vois une autre solution ?

Thor considéra l'animal en soupirant.

– Pile ou face ? questionna-t-il.

– Laisse tomber : je vais le faire. Apporte-moi des gants, un couteau et une pince. Et la prochaine galère, c'est pour toi, OK ?

Thor acquiesça avec soulagement. Pendant qu'il allait chercher le matériel, elle inspecta toute la surface du cachalot à la recherche d'autres impacts, mais n'en trouva pas. Thor revint finalement avec la caisse qu'ils utilisaient pour leurs interventions sur le terrain. Elle y trouva une paire de gants assez épais et grimaça en les enfilant. Ils étaient froids et légèrement poisseux, comme la peau d'un poisson mort.

– Éclaire-moi et prends des photos, ordonna-t-elle.

Elle se munit d'un couteau et commença à se mettre à l'ouvrage. Découper la chair de l'animal était un travail laborieux, à cause du froid et de l'épaisseur de la peau. Sans parler de l'odeur, infecte. Si on lui avait dit deux ans plus tôt qu'elle se retrouverait à faire ce genre de truc… Elle songea aux marins qui s'étaient établis au Svalbard pour chasser les baleines, des siècles auparavant. Des équipages de Basques, d'Anglais, de Hollandais, d'Espagnols, d'Allemands et de Danois, rameurs, barreurs, harponneurs, maîtres à dépecer qui étaient venus faire fortune au Svalbard en collectant la graisse des baleines. Transformée en huile et vendue dans les ports d'Europe, elle était devenue combustible, bougies, margarine, savon, peinture, vernis, lubrifiant, imperméabilisant. Dans certaines villes, l'éclairage public brûlait de l'huile de rorqual.

Un peu partout dans l'archipel, on trouvait des vestiges de ces temps barbares. La bicoque en bois, au bord du Van Keulen, un fjord à l'est du Spitzberg, avec ses imposants charniers d'ossements blanchis par les éléments. Les vestiges des fours à graisse d'Amsterdamøya, l'île d'Amsterdam, dans le Nord, où les Hollandais avaient installé une grande station de chasse. Smeerenburg, littéralement : la ville de la graisse.

Et puis enfin, à force de tailler la chair, elle aperçut ce qu'elle cherchait. Elle enfonça sa main dans la graisse visqueuse et en ressortit une balle déformée par l'impact.

– Ils avaient quoi comme fusils, les gardiens ?

– Des Mauser.

Le Mauser était une des armes les plus courantes dans l'archipel, malgré son âge. Beaucoup de ces fusils à verrou dataient de la Seconde Guerre mondiale, mais ils étaient robustes et bien adaptés à l'environnement hostile du Svalbard.

– Ça tire ce genre de balle, non ?

Thor observa la munition avec attention.

– Y a des chances.

Lottie rangea le projectile dans un sac à scellés. Une visite à Pyramiden s'imposait.

4

Il régnait une atmosphère particulière à Pyramiden. Les chaînes des balançoires grinçaient légèrement, bercées par le vent. Des renards polaires chahutaient dans les allées. La neige faisait une chapka à la tête du buste de Lénine. Tout était trop calme, trop propre, comme si la ville retenait son souffle en attendant le retour de ses habitants.

La ville fantôme était une anomalie liée au statut particulier du Svalbard. Pendant longtemps, l'archipel avait été *terra nullius*, un territoire qui n'appartenait à personne, jusqu'à ce qu'un traité international signé au lendemain de la Première Guerre mondiale accorde à la Norvège la souveraineté sur l'île. Il stipulait que tous les pays signataires pouvaient tirer profit de ses ressources. Seule la Russie avait utilisé cette clause pour exploiter deux gisements de charbon, l'un à Barentsburg, à une trentaine de kilomètres à l'ouest de Longyearbyen, l'autre ici.

Du temps de la Russie soviétique, un millier de personnes avaient habité la ville. Des mineurs et leur famille, des techniciens, des scientifiques. Ici, ils n'avaient manqué de rien : les magasins étaient bien approvisionnés, les salaires généreux, il y avait même une piscine et un grand centre culturel. La compétition était féroce en Russie pour se faire embaucher à Pyramiden : travailler dans l'Arctique payait bien à cette époque, de quoi s'acheter rapidement un appartement de retour au pays, et il fallait de sacrées relations pour y être envoyé.

Mais tout s'était arrêté au printemps 1998. La mine n'avait jamais été très productive et, après la chute de l'URSS, la nouvelle Russie n'avait pas eu les moyens de la maintenir en activité. Pyramiden avait été évacuée du jour au lendemain et les investissements redirigés vers Barentsburg. Depuis, les principaux habitants étaient les renards arctiques, les oiseaux migrateurs qui nichaient aux fenêtres au printemps et quelques touristes qui remontaient le fjord et s'arrêtaient pour une nuit au Tulpan, l'hôtel que les Russes avaient récemment rénové. L'endroit était à peine rentable, mais permettait à Moscou d'éviter que Pyramiden ne revienne à la Norvège.

Le Super Puma se posa au centre de la ville, à proximité de l'hôtel. Lottie en descendit avec soulagement. Une fois leur travail sur la scène de l'accident terminé, ils avaient chargé le corps d'Agneta Sørensen sur un brancard et l'avaient monté dans l'hélicoptère. Elle avait passé le court trajet entre Brucebyen et Pyramiden à éviter son regard mort, de peur que la panique ne revienne.

– Comment on procède ? demanda Thor.

– J'interroge le premier garde, tu recharges ton portable et tu fais comme tu peux la conversation avec l'autre. Et ensuite on inverse.

L'hélicoptère redécolla sans eux, direction Longyearbyen. Une ambulance l'y attendait pour acheminer le corps d'Agneta jusqu'à l'église du village. La ville était trop petite pour que l'hôpital ait une morgue. Quand quelqu'un mourait dans l'archipel, on entreposait le cadavre là-bas en attendant de l'expédier sur le continent par le prochain avion postal.

Les deux gardes qui avaient trouvé le corps les attendaient devant le Tulpan. Ils portaient tous les deux une longue redingote noire fermée par une ceinture de cuir rehaussée d'une boucle en métal doré. Avec leur *papakha* bien enfoncée sur le crâne, l'espèce de chapeau en laine noire que portaient autrefois les Cosaques, on aurait dit des personnages échappés d'un roman de Tolstoï. Les gardiens faisaient aussi office de guides pendant l'hiver, et c'était un truc que les touristes appréciaient.

– Lequel d'entre vous a déclenché la balise de secours ? leur lança Lottie d'une voix sèche.

Les deux hommes se regardèrent, surpris autant par le ton cassant de la petite Norvégienne que par le fait qu'on s'adressait à eux dans leur langue natale.

– C'est moi, dit le plus jeune des deux.

– Et toi tu es ?...

– Alexeï Borissovitch Zaïkov.

Le Russe avait les cheveux châtains et les yeux noisette. Ses doigts fins tremblèrent au moment où il lui serra la main. Elle perçut des relents d'alcool dans son haleine. Il avait dû s'enfiler un verre ou deux au bar. Compréhensible, après ce qu'il avait vécu.

– Bien, Alexeï. Il faut qu'on prenne ton témoignage, pour l'enquête sur l'accident. Tu viens avec moi, ton ami va discuter avec mon collègue en attendant son tour. D'accord ?

Il acquiesça, tout comme l'autre gardien, Nikolaï, qui jeta son mégot de cigarette dans la neige avant de pousser la porte d'entrée du Tulpan. La trentaine finissante, nez busqué, barbe broussailleuse, il avait un visage inexpressif, comme si la glace avait pris sous sa peau. Thor s'installa avec lui dans un coin du bar, près d'une prise à laquelle il rechargea son téléphone. La responsable de l'hôtel lui proposa une bière en lui montrant la tireuse. Il refusa d'un poli *spassiba*.

Lottie s'installa au fond de la salle à manger avec Alexeï. Il avait dans les vingt-cinq, trente ans, arborait une petite moustache et avait la peau légèrement mate. C'était peut-être à cause de son accoutrement, ou de sa moustache, mais elle lui trouva un petit air de docteur Jivago, façon Omar Sharif. Ça collait bien avec l'ambiance « parc à thème » de l'hôtel : boiseries kitsch, poupées russes, drapeau de la défunte Union soviétique épinglé sur le comptoir, citation d'Ivan Petrovitch Pavlov, le premier Prix Nobel russe, vodka « URSS » et omelette Gorbatchev au menu, le Tulpan jouait à fond sur la nostalgie de l'époque de la guerre froide.

– Cigarette ? proposa-t-elle au garde en lui tendant son paquet.

Ici, à l'autre bout du monde, on pouvait s'affranchir des lois sur les espaces fumeurs. Alexeï accepta avec un plaisir non feint. Pyramiden ne recevait son ravitaillement pour l'hiver qu'une seule fois au printemps. Il n'était pas impossible qu'il ait déjà épuisé ses réserves de tabac.

– Tu viens d'où ? demanda Lottie d'un ton badin.

– Mourmansk. Et toi ? Tu parles bien notre langue.

– D'ici. Ma mère est russe.

Elle sortit le carnet et le crayon à papier qu'elle avait toujours sur elle pour prendre des notes en extérieur. Elle n'utilisait plus de stylos depuis longtemps : avec des températures qui flirtaient avec les moins trente au plus fort de l'hiver, l'encre avait tendance à geler. Elle posa ensuite son téléphone portable sur la table et le régla en mode dictaphone.

– Tu enregistres ? s'inquiéta le gardien.

– Il s'agit juste d'un entretien informel afin d'y voir plus clair sur les conditions de l'accident, mais il faut bien que l'on garde une trace. Ça te pose un problème ?

Elle avait repris son ton cassant. Le chaud, le froid. Le laisser dans l'incertitude. Être à la fois le mauvais et le bon flic. Le Russe expulsa un peu de fumée par le nez et fit non de la tête. Elle énonça son grade, son nom, l'heure et le lieu, puis posa au Russe quelques questions d'usage avant d'entrer dans le vif du sujet :

– Comment as-tu découvert le cadavre ?

Il se racla la gorge, puis commença sur le ton de l'élève qui récite :

– J'étais sorti pour faire une tournée d'inspection quand j'ai remarqué qu'un ours avait essayé d'entrer dans le gymnase.

Elle lui demanda de préciser l'heure. Il s'exécuta avant de poursuivre :

– Il y avait des griffures sur la porte et des excréments à proximité. J'ai voulu vérifier si l'ours était encore dans le secteur. J'ai suivi ses traces. Elles allaient jusqu'à la plage. Comme elles continuaient vers le glacier, j'ai pris mes jumelles pour essayer de le repérer. En regardant du côté de Brucebyen, j'ai remarqué qu'il y avait une motoneige près des cabanes. J'ai trouvé ça bizarre parce qu'il y a deux jours, je l'avais déjà vue au même endroit.

– Tu es sûr pour la date ?

Le gardien confirma : elle nota « Victime attaquée mardi ? » dans son carnet.

– C'est rare de voir quelqu'un seul en motoneige dans le coin, poursuivit Alexeï. Quand les touristes viennent jusqu'ici, c'est toujours en groupe. Même les scientifiques sont au minimum deux. J'en ai parlé à Nikolaï et on s'est dit qu'il fallait aller voir ce qui se passait.

Elle jeta un coup d'œil à l'autre gardien. Thor et lui essayaient de se comprendre par traducteur interposé. Ça avait l'air assez laborieux.

– Pourquoi aller vous-même sur place ? Vous auriez pu appeler les services d'urgence du gouverneur.

– Ici, on a l'habitude de se débrouiller seuls. On a pris un fusil, des lance-fusées et on a traversé la banquise. Quand on est arrivés, l'ours était là, en train de se nourrir et…

Son regard partit dans le lointain et elle comprit qu'il était en train de revoir la scène.

– Je n'ai pas tout de suite compris... De loin, on avait l'impression que l'ours avait attrapé un phoque à cause de la couleur de la combinaison de motoneige de cette pauvre fille.

La voix du gardien se brisa. Il termina sa cigarette et l'écrasa nerveusement dans le cendrier. Lottie imagina le choc qu'il avait dû avoir en voyant l'animal en train de dévorer la dépouille.

– On a tiré en l'air pour effrayer l'ours et il est parti. Ensuite, on vous a appelés.

On arrivait au nœud du problème.

– Vous étiez à quelle distance de l'animal, quand vous avez commencé à l'effaroucher ?

– Cent, cent cinquante mètres.

– Quelle arme as-tu utilisée ?

– Mon pistolet lance-fusée, c'est tout.

Le gardien n'était pas bête. Il savait bien qu'au Svalbard, l'ours polaire était une espèce protégée depuis les années 1970. On ne pouvait lui tirer dessus qu'en cas de danger imminent. Quelques années plus tôt, un guide avait écopé d'une amende de douze mille couronnes rien que pour s'être approché trop près d'un ours.

– Et ton camarade ?

– On n'a utilisé que les fusées, répéta le gardien.

– Et votre fusil ?

Il hésita un court moment.

– On n'en a pas eu besoin. L'ours s'est enfui sans qu'on ait à s'en servir.

– Dans ce cas, il va falloir que tu expliques pourquoi on a trouvé ça dans la peau du cachalot.

Lottie sortit de sa poche le sachet dans lequel elle avait rangé la balle extraite du cachalot et le posa au milieu de la table.

Le Russe pâlit instantanément.

– On dirait bien une balle de fusil, tu ne penses pas ?

– Je… je ne comprends pas.

– Écoute, on ne va pas tourner autour du pot. Tôt ou tard, on va retrouver l'ours et on va devoir l'abattre. Un biologiste va l'examiner et on saura si vous lui avez tiré dessus. Alors tu ferais mieux de dire la vérité tout de suite.

Alexeï hésita un moment, puis capitula :

– C'est… c'est Nikolaï qui a tiré sur l'ours.

Elle regarda en direction du comptoir. Nikolaï les observait, le visage fermé. Il avait déjà compris que son collègue avait tout balancé : épaules affaissées, mains qui s'agitent, le langage corporel d'Alexeï n'était pas difficile à déchiffrer.

– On a d'abord tiré des fusées, ça je te le jure, mais ça n'a pas marché, poursuivit Alexeï. L'ours ne voulait pas bouger. Il avait même l'air de plus en plus nerveux.

L'explication se tenait. À un peu plus d'une centaine de mètres du corps, ses collègues avaient retrouvé des douilles de lance-fusée.

– Et ensuite ? Qu'est-ce qui s'est passé ?

Le gardien baissa la tête, honteux.

– Quand on a vu que les fusées ne marchaient pas, j'ai sorti le fusil pour tirer en l'air. Mais je ne sais pas ce qui s'est passé, le coup ne voulait pas partir. J'appuyais sur la détente, mais ça ne tirait pas. J'ai pensé que c'était les munitions, j'ai éjecté une cartouche… Ça ne marchait toujours pas. L'ours s'était rapproché de nous. J'ai paniqué… Nikolaï a pris le fusil. Je ne sais pas comment il s'est débrouillé, mais il a réussi à tirer.

Elle avait déjà utilisé ce genre de fusil dans le stand de tir de l'île. Les Mauser avaient deux positions de sécurité : une qui bloquait complètement l'arme et une autre qui permettait d'éjecter les cartouches, mais pas de tirer. Si on n'était pas au courant, on pouvait penser que l'arme ne marchait pas ou que les munitions étaient défectueuses.

– Il a tiré combien de fois en direction de l'ours ?

– Deux fois.

– Et les douilles ? Vous les avez ramassées ?

Il acquiesça, la tête basse.

– Elles sont où ?

– On les a jetées dans le fjord.

Lottie avait ce qu'elle voulait. Elle renvoya Alexeï et fit signe à Thor de lui amener l'autre gardien. Elle relança un nouvel enregistrement, mais cette fois-ci, alla droit au but.

– Ton camarade a admis que vous aviez tiré en direction de l'ours. Qu'est-ce que tu as à me dire à ce sujet ?

Nikolaï soupira une insulte.

– Qu'est-ce qu'il a dit d'autre ?

– Il dit que c'est toi qui as tiré.

Le Russe la regarda longuement, comme un joueur de poker qui essaye de deviner si son adversaire bluffe. Un sourire nerveux passa fugitivement sur son visage.

– Ce petit con est incapable de se servir correctement d'un fusil. Il avait juste à tirer en l'air, mais même ça, il n'a pas réussi à le faire. Et c'est moi qui suis dans la merde à cause de lui…

Il jeta un regard à son collègue, qui avait commandé un verre de vodka au bar pour se calmer.

– Donc, tu confirmes avoir tiré sur l'ours.

– Ouais, ouais.

– Tu penses l'avoir touché ?

– J'sais pas. J'ai tiré vite. Et qu'est-ce que ça peut faire ? L'ours était trop près de nous. C'était de la légitime défense.

– Ce sera à la gouverneure de trancher.

Vu les circonstances, personne ne pouvait lui reprocher d'avoir fait feu sur l'ours. Mais ça agaçait Lottie que lui et son collègue aient essayé de camoufler la vérité.

– Qui a suggéré de nous mentir ? Toi ou lui ?

– Moi, dit-il presque fièrement. Je savais que vous, les Norvégiens, vous alliez essayer de nous foutre ça sur le dos, même si on s'était cassé le cul à aller jusqu'à Brucebyen. On aurait pu y passer, avec ce bon Dieu d'ours.

– Est-ce que tu as des éléments qui peuvent nous aider à l'identifier ? Taille, pelage, cicatrices ?

– C'était une femelle.

– Comment tu le sais ? Elle avait des oursons ? s'inquiéta Lottie.

L'animal qui avait tué l'étudiante était condamné : la gouverneure ne pouvait pas laisser un ours anthropophage rôder aux abords de Longyearbyen. S'il s'agissait d'une femelle et qu'elle avait des oursons, il allait falloir les euthanasier, pour leur éviter des souffrances inutiles. Privés de leur mère, ils étaient condamnés à mourir de faim sur la banquise.

– Je n'ai pas vu d'oursons. Mais elle avait un collier GPS, ça c'est sûr, répondit Nikolaï.

Frost, comprit Lottie. Les scientifiques n'appareillaient pas les mâles et les femelles de la même façon : on accrochait une balise à l'oreille des premiers, car les colliers glissaient de leur cou en forme de cône. Or, à cette période de l'année, il n'y avait qu'une seule femelle appareillée dans les environs, une ourse surnommée Frost que les services de la gouverneure avaient dû déplacer par hélicoptère l'automne précédent, parce qu'elle s'approchait trop près de Longyearbyen. Lottie avait assisté les scientifiques de l'Institut polaire norvégien qui l'avaient endormie avec un fusil hypodermique. C'était à ce moment-là qu'on lui avait passé le collier. Il était supposé permettre de la suivre, mais était également programmé pour déclencher une alarme si elle revenait trop près de la ville.

– Tu avais déjà vu Frost dans les parages ?

– Deux ou trois fois.

Un bourdonnement enfla jusqu'à faire vibrer les murs. Un hélicoptère arrivait. Bizarre. Le Super Puma ne devait pas revenir les chercher avant une heure. Elle se tourna vers Thor et l'interrogea du regard. Il haussa les épaules en levant les mains pour lui signifier qu'il ne comprenait pas non plus.

Quelques instants plus tard, Anton Ivanovitch Sorokine, le consul de Russie, entrait dans le bar-restaurant.

– Arrêtez tout de suite ce que vous êtes en train de faire, ordonna-t-il dans un norvégien qui oscillait entre le dialecte d'Oslo et celui du Nordland.

Sorokine portait des chaussures vernies et un costume plus adapté aux salons de Moscou qu'à une expédition polaire. Tout dans l'aspect du diplomate évoquait le goût du contrôle. Ses cheveux noirs, teints et savamment arrangés pour cacher sa calvitie naissante. Ses joues glabres, malgré les températures glaciales. Le nœud Windsor de sa cravate.

– Ces citoyens russes ont le droit d'être assistés par un traducteur, où est-il ?

– Il se trouve que je parle russe, répondit Lottie dans sa langue natale.

Il la détailla de haut en bas.

– Un traducteur officiel et impartial, renchérit-il. Leur avez-vous proposé un avocat ?

– Nous collectons juste leur témoignage sur l'accident, pas besoin de…

– Mais bien sûr. Leur avez-vous expliqué que ce qu'ils disent pourra se retourner contre eux ? Comme vous l'auriez fait avec des Norvégiens ?

– Nous sommes ici pour déterminer les conditions d'un tragique accident. Russes ou Norvégiens, ce qui nous intéresse, c'est de comprendre ce qu'il s'est passé.

Le consul ignora sa réponse.

– Je demande à m'entretenir en privé avec ces hommes.

– Nous n'avons pas terminé…

– Et moi je vous dis que ça suffira pour l'instant. Si vous avez davantage de questions à leur poser, passez par nos services. Nous nous ferons un plaisir de les héliporter dans vos locaux par nos propres moyens. Eux et leur avocat si nécessaire.

Lottie se mordilla l'intérieur de la joue. Le consul n'avait aucun droit d'interrompre ses investigations, mais l'envoyer paître, c'était risquer l'incident diplomatique. Et il le savait bien.

– Nous conseillons fortement à vos concitoyens de ne pas sortir des limites de Pyramiden tant que l'ourse n'a pas été neutralisée, dit-elle d'un ton agacé. Et nous allons avoir besoin de saisir le fusil qu'ils ont utilisé pour lui tirer dessus. À moins que vous ayez là aussi quelque chose à redire ?

Sorokine agita sa main, comme pour chasser un moustique.

– Saisissez, saisissez. Ces hommes ont dû se défendre contre un animal enragé qui a tué une citoyenne norvégienne. Je ne vois pas de quoi la gouverneure pourrait les accuser.

5

– Tu es sûr de vouloir faire ça ? C'était qui pour toi ?

Le médecin-chef du service de pathologie clinique de l'hôpital de Tromsø s'était arrêté au moment d'ouvrir le casier métallique qui contenait le corps d'Åsa Hagen. Nils Madsen se demanda quoi répondre. Une camarade ? Une amie ? Une âme sœur ? Ils ne s'étaient pas vus depuis presque six ans. Depuis qu'elle l'avait invité à son mariage, dans la cathédrale de l'Arctique, un peu plus loin sur l'autre rive du fjord. Est-ce qu'un seul de ces qualificatifs pouvait encore s'appliquer ?

– Quelqu'un qui comptait beaucoup pour moi, répondit finalement Madsen.

Une phrase passe-partout, qui sembla contenter le médecin.

– Si tu penses que tu vas vomir, il y a l'évier. Les noyés, c'est toujours plus difficile.

Il acquiesça d'un geste de la tête. Il avait les mâchoires trop serrées pour répondre. Irak, Ukraine, Afghanistan. Il connaissait les morgues de pays en guerre, obscènes et impudiques, qui n'avaient pas le luxe de cacher dans des casiers les cadavres, même les plus immondes. Mais là, c'était personnel.

Le légiste tira sur la porte métallique et dévoila le corps d'Åsa. Un tressaillement nerveux parcourut Madsen. Le cadavre était gonflé et violacé, presque méconnaissable. Une caricature de la femme qu'il avait connue. La peau au sommet du crâne était presque complètement arrachée, révélant l'os. Les genoux, les mains et les pieds étaient profondément entaillés.

– Cyanose importante sur le visage et une grande partie du corps, conjonctives hyperhémiées, présence d'eau de mer dans les alvéoles pulmonaires, ton amie est ce qu'on appelle généralement une « noyée bleue », récita le médecin d'une voix dénuée d'émotion.

Madsen porta la main à son nez. Le masque qu'il avait enfilé à l'entrée était impuissant à contenir les remugles de chair pourrie, d'algues et d'antiseptique qui s'échappaient de la cellule réfrigérante.

– Pour faire simple, cela veut dire qu'on est face à une noyade asphyxique. La cause de la mort est un arrêt cardio-ventilatoire causé par une inhalation massive d'eau qui a bloqué l'oxygénation du sang. D'où la cyanose.

Un bruit de porte. Un technicien de salle annonça au légiste qu'ils allaient recevoir un corps gelé rapatrié depuis le Svalbard. Le praticien lui demanda de le placer dès qu'il arriverait dans une chambre froide, avec un drap imbibé d'eau pour éviter que des parties du corps ne se dessèchent pendant la décongélation.

– Tu as la certitude qu'il s'agit d'un suicide ? demanda Madsen une fois le technicien reparti.

– Ma part du boulot, ce sont les faits cliniques, pas les certitudes. Je laisse ça aux flics. Je peux te dire qu'il s'agit d'une noyade, rien de plus. Les coupures sont pour moi des lésions de charriage. Quand une personne se noie, elle finit par toucher le fond de l'eau. Elle se déplace ensuite au gré des courants, comme un pantin. On va trouver des plaies cutanées à certains endroits, à cause des frottements ou de l'action de la faune. Chez les hommes, ce sont souvent des lésions à la tête, aux genoux, aux mains et aux pieds. Chez les femmes, ça diffère légèrement. Une question de répartition des masses graisseuses.

Le légiste passa son doigt ganté sur une des plaies au niveau du front.

– Comme tu le vois, il n'y a pas d'ecchymoses. Ce sont des dégradations post mortem. Les autres lésions sont plutôt liées à la faune aquatique. Morsures, pincements.

Il imagina Åsa sur la plage où on l'avait retrouvée. Ses cheveux longs emmêlés alourdis de sable, d'étoiles de mer et d'algues. Ses yeux morts. Les crustacés enchâssés dans ses plaies.

Il avala sa salive avec difficulté. Sa gorge était sèche.

– On constate également un traumatisme crânien mineur, survenu un peu avant la mort.

– On l'aurait frappée ?

– La police n'a pas retenu cette hypothèse. Ton amie a pu s'être cognée juste avant de mourir : sur un rocher, contre la coque d'un bateau…

Madsen observa la cicatrice en Y qui courait des épaules au pubis, là où le praticien avait incisé la peau pour pratiquer l'autopsie.

– Pourquoi la police a-t-elle conclu au suicide et pas à un accident ? Pourquoi ça ne serait pas une chute suivie d'une noyade ?

Il avait désespérément besoin de se raccrocher à l'idée qu'elle n'avait pas sauté.

– Ils ont retrouvé sa voiture garée près d'un pont, phares allumés. Il n'y avait rien d'autre dans le coin qui pouvait expliquer sa présence là. Les rambardes sont assez hautes et solides. Pour sauter, il faut les enjamber. L'accident est hautement improbable.

Le légiste posa sa main sur la poitrine d'Åsa, au niveau du sternum.

– Il y a une autre raison qui a poussé la police à conclure au suicide. Le cœur de ton amie. Elle avait un syndrome de Takotsubo. C'est une cardiomyopathie assez rare.

– Elle était cardiaque ? s'étonna Madsen.

– Pas dans le sens où tu l'entends, répondit le médecin. Le ventricule gauche de son cœur était déformé. Il ressemblait un peu à une amphore.

Le légiste digressa un moment sur l'origine du nom du syndrome, lui expliquant que c'était une équipe japonaise qui avait pour la première fois observé le phénomène et l'avait nommé Takotsubo en référence au pot que les pêcheurs japonais utilisaient pour piéger les pieuvres.

– Quel est le rapport avec la thèse du suicide ?

– Le stress. Chez nous, en Occident, on appelle souvent le Takotsubo « la maladie du cœur brisé ». Les recherches récentes tendent à prouver que le syndrome est lié à la sécrétion de catécholamines due à un événement traumatique important. Un stress intense, une douleur particulièrement forte, un effort physique trop important, même une chimiothérapie…

– Un divorce ? proposa Madsen.

– Possible. Tout ce qui peut causer un stress psychologique négatif. C'est pour ça qu'on a vu le nombre de Takotsubo exploser pendant l'épidémie de coronavirus. Ce qui est plus étonnant, c'est que c'est plutôt une maladie qui touche les femmes âgées de plus de cinquante ans. Sauf cas exceptionnels. Ton amie avait-elle des antécédents de dépression, d'anxiété, de stress intense ?

– Elle a été reporter de guerre. Elle est allée dans des endroits chauds. Mais elle avait décroché il y a des années.

Décrocher… Il parlait encore de son job comme d'une drogue.

– Je vois. Stress post-traumatique. C'est un facteur qui peut jouer sur le déclenchement du syndrome. Mais bien sûr, on ne peut pas non plus exclure qu'il ait été causé par le stress de la noyade.

Madsen frissonna en imaginant les derniers instants d'Åsa. L'agonie dans l'eau glacée du fjord. La certitude de la mort. Pourquoi avait-elle choisi de partir comme ça ? Ça n'avait pas de sens.

– Vous avez fait des analyses de sang ?

– Pas de drogue, pas de médicament, pas d'alcool. Rien d'anormal.

Le légiste poussa le plateau et le corps d'Åsa retourna à l'obscurité du casier réfrigéré. Ils se changèrent au vestiaire.

– Tu diras à Gunnar qu'il me doit une tournée, quand il reviendra du Congo, dit le légiste en retirant son tablier en plastique qu'il jeta à la poubelle. Au fait, où est-ce que vous vous êtes connus tous les deux ?

Gunnar Blom avait travaillé en tant qu'expert en pathologie médicolégale et clinique pour la Cour pénale internationale. Rwanda, Kosovo, Congo, il avait autopsié des cadavres dans des charniers aux quatre coins du monde et témoigné dans des enquêtes sur des crimes de guerre et contre l'humanité. Madsen supposa qu'au moment de convaincre son ancien confrère de le laisser voir le corps d'Åsa, Blom avait dû évoquer sa carrière de correspondant de guerre. Le légiste de Tromsø en avait déduit qu'ils s'étaient rencontrés dans un des pays où Blom avait officié.

– On s'est connus en Norvège, répondit Madsen. À Utøya.

6

Le silence.

Rester le plus longtemps possible sous l'eau. Malgré le froid. Malgré son corps qui lui hurlait de remonter. Laisser enfler le battement de son cœur. Sentir sa pulsation dans ses tempes. Son rythme qui accélère. Puis crever la surface. Renaître au monde des vivants.

Respirer.

Madsen inspira bruyamment, incendiant ses poumons d'air froid. Les mères de famille du Tromsø isbade klubb, le club de bains glacés local, se retournèrent vers lui, l'air réprobateur, avant de s'éloigner en nageant lentement, leurs bonnets en laine fermement vissés sur la tête. Leurs regards se braquèrent de nouveau sur lui quand il gravit vigoureusement l'échelle métallique pour rejoindre le plancher du sauna flottant. Corps musclé, hâlé, qui tranchait avec le teint crayeux des autres nageurs. Certaines le regardaient avec une pointe de convoitise.

Indifférent, il épousseta la neige sur un des bancs extérieurs et s'assit face à la cathédrale arctique qui surplombait le fjord, pyramide blanche comme les os d'une baleine. Le froid électrisait tout son corps, à la limite de la douleur, mais il se sentait bien.

Après s'être confronté au cadavre d'Åsa, il avait ressenti le besoin de plonger, comme pour se prouver qu'il n'allait pas se retrouver aspiré par les eaux noires, lui aussi. Quand ils travaillaient ensemble, elle avait toujours été la plus forte des deux. Celle qui ne flanchait pas. Qui gardait la tête froide dans les situations de stress. Comment avait-elle pu s'ôter la vie, surtout comme ça ?

Il se força à rester dehors encore une minute, avant de battre en retraite dans le sauna. Choc thermique. Suffocation. La chaleur prolongea l'apaisement. Il ferma les yeux et se concentra sur sa respiration, répétant les exercices auxquels il s'adonnait régulièrement. À force d'entraînement, il pouvait tenir plus de trois minutes en apnée. Il nageait aussi souvent qu'il pouvait, été comme hiver. Une astreinte physique autant qu'un moyen de clarifier ses pensées.

Il se rhabilla et quitta le sauna flottant. Il était encore tôt et un soleil blanc coiffait les immeubles du centre-ville de Tromsø. Il décida de marcher jusqu'à la maison de famille de Lars, l'ex-mari d'Åsa. Elle se trouvait à la pointe sud de Tromsøya, l'île au cœur de Tromsø, assez proche du fjord pour qu'on entende le bruissement sourd des vagues et qu'on aperçoive la réserve naturelle de Grindøysundet.

Depuis les fenêtres du deuxième étage, il y avait toujours quelque chose à observer. Les dos noirs des orques. Le souffle expiré des évents des baleines. Une colonne de cinq ou six mètres, comme un geyser : le rorqual bleu. Un souffle sur le côté, en diagonale : un cachalot. Une forme de ballon : le rorqual à bosse. Au printemps, on pouvait observer une foule d'oiseaux, bécasseaux maubèches, canards souchets, combattants variés et barges à queue noire. Åsa lui avait enseigné ça la dernière fois qu'ils s'étaient vus.

C'était Lars qui l'avait prévenu de la disparition d'Åsa, quand la police cherchait encore où elle pouvait se trouver.

Il lui avait expliqué qu'on avait découvert sa voiture près d'un pont dans les Lofoten mais que personne ne savait où elle était. Madsen était persuadé que Lars savait déjà à ce moment-là que son ex-femme était morte. Il n'en avait pas moins appelé tous ses amis, tous ses proches, toutes ses connaissances, jusqu'à ce que l'appel qu'on ne veut pas recevoir tombe, en milieu d'après-midi. Les flics avaient retrouvé le corps d'Åsa sur la plage d'une petite île près de Svolvær. Après l'autopsie, le verdict insensé tombait.

Suicide.

Une nouvelle tellement inconcevable que Madsen avait tout plaqué pour rejoindre Tromsø. Il avait contacté Blom. Il fallait qu'il voie le corps par lui-même. D'abord réticent, l'ancien légiste avait cédé. Il avait activé ses réseaux pour qu'on le laisse accéder à la morgue de l'hôpital universitaire et qu'on réponde à ses questions. Madsen pensait que ça éteindrait le feu qui lui consumait le cerveau. Qu'il trouverait une faille. Il s'agissait d'un accident. Il s'en était convaincu durant le vol depuis Oslo : on avait commis une erreur. Et il allait le prouver. Tout était un malentendu. Les flics, les médecins, même Lars, ils ne connaissaient pas Åsa comme lui la connaissait. Ils ne l'avaient pas connue comme lui.

Après sa discussion avec le légiste, tout s'était écroulé.

Qu'est-ce qui avait été de travers dans la vie d'Åsa ? La dernière fois qu'il l'avait vue, elle paraissait heureuse. Elle avait trouvé son salut huit ans plus tôt dans les Lofoten, après avoir plongé avec les orques. Une révélation, après des années à couvrir les conflits les plus durs sur tous les continents. Dès la première plongée, elle était revenue changée. Comme si elle avait reçu une épiphanie sous-marine. Elle avait investi tout l'argent qu'elle avait de côté pour lancer un business de safari maritime. Elle avait rencontré Lars, s'était mariée, avait eu un fils avec lui, Tomas.

Madsen, lui, était resté au front. Syrie, Palestine, Ukraine. Une autre forme de plongée, au fond de la noirceur. Il n'en était pas ressorti indemne. Des cicatrices sur le flanc droit, comme de la grêle. Des éclats de shrapnel qui avaient traversé son gilet pare-balles. Une foi dans l'humanité encore plus abîmée qu'à son départ de Norvège. L'impression, chaque fois qu'il revenait au pays, de se sentir un peu moins norvégien. De ne plus être en phase avec le pays le plus sûr du monde.

Les gens qui ne le connaissaient pas lui demandaient souvent pourquoi il avait choisi ce métier. Il y avait les choses qu'il ne pouvait pas dire. L'urgence, l'adrénaline, la sensation de vivre vraiment, de ne pas être un somnambule. De vivre au jour le jour. Que chaque instant paraisse volé à la mort. De connaître. La joie, la peur, l'amour, tout en plus intense. La joie sombre d'être en vie. Ça, les autres n'étaient pas à même de l'éprouver. Alors il parlait du côté plus brillant de la médaille : rapporter des images, faire comprendre, informer, aller là où personne ne voulait aller pour raconter ce que personne n'entendrait autrement. Les somnambules appréciaient. C'étaient des choses qu'ils pouvaient concevoir.

Lars ne parut pas surpris de le voir, bien qu'il ne lui ait pas dit qu'il était à Tromsø. Il avait des cernes noirs sous les yeux, la peau terne et grasse, les traits tirés. On aurait dit qu'il était passé dans le tambour d'une essoreuse. Son gros pull en laine chiné chez Fretex, le magasin de seconde main de l'Armée du Salut, n'arrangeait rien à l'image générale d'abattement qu'il renvoyait.

– Entre, dit-il simplement.

Lars remonta le hall d'entrée et disparut dans le salon. Table en chêne blanchi fabriquée à la main de chez Bolia. Tapis suédois. Camaïeux de beiges et de gris pour le canapé et ses coussins. Le salon ressemblait à une photo d'illustration d'un article de la presse féminine sur le *koselig*, l'art de vivre à la norvégienne. La marque d'Åsa, certainement. Ou de sa nouvelle compagne.

– Tu es arrivé quand ?

– Ce matin.

– La cérémonie n'aura pas lieu avant quelques jours.

– Je sais. Je suis passé à l'hôpital, voir le corps.

Léger frissonnement.

– Je ne comprends pas pourquoi tu t'imposes ça. Elle a sauté, Nils. Il faut s'y faire.

Lars s'alluma une cigarette, sortit une sous-tasse d'un buffet et s'en servit de cendrier. La baie vitrée du salon donnait sur la rue. Madsen y aperçut Tomas, qui regardait jouer les enfants des voisins. Il avait les mêmes pommettes hautes que sa mère et la tignasse de Lars.

– Tom fait des cauchemars toutes les nuits, dit Lars, le cœur serré. Il rêve que sa mère coule avec son bateau. Il pense qu'elle a eu un accident. On ne lui a pas encore dit comment elle était morte. Je… je n'ai pas réussi à lui dire… à lui expliquer…

Son regard fugua vers un patchwork de photos de famille affichées dans un grand cadre.

– Comment elle était, avant que ça arrive ?

Il avait du mal à dire « qu'elle se suicide ».

– Comme d'habitude, je dirais. Mais on ne se voyait pas beaucoup depuis le divorce. On s'appelait de temps en temps, c'est tout.

– Et le safari, ça allait ?

– Toujours. Elle devait ouvrir une nouvelle boîte dans le Kaldfjorden.

Une dizaine d'années plus tôt, les harengs avaient débarqué dans le Kaldfjorden, juste à côté de la ville, suivis par d'autres poissons, morues et aiglefins, et de leur caravane de prédateurs, oiseaux, phoques, baleines, comme si tout un écosystème avait migré à l'unisson.

– Pas de problèmes de santé, avant votre séparation ?

– Non.

– Elle avait l'air préoccupée, anxieuse, quand tu l'avais au téléphone ?

– Elle avait l'air normale.

– Vraiment ? Elle n'était pas déprimée ? Est-ce qu'elle avait changé ses habitudes ?

– Je n'en sais rien.

– Il devait bien y avoir quelque chose qui la préoccupait, s'agaça Madsen. Le légiste a détecté un problème cardiaque causé par le stress.

Lars écrasa sa cigarette d'un geste rageur. Un tic nerveux lui fit cligner les paupières.

– Vas-y. Dis-le. Dis-le que c'est ma faute.

Il y avait de la fureur dans ses yeux bleus.

– Je sais bien ce que tu penses. Ce que vous pensez tous. Que c'est à cause du divorce qu'elle s'est tuée. Que c'est ma faute tout ça. Parce que c'est moi qui suis parti. C'est moi le méchant de l'histoire.

– Ce n'est pas ce que j'ai dit…

– Comme si Åsa n'avait pas ses propres problèmes, poursuivit Lars sans l'écouter. Elle était abîmée, Nils. Par votre foutu job de merde. Les sautes d'humeur. Passer du rire aux larmes. Et tu savais qu'elle avait des terreurs nocturnes ? Qu'elle se réveillait parfois en pleurs ?

Il savait. Même mieux que Lars. L'entourage d'Åsa ne voyait certainement que la femme solaire. Celle qui pouvait parler des orques et des baleines pendant des heures, qui n'oubliait jamais un anniversaire, qui chérissait son fils, ses amis, sa famille. Mais ils n'avaient sans doute pas conscience de la faille à l'intérieur d'elle. La fissure qui pouvait se craqueler à n'importe quel moment. Et devenir un gouffre. La même part de néant qu'il avait au fond de lui.

– Est-ce que tu comptais lui prendre la garde de votre fils ?

– Espèce de salaud, pour qui tu me prends ? Bien sûr que non !

– Alors elle ne se serait pas tuée juste pour un divorce. Pas comme ça.

Lars lui lança un regard mauvais.

– C'est vrai que toi tu la connaissais bien, répondit-il, acide. C'était quand, la dernière fois que vous avez échangé ? Il y a cinq ans ? Six ans ? Tu parles d'un ami.

Lars avait envie de mordre. De faire mal. De faire souffrir comme il souffrait.

– Ça n'a pas d'importance. Je sais qui elle était.

Lars le regarda un long moment. La colère dans ses yeux n'était pas retombée.

– Vous couchiez ensemble, avant qu'on se rencontre ?

La question le prit par surprise. Le souvenir de son premier baiser avec Åsa remonta à la surface. Des sentiments oubliés revinrent en même temps. La chaleur de l'été. Ses cheveux détachés. Le goût de ses lèvres.

Le cadavre dans le casier.

– C'était il y a longtemps. Ça n'a pas d'importance.

– Elle disait ton nom, parfois, dans ses cauchemars. Elle t'appelait. Bon sang, ça me rendait fou qu'elle t'appelle toi. Tu étais comme un fantôme dans notre relation.

Madsen contracta ses poings sur ses cuisses. Il avait envie de frapper. De crier. D'extérioriser sa souffrance.

– Tu penses vraiment qu'Åsa a sauté à cause de votre séparation ? lui lança-t-il.

– Sept ans de vie commune, un gosse, ce n'est rien, c'est sûr…

– La vérité, Lars !

Il avait crié plus fort qu'il ne l'aurait voulu. L'ex-mari d'Åsa sursauta.

– Dis-moi la vérité, reprit Madsen en essayant de contrôler ses nerfs. Tu penses vraiment qu'elle a sauté à cause de ça ? Que votre divorce la rongeait au point de lui donner des problèmes cardiaques ? Elle était solide, bordel. Tu le sais aussi bien que moi.

Un trouble dans son regard. Lars baissa la tête. Au bout d'un moment, il commença à sangloter. Madsen regarda ailleurs, le temps qu'il se reprenne. Il combattait lui-même des émotions contraires. La colère, la pitié. La tristesse.

– Il y avait quelque chose qui la souciait, dit enfin Lars en s'essuyant les yeux avec la manche de son pull. Une histoire avec ses maudites bêtes, comme toujours. C'est ça qui a miné notre mariage. On passait toujours après elles.

L'acidité était revenue.

– Les Lofoten ont essuyé des tempêtes ces derniers mois et on l'a appelée pour des échouages de mammifères. Elle faisait des autopsies pour le compte d'universités ou d'associations. Son côté bon Samaritain.

Bref sourire. Souvenir des moments heureux.

– Une des bêtes qu'elle a examinées était mutilée. Ça l'a rendue dingue.

– Mutilée ?

– Des coups de couteau, des morceaux découpés. Des trucs dégueulasses.

Est-ce que ça avait été ça, le déclencheur ? La saloperie de trop qui l'avait conduite au bord du gouffre ? Dans le milieu des correspondants de guerre comme dans celui des flics, on disait qu'on pouvait voir un certain nombre de saletés avant d'être bousillé par le métier. Depuis qu'il faisait ce boulot, il en avait connu, des reporters de guerre qui avaient fait le reportage de trop. Celui qui brise. Il avait perdu des amis à cause de ça. Des dépressions qui s'étaient terminées en suicides. De l'alcoolisme qui avait viré en cirrhose ou en accident de bagnole. Est-ce que c'était ça qui s'était passé pour Åsa ? Est-ce que l'ombre l'avait rattrapée, après toutes ces années ?

– Tu as les clés de sa boîte de safari, aux Lofoten ?

– Pourquoi ?

– Je vais écrire un article sur elle. J'ai besoin de comprendre ce qu'il s'est passé. Comment elle en est arrivée là. J'aimerais jeter un œil là-bas.

Silence. Lars le jaugea longuement. Puis il finit par se lever et sortir d'un tiroir un jeu de clés.

– Le trousseau d'Åsa. Il y a aussi les clés de la maison et des *rorbuer* qu'on avait aménagés pour en faire des locations touristiques. Tu peux dormir là-bas, si tu veux.

Et il ajouta, la voix tremblante :

– Elle a demandé à être incinérée. On répandra ses cendres dans le Vestfjord juste après. Si tu es toujours sur place…

– Je serai là, répondit Madsen.

Il suivit Lars jusqu'à la porte d'entrée. Dehors, la nuit avait englouti la ville comme une vague noire.

– Fait attention dans les Lofoten. Elle n'y avait pas que des amis.

Lars referma avant qu'il n'ait eu le temps de lui demander ce qu'il voulait dire par là.

7

Il prit le premier vol en direction de Svolvær, la capitale des Lofoten où Åsa avait installé son agence d'excursions en mer, Nordland Safari. Les locaux se trouvaient sur le port, en face de pontons où s'alignaient des semi-rigides effilés qui embarquaient les touristes pour les virées dans les fjords.

Deux tours de clé, et il était dans le hall d'accueil. Odeur de vêtements humides et de caoutchouc. Un long vestiaire occupait tout un pan de mur. Il était chargé de combinaisons flottantes noir et jaune fluo. Il y avait aussi des racks pleins de bottes, de gants, de visières de protection contre les embruns et de gilets de sécurité. Plus loin, près du comptoir, des posters expliquaient les trajets proposés : chasse aux aurores boréales dans le Trollfjord, safari à la recherche des baleines, des orques ou des aigles de mer. Des photos d'animaux occupaient le moindre espace libre aux murs. Il devina que c'était Åsa qui les avait prises. C'était elle qui prenait les clichés, à l'époque, quand ils étaient en reportage.

Son bureau se trouvait au fond du local, dans une petite pièce pleine d'étagères avec de grosses boîtes à archives en carton. La table de travail était couverte d'une plaque de verre sous laquelle on avait glissé une carte marine des Lofoten. Quelques points entourés en rouge signalaient les endroits où maraudaient les orques cette saison.

Il y avait peu de choses sur le bureau : un vieil ordinateur, une paire de jumelles d'observation, des photos de sa famille dans des cadres. Il s'assit dans le fauteuil et essaya de se connecter à l'ordinateur, testa quelques codes pour le mot de passe, en vain. Il reporta son attention sur les cartons d'archives. À l'intérieur de la plupart, il ne trouva que des liasses de documents administratifs, des factures ou des contrats. Puis il tomba sur une boîte qui contenait des chemises en carton avec des noms marqués au feutre sur le dos. Il prit la première. *Taiji*.

Quelques photos en plan d'ensemble posaient le décor : une petite baie ensoleillée, des bateaux au pont bleu ciel, des marins dedans, tenues de pêche en matière synthétique, casques blancs. Puis très vite les plans rapprochés, effroyables. Des dauphins morts empilés dans les bateaux. La mer rougie par le sang. Gros plan sur les plaies, sur la chair tendre des mammifères.

Certains clichés cadraient seulement les hommes. Plan rapproché sur un des pêcheurs, sa concentration d'artisan besogneux, les taches de sang sur ses vêtements, qu'on remarquait à peine au départ, comme pour capter la cruauté froide de l'abattage des mammifères.

Un autre dossier. *Féroé*. Encore plus insoutenable. Baie d'Husavik. Des dauphins-pilotes rabattus par les pêcheurs nageant flanc contre flanc, serrés en grappes inquiètes. Plan moyen sur la plage. Une foule d'hommes en combinaisons noires guette leur arrivée. Dans leurs mains : des couteaux, des masses, des crochets de boucher. Il imagina les cris et les sifflements paniqués des bêtes.

Rabattus par les bateaux, les mammifères s'échouaient sur la plage. Les hommes plongeaient leurs couteaux dans la chair des animaux, tronçonnaient leur tête, vidaient leurs tripes sur les galets, accouchaient des fœtus des ventres des femelles et les achevaient aussitôt. Des gerbes d'écume blanchâtre, rose, roussâtre, puis pourpre. La baie n'était plus qu'une veine éclatée. Bourreaux et victimes pataugeaient dans l'eau tiédie par le sang de dizaines d'animaux agonisants. Écœuré, Madsen tria plus rapidement les photos. Des enfants à cheval sur les dauphins décapités. Des paquets d'organes internes fourrés dans des conteneurs à déchets.

Il referma le dossier.

Les images étaient moins violentes que certaines choses qu'il avait vues pendant ses reportages, et pourtant il avait du mal à les regarder. Il s'était habitué à la souffrance humaine, mais bizarrement, celle des animaux le révulsait encore. La question était : pourquoi Åsa gardait-elle tous ces clichés ? Pourquoi cette fascination pour la violence ? Est-ce que ça correspondait à une autre époque de sa vie, ou voulait-elle montrer l'horreur des abattages de mammifères marins pour mieux les combattre ? Certains militants aimaient user de ce dévoilement de la violence. Montrer ce qu'on cache au fond des abattoirs : le spectacle de la chair qu'on extirpe, des os sciés, du sang qui bouillonne. Mais il y avait un côté presque voyeuriste dans les photos qu'il venait de voir, quasi pervers.

Il passa rapidement en revue les autres dossiers. Il n'y avait pas que des horreurs. France. Une sous-chemise, plus épaisse. *Cancale/Saint-Malo/Baie du mont Saint-Michel.* Des semi-rigides avec des grappes de touristes harnachés de gilets de sauvetage. Le sigle d'une association, « Al Lark », un flyer explicatif : « L'association se donne pour but de mieux comprendre les mammifères marins. » Des clichés de dauphins qui sautent hors de l'eau. La caresse du soleil qui donne l'impression que des milliers de petits miroirs flottent à la surface des flots. Puis on bascule en milieu clos. Un hôpital. Des enfants souriants, avec un appareillage de réalité virtuelle sur les yeux. Un projet pour amener les dauphins aux petits malades. Des images qui redonnaient foi dans l'humanité, après les massacres.

Et puis encore un autre dossier, qui lui glaça le sang.

Lofoten. Mutilations.

La chemise cartonnée s'ouvrait par une coupure de presse, un article du *Lofotposten*, un journal local, daté du mois précédent.

Qui mutile les animaux des Lofoten ?

La carcasse lacérée d'un dauphin a été retrouvée sur la plage d'Uttakleiv, au nord-ouest de Leknes. « Ce n'est malheureusement pas la première fois ces derniers temps : depuis plusieurs semaines, des cadavres de différentes espèces de mammifères marins ont été retrouvés lardés de coups de couteau. On ne sait pas si ces mutilations sont faites en mer ou une fois les animaux échoués, ni même si cela est le fait d'une seule personne dans tout l'archipel », déplore un élu local. « Il peut tout aussi bien s'agir d'un détraqué que d'un défi idiot sur les réseaux sociaux. Dans un cas comme dans l'autre, la police doit se saisir du dossier. » Contacté par nos journalistes, le poste de police de Svolvær, qui enquête sur des faits similaires, n'a pas souhaité répondre à nos questions.

Suivaient des photos imprimées sur papier par Åsa. Uttakleiv, Unstad, Ramberg, des plages des Lofoten. Les animaux étaient variés : des dauphins, des bélugas, des baleines. Au premier abord, rien d'anormal. Puis venaient les gros plans sur les chairs. Lacérations, caudales ou nageoires amputées. Les photos étaient accompagnées de photocopies de résultats de nécropsies, avec d'obscurs calculs de pannicule, le gras sous-cutané de l'animal, des mesures morphométriques, des inventaires répétitifs d'échantillons, thymus, thyroïde, poumons, cœur…

– Qu'est-ce que tu fais ici ?

Il sursauta. Une femme se tenait dans l'encadrement de la porte. Yeux bleu clair, nez fin, cheveux châtains qui tombaient en douces boucles sur ses épaules. L'espace d'un instant, il crut que c'était Åsa et sentit des fourmillements dans son ventre.

– Nils Madsen. Lars m'a prêté les clés, bredouilla-t-il.

La mention de l'ex-mari d'Åsa sembla apaiser l'inconnue. La lueur d'inquiétude dans son regard se dissipa.

– Il aurait pu me prévenir. J'ai cru qu'il y avait un cambrioleur.

La femme portait une grosse veste de quart, un pantalon de ciré et des bottes en caoutchouc. Madsen réalisa qu'il l'avait vue sur une des affiches promotionnelles pour les excursions dans le Trollfjord.

– Tu es une des employés d'Åsa, affirma-t-il.

– Liv. Je m'appelle Liv. Pourquoi tu fouilles dans ses affaires ?

Une ride soucieuse se dessinait entre ses sourcils froncés.

– Je suis journaliste. J'écris un article sur elle.

– Un article ? Pourquoi ?

– Lars m'a dit qu'elle était préoccupée par des histoires de mutilations d'animaux. J'essaye de savoir si ça a pu avoir un impact sur sa mort.

Liv leva les yeux au ciel.

– Bien sûr. Ça l'arrange de faire croire qu'elle s'est foutue en l'air juste à cause de ça, alors qu'elle en bavait depuis leur divorce.

– C'est elle qui a pratiqué toutes ces nécropsies ? demanda-t-il en attrapant une liasse de clichés.

– La majorité, oui.

– Pourquoi elle faisait ça ?

Liv retira sa grosse veste de quart et la suspendit à une patère. Madsen l'observa plus attentivement. Elle avait à peu près son âge, peut-être quelques années de plus. Un corps tout en courbes. Quand elle se retourna et que leurs regards se croisèrent de nouveau, il retrouva dans ses yeux quelque chose qu'il avait aimé chez Åsa. Un je-ne-sais-quoi de fragile et de fort en même temps.

– Elle voulait que l'entreprise participe à une meilleure connaissance de la faune marine. C'était une manière de suivre l'état de santé des populations dans la région. Elle envoyait les résultats et les prélèvements à des chercheurs, pour leurs études.

– Et c'est en faisant un de ces examens qu'elle a trouvé des carcasses mutilées ?

– Oui. Elle faisait une intervention du côté de Leknes quand elle a découvert le premier cas. Un globicéphale.

Liv fouilla parmi les dossiers et sortit de l'un d'eux une photo d'une espèce de grand dauphin à la peau sombre, qui ressemblait à ceux qu'il avait vus, massacrés, aux Féroé. Sa peau était zébrée de plaies longilignes.

– Åsa trouvait que les marques étaient trop régulières et rectilignes pour que ce soient des traces causées par les frottements sur les récifs. Au départ, elle pensait simplement que c'était le travail d'un animal charognard. Et puis elle a trouvé ça.

Elle lui montra un autre cliché. Un dauphin, cette fois-ci avec la caudale et les nageoires tranchées.

– C'est d'origine humaine. Cent pour cent de certitude. La coupure est trop nette. Et ce n'est pas un cas unique : on en a eu d'autres, comme ça. Une demi-douzaine en tout, entre les Lofoten et l'archipel des Vesterålen.

– Vous avez prévenu la police ?

– Bien sûr ! On a même déposé une plainte. Mais les flics n'ont pas pris la situation très au sérieux. Ils ont vite laissé tomber.

Madsen regarda les rapports de nécropsie soigneusement rangés dans les chemises cartonnées.

– Mais pas Åsa.

Liv hocha la tête.

– Elle voulait trouver les responsables.

– Åsa avait des soupçons sur quelqu'un en particulier ?

– Elle pensait que c'était probablement un des baleiniers du coin.

Liv lui montra d'autres photos : celles d'un dauphin reposant à plat sur le sable. On avait retiré une partie de sa chair, au niveau des muscles dorsaux.

– Celui-là, on lui a prélevé de la viande. Et ça a été fait de manière chirurgicale. Comme si la personne avait l'habitude de découper des mammifères marins. On sait que les baleiniers balancent en mer tout ce qui ne leur sert pas dans leur prise : les viscères, la graisse, l'estomac… Parfois on retrouve tout ça échoué sur les plages ou en train de flotter dans le fjord. Mais ce qui a vraiment fait flipper Åsa, c'est ça…

Elle exposa un nouveau jeu de clichés. Encore des mutilations, mais cette fois-ci, comme des sortes de symboles. Des croix, des bâtons, des fourches. Madsen reconnut des runes de vieux norrois, la langue des Vikings.

– Le type qui a fait ça a passé beaucoup de temps au-dessus de la carcasse à dessiner ces trucs. C'est vraiment flippant.

Madsen embrassa du regard les documents étalés sur la table.

– J'aimerais emporter les dossiers d'Åsa pour les étudier. Ça ne pose pas de problème ?

Liv haussa les épaules.

– Si Lars t'a donné son feu vert, moi je n'ai rien à y redire.

Elle l'aida à ranger les dossiers. Il y avait en tout trois boîtes d'archives. Elle lui proposa de l'aider à les transporter jusqu'à sa voiture. Il remarqua qu'elle boitillait légèrement, comme si elle s'était blessée au genou.

– Tu vas rester dans le coin quelques jours ? lui demanda-t-elle tandis qu'ils marchaient sur les quais.

– Une semaine, peut être deux, si possible.

– C'est beaucoup pour un simple article.

– Je connaissais bien Åsa. C'est une sorte de… de thérapie, pour moi.

Dans le port, les bateaux tanguaient doucement, bercés par les vagues. Madsen aperçut une affiche près de la passerelle qui menait aux semi-rigides de Nordland Safari. Elle était illustrée d'une photo sous-marine d'Åsa approchant un groupe d'orques. Elle paraissait minuscule à côté des géants des mers.

– Vous proposez toujours des séances de plongée avec les orques ?

– Non. On est officiellement fermés. Åsa était la seule propriétaire de Nordland et Lars ne compte pas reprendre l'activité. Les autres employés sont déjà partis. Il ne reste plus que moi.

– Est-ce qu'il y a d'autres compagnies qui proposent ce genre de sorties ? J'aimerais savoir ce que ça fait. Pour mieux comprendre Åsa.

Liv hésita.

– Normalement, on n'est plus supposés utiliser les bateaux, mais je comptais faire une dernière plongée, avant qu'on ferme. Si ça te dit, on pourrait y aller ensemble.

– Quand ?

– Lundi après-midi, ça te va ?

– Parfait.

Ils arrivèrent au parking et chargèrent les dossiers dans son coffre. Il s'installa au volant, resta un moment dans l'habitacle à regarder les mouettes danser dans le vent.

Des mutilations. Des tensions avec les pêcheurs. Une obsession pour la souffrance animale. Les pièces pouvant expliquer le suicide d'Åsa commençaient à se mettre en place. Elle menait une enquête, comme autrefois.

II

8

En attendant le retour de l'hélicoptère du gouverneur, on rejoua la guerre froide dans la salle à manger du Tulpan. Lottie et Thor burent un café dans un coin, tandis que le consul Sorokine s'installait avec les gardiens complètement à l'autre bout de la pièce et parlait en chuchotant.

Lottie en profita pour envoyer un SMS à son père, afin de lui demander s'il pouvait passer prendre sa fille à la sortie de l'école et la garder, car elle risquait de revenir du boulot bien après l'heure du dîner. C'était un des avantages d'être revenue à Longyearbyen : ses parents pouvaient profiter de leur petite-fille, et elle se décharger de temps à autre de ses obligations de mère célibataire sans trop culpabiliser.

L'hélicoptère arriva une heure plus tard et les ramena à l'aéroport. Lottie récupéra sa voiture sur le parking et ils rejoignirent Longyearbyen. Elle n'avait quasiment pas parlé durant le trajet dans les airs et Thor lui demanda ce qui n'allait pas.

– Pourquoi le consul a fait tout le chemin en hélico depuis Barentsburg pour venir à Pyramiden ?

Il y avait moins de cinq cents habitants à Barentsburg, mais la cité minière était le siège d'un des trois consulats russes du pays. Une façon de signifier à la Norvège que Moscou prenait très au sérieux sa présence dans l'archipel.

Thor haussa les épaules.

– Les gardes l'ont appelé.

Ça je m'en doute. Ce que je veux dire, c'est qu'il n'avait rien à faire là. Et qu'il était inutilement agressif.

– C'est à cause de la guerre. Cherche pas. C'est la nouvelle normalité, Lottie, il faut s'y faire.

Pendant longtemps, les relations entre les habitants de Barentsburg et de Longyearbyen avaient été tout à fait cordiales. Entre les deux communautés s'étaient organisés de nombreux échanges culturels, de la solidarité aussi, quand il y avait des problèmes d'approvisionnement à cause des tempêtes. Lottie avait encore en mémoire ses « fugues » avec ses copains, lorsqu'elle était adolescente, pour aller faire la fête dans la ville russe. La vodka n'était pas chère, et les barmans étaient peu regardants sur l'application des lois norvégiennes sur la consommation d'alcool par les mineurs. Elle avait de très bons souvenirs de cette époque. Un peu flous, certes, mais très bons.

L'ambiance s'était clairement refroidie depuis l'invasion de l'Ukraine par la Russie, l'année précédente. L'ancien consul, jugé trop conciliant, avait été muté en Afrique et Sorokine avait pris sa place. Contrairement à son prédécesseur, il ne ratait pas une occasion de faire des histoires. Comme à Pyramiden.

– J'ai hâte que cette guerre se termine, soupira Lottie.

Ils arrivèrent à Longyearbyen. Beaucoup de bâtiments longs et bas comme des baraquements. De grandes montagnes qui toisaient le fjord. Des rangées de maisons peintes dans des couleurs vives. Une église en bois rouge, blanc et noir en surplomb du centre-bourg. Pas de jardins, de garages, de clôtures. Une route qui courait vers l'aéroport, une autre vers la mine de charbon.

Il y avait peu de monde dans les rues enneigées et on n'entendait que le vent et le grondement lointain des motoneiges qui revenaient de randonnée, mais après la solitude austère de Pyramiden, la minuscule capitale du Svalbard paraissait presque tapageuse.

Les services du gouverneur se trouvaient dans un bâtiment moderne perché dans le quartier de Skjæringa, un étroit promontoire qui surplombait la ville. En contrebas, les bâtiments coincés dans la vallée entre les hautes montagnes donnaient l'impression de se blottir les uns contre les autres pour se protéger du froid.

À l'entrée, ils enlevèrent leurs lourdes bottes et traversèrent le hall en chaussettes. C'était une des étrangetés de l'île : on se déchaussait toujours dans les bâtiments publics. Une habitude qui datait de l'époque où la plupart des hommes de l'archipel travaillaient à la mine et ramenaient sous leurs semelles de la poussière de charbon qui s'incrustait partout.

– Hei, Lottie, lança la secrétaire de la gouverneure depuis son comptoir. Jørn a dit qu'il voulait te voir dès que tu arriverais.

– Ça ne peut pas attendre ? soupira-t-elle. On est un peu débordés, là.

– Il a dit que c'était urgent.

Elle se tourna vers Thor.

– On se rejoint plus tard, lui dit le Viking avec un clin d'œil.

Avec son pass magnétique, elle ouvrit la porte du couloir qui menait au bureau du surintendant Jørn Røst. Elle entendit sa voix caverneuse bien avant de le voir. Il était au téléphone et lui fit signe de s'asseoir pendant qu'il terminait sa conversation. Cheveux blancs ramenés en arrière, barbe ciselée, il avait passé vingt ans à Stovner, dans la banlieue est d'Oslo, sans doute le commissariat le plus chaud de tout le pays. À l'époque, il y gérait plus d'une centaine de flics et une dizaine de chefs de section. Crimes d'honneur, règlements de comptes entre gangs, attaques à main armée, il avait vu ce qu'il y avait de pire en Norvège.

Un univers à des années-lumière de son quotidien au Svalbard. Quelques bagarres d'ivrognes, des amendes pour excès de vitesse, des accidents de motoneige. Quant aux vols, il y en avait très peu et ils se réglaient rapidement. Il n'était pas rare que les véhicules volés reviennent tout seuls, une fois que la personne qui les avait « empruntés » avait dessoulé. Tout le monde ou presque laissait ses clés sur le contact. Pourquoi s'embêter ? Il n'y avait que quarante-cinq kilomètres de routes sur l'île, et aucun moyen de rapatrier un véhicule sur le continent sans que la police le sache.

Il y avait aussi quelques affaires plus « exotiques », comme les vols de chaussures. Comme tout le monde se déchaussait à l'entrée des bars, il arrivait que des clients éméchés ressortent avec la première paire à leur taille qu'ils trouvaient. Mais là encore, la plupart du temps, le fautif contactait la police ou passait une annonce sur les réseaux sociaux de l'île pour retrouver son propriétaire.

En attendant que Jørn termine sa conversation, Lottie observa l'extrait du traité du Spitzberg affiché sur un des murs. La partie droite était en anglais, la gauche en français, puisque le document avait été signé à Paris en 1920.

– Le ministre de la Justice, dit Jørn en raccrochant bruyamment le combiné.

Le Svalbard, Dieu sait pourquoi, dépendait du ministère de la Justice. Oslo n'avait jamais su dans quelle case ranger l'archipel. Depuis le traité, il était sous autorité norvégienne, sans être totalement assimilé à la Norvège. Un bordel arctique comme les Scandinaves savent en faire. Un peu comme les Danois avec le Groenland.

– Il voulait savoir si la situation était sous contrôle et si tout se passait bien avec les Russes. Comment c'était, à Pyramiden ?

– Rock and roll.

Malgré la gravité de la situation, Jørn sourit. Lui aussi avait passé une partie de son adolescence sur l'île. Au milieu des années 1980, il avait donné un concert à Pyramiden, lors d'un échange culturel avec les Soviétiques. Les Russes avaient joué des morceaux de musique classique, Jørn et son groupe avaient balancé du Pink Floyd, du Led Zeppelin et beaucoup de décibels. Les Russes s'étaient bouché les oreilles. La dégénérescence capitaliste dans toute sa splendeur.

– Plus sérieusement, le consul s'est pointé pendant qu'on interrogeait les témoins.

Le visage de Jørn s'assombrit.

– Je sais. Merete l'a prévenu.

Merete Amundsen était la gouverneure du Svalbard, une cinquantenaire énergique, qui avait fait presque toute sa carrière au département Arctique du ministère de la Justice. Merete ne gérait pas l'organisation de la police au quotidien, mais en plus de ses attributions administratives, c'était techniquement la cheffe de la police. Tout surintendant qu'il était, c'était à elle que Jørn rendait des comptes.

– Elle aurait pu attendre qu'on ait fini là-bas, bougonna Lottie.

– Merete a jugé qu'il était important de le prévenir, dans le cadre de nos relations de bon voisinage. Elle ne pensait pas qu'il se pointerait. Bon, qu'est-ce que tu peux me dire sur ce qui s'est passé ?

Lottie lui résuma la situation. Jørn prit des notes en hochant la tête.

– Donc, les gardes ont essayé de te cacher qu'ils avaient tiré sur l'ourse ?

– Ils craignaient qu'on leur colle une amende.

– Et l'ourse ? Tu es sûre que c'est Frost ?

– Il n'y a qu'elle qui a un collier dans la région.

– Quelle plaie, maugréa Jørn. On va avoir tous les écolos de Norvège sur le dos. Quand je pense que j'ai d'anciens collègues qui trouvent le Svalbard ennuyeux…

Frost, ou Isbjørn N26392 pour les scientifiques, était connue au-delà des frontières de l'archipel. Elle avait fait l'objet de plusieurs documentaires diffusés sur Netflix et la BBC. La presse allait massivement relayer la nouvelle de sa mise à mort, d'autant plus que l'ours polaire était devenu dans l'imaginaire collectif l'animal totem du réchauffement climatique. Une dépêche rouge lancée par NTB, l'agence de presse norvégienne, devait déjà tourner dans les rédactions de tous les grands quotidiens du pays.

Le téléphone de Jørn se mit à vibrer. Des officiels d'Oslo, encore.

– Toi et Thor, vous allez vous concentrer sur Agneta Sørensen. Il faut qu'on boucle l'enquête le plus rapidement possible. Le ministère des Affaires étrangères commence à redouter que les Syriens annulent leur venue pour raisons de sécurité. On doit montrer que la situation est sous contrôle.

Lottie avait presque oublié. Lundi, l'ambassadeur de Syrie devait venir déposer des graines dans la Réserve mondiale de semences, l'espèce de bunker qui stockait dans le permafrost de l'archipel, la terre qui ne dégelait jamais, des graines venues du monde entier. Il devait venir accompagné du ministre des Affaires étrangères. Ça faisait des semaines que la gouverneure et Jørn préparaient leur venue.

– Passe à l'université. Je veux savoir précisément ce qu'une de leurs étudiantes faisait à Brucebyen et si quelqu'un là-bas était au courant de sa présence.

Lottie quitta le bureau de Jørn et rejoignit le hall d'entrée. De grandes baies vitrées panoramiques donnaient sur les montagnes. On avait installé devant une paire de jumelles montées sur trépied pour surveiller les ours qui s'aventuraient sur la rive de l'autre côté du fjord.

Lottie croisa son reflet dans une des vitres. Celui d'une femme nerveuse et inquiète.

Dehors, la ville frissonnait sous la neige.

C'est juste un accident, se répéta-t-elle en relevant le col de son manteau.

9

L'UNIS ressemblait à une station spatiale posée sur une lune gelée. Peau extérieure en cuivre. Arrêtes tranchantes pour couper les rafales de vent et de neige. C'était de loin le plus grand bâtiment de la ville et, selon les années, entre sept et huit cents étudiants s'y inscrivaient pour y étudier des matières en lien avec l'environnement arctique : biologie, géologie, glaciologie… Il suffisait de faire quelques kilomètres en motoneige pour appliquer sur le terrain ce qu'on enseignait en cours.

L'intérieur avait été conçu de manière à créer un cocon rassurant au sein de la nature hostile du Svalbard. Lumière omniprésente. Plafonds et murs en pin vernis. Sol en frêne huilé. Grandes baies vitrées, pour capter le moindre éclat de lumière. Tout était fait pour que les gens s'y sentent bien.

À l'accueil, Lottie et Thor demandèrent à voir le professeur qui suivait Agneta Sørensen. La secrétaire fit une brève recherche sur son ordinateur :

– Knut Karlson, biologie marine.

– Il est en cours dans quelle salle ?

– Knut est actuellement sur le fjord. Il supervise les épreuves pratiques du module AS-101.

« Survie et sécurité dans l'Arctique », précisa la secrétaire. Elle lui expliqua que c'était un cours destiné aux nouveaux étudiants, pour qu'ils se familiarisent avec l'environnement du Svalbard.

– Agneta était inscrite à ce cours ?

Elle tapa de nouveau sur son clavier.

– Non, elle avait fait le module au semestre précédent.

– Je vais avoir besoin de la liste de ses camarades de classe.

La secrétaire imprima une courte liste de noms que Lottie confia à Thor.

– Essaye de voir si tu peux parler à l'un ou l'autre d'entre eux. Vois aussi si elle avait une colocataire ou des amis à la résidence universitaire qui peuvent nous expliquer ce qu'elle faisait du côté de Pyramiden. Moi je vais aller parler à son prof.

Thor s'exécuta. Lottie quitta l'université et roula jusqu'à l'Isfjord, le grand fjord qui bordait Longyearbyen. Karlson et son groupe d'étudiants n'étaient pas difficiles à trouver. Ils avaient fait le chemin dans un des Bandvagn de l'université, un gros véhicule bleu sarcelle monté sur chenilles, dont les puissants phares se voyaient de loin. Ils se tenaient tous groupés non loin de là, autour d'un grand trou tronçonné dans la banquise, un rectangle long de cinq mètres et large de trois qui s'ouvrait sur l'eau vive du fjord. Couverte de morceaux de glace brisés, la fosse avait une inquiétante couleur verdâtre à cause de la lumière rasante d'une grosse lampe braquée sur la surface.

Une étudiante se tenait sur le rebord de la piscine improvisée. Bottes, pantalon matelassé, long manteau, capuche ourlée de fourrure rabattue sur la tête, elle observait l'eau en silence. Elle avait une corde accrochée au niveau de la taille et elle tenait une espèce de pic à glace dans chaque main.

– Allez Nora, c'est pour aujourd'hui ou pour demain ? s'écria une voix grinçante.

Légèrement en retrait de la piscine, un homme trapu toisait l'étudiante. Barbe poivre et sel, yeux noirs magnétiques.

Lèvres pincées, craquelées par le froid. La quarantaine bien entamée. Lottie comprit que c'était Knut Karlson.

– Ne reste pas plantée là comme un maudit phoque, s'énerva l'enseignant.

La jeune femme haletait. Un petit nuage blanc se formait devant sa bouche à chacune de ses respirations saccadées. Lottie ne savait que trop bien ce qui se passait. La fille était terrorisée.

– Vas-y, bon sang !

– Professeur Karlson ?

L'universitaire se tourna vers elle et plissa les yeux en inspectant son visage.

– C'est moi. Tu es ?

– Lottie Sandvik, police de la gouverneure. J'aurais besoin de te parler.

– Ça ne peut pas attendre ? On est en plein examen, se plaignit Karlson.

– C'est bien toi le directeur de thèse d'Agneta Sørensen ?

La question sembla irriter l'enseignant.

– Ce n'est pas ma thésarde. Je supervise simplement son travail tant qu'elle est à l'UNIS. Pourquoi ça vous intéresse ?

– Elle a eu un accident. On a retrouvé son corps à Brucebyen. Elle a été victime d'une attaque d'ours.

Les étudiants se regardèrent les uns les autres, effarés. Karlson fronça les sourcils, hésita, puis lança à la cantonade :

– On continue les exercices. Varg, tu prends le relais. Et toi Nora, tu sautes.

Ils s'installèrent quelques mètres plus loin, suffisamment en retrait de la piscine pour que les étudiants n'entendent pas leur conversation.

– Saute, Nora ! cria Karlson. Plus tu hésites, plus ça sera dur !

La jeune femme restait raide comme un piquet. L'autre professeur vint lui parler pour essayer de la mettre plus à l'aise.

– Je croyais que c'était le responsable des opérations et de la sécurité sur le terrain qui s'occupait des formations à la survie à l'UNIS ?

Karlson ne quittait pas des yeux la jeune femme au bord de l'eau.

– C'est le cas. Mais je n'accepte pas un étudiant que je n'ai pas moi-même validé sur le terrain. Donc j'assiste à l'AS-101 à chaque semestre.

– Agneta Sørensen, c'est toi qui l'as formée ?

– Je viens de te le dire : j'entraîne personnellement tous mes étudiants.

– Elle travaillait sur quoi ?

– Pour faire simple, elle étudiait l'impact des activités humaines sur les mammifères marins dans l'Arctique.

– On a trouvé son corps à Brucebyen. On pense qu'elle était là pour le cachalot qui s'est échoué. Elle t'en avait parlé ?

Karlson esquissa un sourire mauvais.

– Je vois. Vous cherchez des coupables, hein ?

– Nous essayons simplement d'établir des faits.

– Des faits… quelle blague. Vous cherchez la personne à blâmer pour la mort d'Agneta, point barre.

– Ce n'est pas le sens de nos investigations, répondit Lottie avec le plus de diplomatie possible.

L'attitude de Karlson commençait à l'agacer. On parlait tout de même de la mort d'une de ses étudiantes. Où était son empathie ?

– Nous voulons juste comprendre comment cet accident est arrivé, pour éviter qu'un autre se reproduise.

– Et comment vous espérez faire ça ? s'agaça-t-il. Vous allez demander aux ours de quitter l'île ? À moins que vous comptiez interdire aux gens de sortir de Longyearbyen ? On est sur le territoire des ours. Il y aura toujours des accidents. Ça fait partie des risques que vous acceptez pour vivre ici.

« Saute ! Les autres attendent ! » hurla Karlson, les mains en porte-voix autour de sa bouche.

– Les gens qui viennent ici comprennent rarement ce qu'est le Svalbard. Sur le papier, on leur vend un petit paradis glacé. Des beaux paysages, des rennes qui broutent le long de la route, et oh ! regardez les oursons qui jouent avec leur mère. On leur vend une société parfaite, sans crime, sans pauvres, sans malades. Et on balaie sous le tapis la réalité de la vie ici. Qu'est-ce qui se passe quand quelqu'un est trop vieux ou trop malade ? On l'expulse. On l'envoie sur le continent par le premier avion pour qu'il crève ailleurs. Pareil pour ceux qui perdent leur job. Même les femmes enceintes on les fout dehors le temps qu'elles accouchent. Le Svalbard trie naturellement les forts des faibles. Tout ce vernis qu'on passe sur nos mœurs, ça n'existe pas ici. Si tu ne peux pas subvenir à tes besoins, tu meurs. Si tu ne sais pas te défendre face à un ours, tu meurs. Si tu ne peux pas te sortir de l'eau par toi-même… tu meurs, dit-il en haussant le ton pour que l'étudiante l'entende.

– C'est pour ça que tu t'acharnes sur cette pauvre fille ? Pour qu'elle soit plus forte ?

Il lui lança un regard noir.

– Être laxiste à l'entraînement, c'est mettre en danger ces gamins. Le jour où la banquise s'ouvrira sous elle, personne ne sera là pour se soucier de son bien-être mental. Il faudra qu'elle sorte de l'eau et qu'elle survive. « Si tu ne sais pas ce que tu fais au Svalbard, le Svalbard te tuera », récita Karlson. Chaque fois que quelqu'un quitte cette ville, il doit accepter l'idée que ce qu'il y a dehors peut le tuer. Que ce soit un ours, une avalanche ou de la glace qui lâche.

– Tes cours n'ont pas sauvé la vie d'Agneta.

Karlson se renfrogna

– J'enseigne à mes élèves les bases de la survie dans l'Arctique. S'ils n'appliquent pas les règles que je leur transmets, je ne suis pas responsable de ce qui leur arrive.

– Qu'est-ce qui te dit qu'Agneta n'a pas appliqué tes règles ?

– On demande à nos étudiants de ne pas quitter Longyearbyen sans avoir un plan de route. Ils doivent prévenir de l'endroit où ils veulent aller, du nombre de personnes dans le groupe et d'une *deadline* à partir de laquelle on appelle les secours. Et ils ne doivent pas dévier de ce plan. C'est la règle numéro un. Agneta était dans l'Austfjord pour un projet de recherche personnel. Elle devait passer la semaine là-bas. À aucun moment elle ne m'a dit qu'elle passerait par Brucebyen.

Lottie nota l'information dans un coin de sa tête. L'Austfjord se trouvait à trente kilomètres au nord de l'endroit où l'étudiante avait été attaquée par l'ours.

– Normalement, elle devait revenir demain, et il n'a jamais été question de passer voir une carcasse. Les ours sentent la graisse à des kilomètres. Un cachalot, ça représente des milliards de calories. Un vrai garde-manger. S'il y a un endroit dans tout le Spitzberg où tu peux être sûr de rencontrer un ours, c'est très certainement là.

– On n'a pas retrouvé de fusil sur place. Elle en avait un ?

– Bien sûr que oui, cherchez dans vos fichiers ! Aucun de mes étudiants ne sortirait de la ville sans arme.

– Elle avait un pistolet lance-fusée.

– Parfaitement inutile, trancha l'universitaire. Les ours qui traînent dans le Nordenskiöld ont l'habitude des détonations. Régulièrement, de gros séracs se détachent du glacier et tombent dans le fjord. C'est comme un coup de tonnerre. Se balader dans le coin avec uniquement un pistolet lance-fusée, c'est suicidaire.

– Agneta avait appris ça, pendant sa formation ?

– Évidemment.

– Si Agneta connaissait toutes ces règles, pourquoi elle ne les a pas appliquées ?

– L'arrogance. Ou la paresse. Au bout d'un moment passé sur le terrain, certains finissent par être moins stricts sur les protocoles de sécurité. J'ai vu ça même chez des guides chevronnés. Le problème, c'est que tôt ou tard, si tu ne la respectes pas, la nature t'oblige à courber l'échine.

– Est-ce qu'elle s'est montrée négligente ou « arrogante » pendant la formation à l'AS-101 ?

– Non. C'était une fille qui avait la tête sur les épaules. Mais tout le monde peut commettre des erreurs.

– Pendant son séjour hors de Longyearbyen, est-ce que vous avez communiqué ?

– Non. Vous pouvez vérifier son téléphone satellite si ça vous chante, vous verrez qu'elle ne m'a jamais appelé.

Karlson n'écoutait plus vraiment. Il était de nouveau concentré sur l'étudiante au bord de la piscine improvisée. L'autre prof s'était éloigné. Elle se trouvait de nouveau seule face à l'eau glacée.

– Agneta, elle a sauté ?

Karlson se tourna vers elle, un sourire satisfait aux lèvres.

– Ils finissent tous par sauter.

Et tu parles de l'arrogance des autres, songea-t-elle avec agacement. Elle commençait à vraiment détester ce type.

– Tu considères que c'est sa faute, hein ?

Karlson parut déstabilisé.

– Pardon ?

– Agneta. Tu penses qu'elle est morte parce qu'elle a été imprudente.

Les traits de Karlson se tendirent encore plus.

– Au Svalbard, chacun est responsable de sa propre sécurité. C'est triste qu'elle soit morte, mais elle s'est mise toute seule en danger. C'est bon, on a fini ?

– Pour l'instant. Il faudra que tu passes au bureau de la gouverneure pour faire ta déposition. Et un conseil : si la famille poursuit l'université pour négligence, prie pour ne pas passer à la barre.

Contraction dans les mâchoires, regard mauvais.

Lottie remonta de la banquise pour rejoindre l'endroit où elle avait garé sa voiture. Quand elle se retourna, Karlson était tout près de l'étudiante qui hésitait au bord de l'eau, si proche que son visage se trouvait à quelques centimètres du sien. De là où elle était, elle n'entendit pas ce que le professeur lui disait, mais elle vit le visage de l'étudiante se décomposer. Karlson recula. La fille resta un moment au bord de l'eau, les bras ballants. Une fraction de seconde plus tard, elle basculait en avant dans la fosse.

Lottie crispa les poings. Le ventre noué, elle regarda l'étudiante se débattre dans l'eau. Elle imagina le choc, le froid, le sang qui affluait vers les organes vitaux. La jeune femme se mit à nager de manière désordonnée, comme si ses membres ne recevaient pas correctement les ordres de son cerveau. Elle avança pourtant, jusqu'à arriver à l'autre bout de la piscine. Elle harponna la banquise avec un des pics à glace qu'elle tenait dans chaque main. Lottie sentit son cœur battre fort dans sa poitrine tandis que la jeune fille se démenait pour grimper sur la croûte de glace, glissait, replantait le pic, forçait pour remonter. Chaque centimètre était une lutte.

Karlson était maintenant accroupi, juste à côté d'elle. Est-ce qu'il l'encourageait, ou continuait-il à lui crier dessus ? Elle n'entendait pas, à cause du ronronnement du moteur et du chauffage.

Un dernier coup de pic et la jeune femme sortit finalement de la piscine. Les autres étudiants retirèrent leurs gants pour applaudir. Elle marcha d'un pas de zombie jusqu'à la remorque du véhicule à chenilles de l'université, un sourire de survivante sur les lèvres. L'eau glacée ruisselait de son pantalon jusqu'à ses bottes.

Lottie sentit son téléphone vibrer dans sa poche. Un SMS de Thor. *Rejoins-moi à la résidence universitaire. J'ai du nouveau.*

10

Lottie était ressortie les nerfs à vif de son entretien avec l'universitaire. Ce Karlson était vraiment un sale con. Faire sauter les étudiants dans l'eau glacée faisait partie de leur formation obligatoire, certes. Il fallait bien leur apprendre à se tirer de ce genre de situation. Mais Karlson allait trop loin. On était à la limite du harcèlement. Il faudrait qu'elle en parle à la direction de l'université.

La résidence d'Agneta se trouvait à un jet de pierre. Elle était entièrement composée de bâtiments « verts », avec isolation renforcée et panneaux solaires sur le toit pour alimenter les appartements en électricité pendant l'été, quand le soleil ne se couchait jamais.

Longyearbyen prenait petit à petit le tournant des énergies propres. Ironique, pour une ville née de la ruée vers le charbon. Mais nécessaire. Certains scientifiques estimaient que c'était la ville sur terre qui se réchauffait le plus vite. Avec les conséquences désastreuses qu'on pouvait imaginer. Quelques années plus tôt, une avalanche avait emporté une partie des maisons d'un quartier de la ville et il y avait eu deux morts. Depuis, la montagne était suturée de barrières anti-avalanche. Comme s'il fallait maintenant appareiller la nature pour la rendre viable.

Elle passa la porte d'entrée et rejoignit Thor au deuxième étage de la résidence. Il était dans une des cuisines communes que les étudiants se partageaient. Une jeune fille brune à la peau mate était assise en face de lui. Cheveux bouclés, lèvres pleines, yeux en amande d'un marron profond et chaleureux, elle était dans le milieu de sa vingtaine, comme Agneta. Elle portait de petites lunettes à monture dorée. Derrière, ses yeux étaient rougis par les larmes.

– June, je te présente Lottie. C'est elle qui dirige l'enquête sur l'accident. June était une très bonne amie d'Agneta, ajouta-t-il. Est-ce que tu peux répéter à ma camarade ce que tu m'as dit tout à l'heure ?

La jeune femme retira ses lunettes et essuya une larme avant de répondre.

– Agneta avait son fusil quand elle est partie.

Surprise, Lottie se retourna vers Thor.

– J'ai vérifié dans la chambre et dans la pièce de sécurité de la résidence, se sentit-il obligé d'ajouter. Son fusil n'est nulle part.

Lottie avait du mal à comprendre. Ils avaient tout passé au peigne fin autour de la scène de l'accident.

– La dernière fois que tu as vu Agneta, c'était quand ?

– Le jour de son départ.

– Elle était dans quel état d'esprit ?

– Joyeuse. Vraiment joyeuse. Elle était excitée d'aller sur le terrain.

– Le professeur Karlson a dit qu'elle partait dans l'Austfjord. Qu'est-ce qu'elle allait faire là-bas ?

– Elle allait étudier la façon de vivre de Rasmus. C'est un trappeur.

Lottie ne l'avait jamais rencontré, mais elle avait entendu parler de lui à l'occasion de la tournée de Noël de la gouverneure, quand elle avait rendu visite en hélicoptère aux personnes isolées de l'archipel pour leur livrer le courrier et les colis arrivés pour eux à la poste de Longyearbyen.

– Pourquoi elle s'intéressait à ce Rasmus ?

Lottie perçut une contraction dans les lèvres de June. Ça dura un quart de seconde, mais elle sentit qu'elle ne le portait pas dans son cœur.

– C'est le dernier trappeur à travailler au Svalbard à l'année. Elle voulait mesurer son empreinte sur la région.

– Je croyais qu'elle faisait une thèse de biologie marine ?

– C'était un projet personnel. Elle avait un accord de principe avec le *National Geographic* pour leur vendre un reportage sur le sujet. Et elle s'intéressait surtout à ses prélèvements sur les populations de phoques et à ses rapports avec… avec les ours polaires.

Une larme roula sur sa joue. Sa voix s'érailla. Elle sanglota un instant. Thor lui rappela qu'elle pouvait demander un soutien psychologique. Une équipe de crise devait débarquer de Tromsø le lendemain. Des psys formés aux situations de ce genre. Elle répondit que ça allait passer, se leva et se servit un verre d'eau du robinet.

– Tu suis des cours de biologie marine, toi aussi ?

Elle hocha la tête.

– Je fais une thèse sur l'impact du réchauffement climatique sur les protistes.

Elle expliqua que c'étaient des micro-organismes et parla un peu de ses recherches. Lottie ne comprit pas la moitié de ce qu'elle racontait : l'étudiante avait oublié qu'elle s'adressait à des flics, pas à ses collègues de l'université.

– Tu as fait l'AS-101 avec le professeur Karlson ? demanda Lottie.

Son regard se voila.

– Oui.

– Quelles étaient ses relations avec Agneta ?

– Très froides.

– C'était pourtant son référent au Svalbard.

– Ils ne s'entendaient pas.

– Pourquoi ?

– Le professeur Karlson est…

L'étudiante hésita.

– Con comme un renne ? proposa Lottie.

Les lèvres de June s'arrondirent de surprise, puis dessinèrent un franc sourire qui détendit l'atmosphère.

– Karlson ne voulait pas être le référent d'Agneta, mais l'université ne lui a pas laissé le choix.

– Pourquoi il ne voulait pas d'elle ?

– Ils avaient des vues totalement opposées sur la protection des espèces marines.

– C'est-à-dire ?

– Karlson est prochasse.

– Pour les baleines ?

La Norvège faisait partie des derniers pays à autoriser la pêche des cétacés, mais de plus en plus de voix s'élevaient contre cette pratique, surtout chez les plus jeunes.

– Pas seulement. Les bélugas, les phoques, même les ours. Pour réguler leur population, d'après lui. Il estime que si les stocks sont suffisants, on devrait pouvoir chasser n'importe quel animal. Agneta s'y opposait, bien sûr. Ça lui arrivait souvent de le contredire en cours quand il abordait ce genre de sujet. Ils étaient comme chien et loup.

Lottie comprenait mieux pourquoi Karlson n'avait pas paru très affecté par la mort de son étudiante.

– Elle t'a donné des nouvelles, quand elle était dans l'Austfjord ?

– Un coup de téléphone satellite pour confirmer qu'elle était arrivée là-bas et que tout allait bien.

– Elle t'avait parlé du cachalot ?

– Quel cachalot ?

– Celui qui est échoué du côté de Brucebyen. On a trouvé son corps à côté. On pense qu'elle avait prévu de faire des prélèvements ou quelque chose de ce genre.

– Ça n'était pas sur son itinéraire.

June sortit un morceau de papier plié en quatre de la poche arrière de son pantalon.

– Son plan de route. Elle me l'avait laissé avant de partir.

Lottie le lut en diagonale. Jour de départ et d'arrivée, date butoir à partir de laquelle appeler les secours si elle n'était pas revenue, captures d'écran d'un logiciel de localisation GPS répertoriant les points par lesquels elle devait passer, à l'aller puis au retour… Karlson était peut-être imbuvable, mais au moins ses leçons avaient été bien assimilées.

D'après l'itinéraire, Agneta ne devait pas passer par Brucebyen, ni dans un sens, ni dans l'autre.

– Elle était du genre à changer d'avis sur un coup de tête ? demanda Lottie.

June avait la gorge trop nouée pour répondre. L'émotion la submergeait de nouveau. Elle secoua la tête en signe de dénégation.

– C'était un voyage prévu depuis longtemps ?

– Depuis l'année dernière. C'était la troisième fois qu'elle allait voir Rasmus. Les deux premières, c'était à l'été et à l'automne. Elle voulait couvrir toutes les saisons.

– Qu'est-ce qu'elle faisait exactement là-bas ?

– Elle le suivait pendant ses chasses, elle faisait des prélèvements sur les animaux qu'il tuait, elle prenait des photos…

Une étudiante entra dans la cuisine, puis, voyant les policiers attablés avec June, opéra un demi-tour.

– Agneta avait des amis ici ?

– Beaucoup. Elle était très sociable.

– Un petit ami ?

– Elle avait un copain à Tromsø. Mais c'était tendu entre eux dernièrement.

– Pour quelle raison ?

– L'éloignement. Les relations à distance, c'est compliqué à entretenir. Ça ne tient qu'à un fil.

Lottie devina à l'expression de son visage que l'étudiante expérimentait elle-même ce genre de difficulté.

– Merci, June. On te recontactera si on a d'autres questions.

Ils la quittèrent, la laissant dans la cuisine. Lottie l'entendit sangloter quand la porte se referma derrière eux.

– Donc, elle avait son fusil en partant d'ici, dit-elle en sortant. Tu crois qu'on serait passés à côté à Brucebyen ?

– Peu probable, répondit Thor. À moins qu'elle l'ait laissé dans une des cabanes.

– Elles sont fermées à clé.

– Elle avait peut-être un double. Tu sais si elle faisait partie de la Croix-Rouge ?

Une des cabanes de Brucebyen servait de camp de base aux équipes de la Croix-Rouge quand elles se déplaçaient sur le Nordenskiöld pour des simulations de sauvetage sur glacier.

– Ça m'étonnerait. Aucun des secouristes sur place ne l'a reconnue.

Ils arrivèrent devant la porte de la chambre d'Agneta. Thor l'ouvrit à l'aide d'un badge qu'il avait récupéré chez le concierge de la résidence. À l'intérieur il faisait froid : Agneta avait coupé le chauffage avant de partir. Le tour du propriétaire fut rapide : un lit, des placards pour ranger les vêtements, un bureau. Son ordinateur était posé dessus, ainsi qu'un carnet et quelques crayons. Tout était aligné. Lottie jeta un œil dans les tiroirs. Des crayons et des fournitures bien rangées, là encore. Elle feuilleta le carnet. Des croquis. Animaux, plantes, paysages. Du travail méticuleux, à défaut d'être exceptionnel.

Elle s'arrêta sur un dessin qui s'étalait sur une double page. Des guillemots de Brünnich sur la falaise d'Alkefjellet. Ses parents l'avaient emmenée là-bas, enfant, à la toute fin de juillet, lorsque les jeunes apprennent à voler. Elle se souvenait avoir retenu son souffle, quand les premiers oisillons s'étaient élancés de leur nid agrippé à la falaise, de leur vol maladroit, à la limite de la chute libre, des piaillements inquiets des pères qui cherchaient leur progéniture en contrebas. De son soulagement à elle, lorsque les jeunes réussissaient à planer jusqu'à la mer.

Elle ferma le carnet et poursuivit son examen. La minutie d'Agneta se retrouvait dans l'armoire. Les vêtements étaient impeccablement repassés et pliés. Ses bijoux rangés en ordre dans une boîte à compartiments.

L'exiguïté de la chambre obligeait l'étudiante à organiser au mieux son espace, mais on sentait chez elle un goût pour les choses carrées : elle n'était pas le genre de personne à agir sous le coup d'une impulsion.

Pourquoi avait-elle dévié de son plan de route sans prévenir personne ?

– Tu l'as déjà vu, ce Rasmus ? demanda Lottie à Thor.

– Une fois. Il ne vient quasiment jamais en ville.

– Tu le définirais comment ?

Thor prit le temps de réfléchir.

– Sauvage. Il vit en quasi-autarcie.

Thor lui expliqua que le trappeur recevait quelques livraisons de matériel et de nourriture dans l'année, mais qu'en dehors de ça il se débrouillait par lui-même. Il avait une petite éolienne pour son électricité, récoltait des fragments d'iceberg qu'il faisait bouillir pour son eau potable et chassait pour se nourrir.

– Ses contacts avec le monde extérieur se réduisent à un café avec les touristes de passage pendant la saison des randonnées. Et même ça, c'est déjà trop pour lui. Chaque année, il publie une lettre dans le *Svalbardposten* pour dire qu'il ne veut pas trop de visites parce que ça le dérange dans son travail.

Lottie regarda par la fenêtre. Devant l'immeuble, un petit groupe d'étudiants s'était attroupé devant des photophores plantés dans la neige pour rendre hommage à leur camarade.

Elle lut la tristesse, mais aussi la peur sur leur visage.

11

Lottie termina sa journée exténuée, tant nerveusement que physiquement. Le pire avait sans doute été d'appeler les parents d'Agneta. Elle avait d'abord eu la mère, mais elle s'était rapidement effondrée, et Lottie avait dû poursuivre avec le père. Un quasi-monologue, tant l'homme était lui aussi sous le choc.

Elle s'imagina à leur place, si on lui annonçait la mort de Lena, et son cœur se mit à battre plus fort. Elle chassa l'idée de son esprit : ici, au Svalbard, elles étaient en sécurité. C'est pour ça qu'elle avait demandé sa mutation. Pour reprendre pied dans un environnement calme.

Le poste de police local recrutait généralement des flics bien plus expérimentés qu'elle, des officiers qui s'étaient frottés à toutes les situations imaginables au cours de leur carrière. Régulièrement, les avions ne pouvaient pas atterrir ici, à cause des intempéries, alors il fallait se débrouiller sans renfort du continent. En plus de leurs attributions classiques, les flics de l'île intervenaient aussi dans les secours et la préservation de l'environnement. Autant dire qu'il fallait être en forme et multitâche.

Malgré tout, sa hiérarchie avait jugé bon de mettre son dossier sur le haut de la pile, et Jørn avait accepté sa candidature sans trop de difficulté. Il récupérait une flic qui connaissait bien le coin et qui en plus parlait russe.

Depuis qu'elle était revenue, les attaques de panique s'étaient espacées, jusqu'à disparaître. Elle ne se levait plus le matin en appréhendant qu'une crise la terrasse à un moment ou un autre de la journée. Elle n'avait plus cet étau autour de la poitrine qui lui broyait le cœur à chaque fois que la pression montait, dans le métro, dans la rue, dans une salle de spectacle. Avant la crise dans l'hélicoptère, elle s'était même crue guérie. Une arme en permanence, peu d'habitants, peu de criminels. C'était mieux qu'une thérapie. Si elle ne réfléchissait pas trop à l'avenir, tout allait bien. Si elle ne regardait pas trop en arrière non plus. Elle avait choisi cette carrière pour changer les choses. Pas pour verbaliser des conducteurs de motoneige ivres ou secourir des rennes qui se coinçaient les bois dans des clôtures.

Un vent abrasif soufflait depuis le fjord. Elle enfonça son cou dans ses épaules et rejoignit sa maison en pressant le pas. Les rues de Longyearbyen étaient désertes, si l'on exceptait un groupe de rennes qui broutaient du lichen autour des vestiges du funiculaire à charbon.

Chez elle, elle trouva son père assis dans le canapé du salon, en train de regarder la télévision. Une bonne odeur de viande et de légumes mijotés flottait dans l'air.

– Ta mère a réchauffé du ragoût, lui dit-il en se levant du canapé. Elle s'est dit que tu aurais faim en revenant du travail.

Lottie embrassa Eskil Sandvik sur la joue et le remercia d'être passé prendre Lena à l'école. Elle le trouva fatigué. Il travaillait à la mine 7, la dernière encore exploitée par la Norvège au Spitzberg. Il avait eu des soucis de santé récemment. Problèmes cardiaques. Pas étonnant, après avoir passé des dizaines d'années à extraire du charbon du sous-sol du Spitzberg. Il parlait souvent de partir sur le continent et de trouver un travail plus tranquille jusqu'à la retraite, mais repoussait sans cesse. Il aimait son coin d'Arctique, tout comme sa mère.

– Ça s'est bien passé là-bas ? demanda-t-il.

La question paraissait anodine, mais Lottie comprenait ce que son père demandait sans le formuler clairement. Il craignait qu'elle craque de nouveau, comme à Oslo.

– Très bien, mentit-elle.

Eskil Sandvik hocha la tête. Elle n'était pas sûre qu'il la croyait, mais il n'en laissa rien paraître.

– C'est vraiment triste pour cette fille, continua son père. Ces satanées bêtes. On ne s'en méfie jamais assez. J'espère que vous l'avez descendue.

– Pas encore. Une équipe s'en occupera demain matin. Où est maman ?

– Avec Lena. Elle a du mal à s'endormir.

Lottie trouva sa mère dans la chambre de sa fille. Elle était assise sur une petite chaise rose, juste à côté de son lit, un livre de contes dans les mains. Cela lui rappela quand elle lui lisait des histoires, à elle aussi.

– Maman ! s'exclama Lena en se redressant sur son lit.

Lottie sourit en voyant la petite bouille heureuse de sa fille. Elle s'assit sur le bord du lit et fit mine de lui chatouiller les pieds. Lena se tortilla dans son pyjama bleu avec des personnages du dernier Disney à la mode.

– Il paraît qu'on ne dort pas ici ? Qu'on fait faire des heures supplémentaires à mamie Marina ?

Marina Sandvik referma le livre de contes et le lui tendit.

– Lena est inquiète à cause de l'ours, dit sa mère d'une voix douce. Elle voulait que je lui tienne compagnie en t'attendant.

Elle embrassa sa petite-fille et la laissa seule avec sa mère.

– Pourquoi l'ours il est méchant ? lui demanda Lena.

– Il n'est pas méchant. C'est un animal, répondit Lottie.

– Papa a dit qu'il ne faut pas que je sorte toute seule et que je dois faire attention à l'ours.

– Ah oui, papa a dit ça ? répondit Lottie en masquant sa colère.

Qu'est-ce que Jakob était allé lui raconter ?

– Les ours sont des animaux. Et les animaux ont parfois des réactions dangereuses, ma chérie. Comme les chiens.

– Et les dragons ?

– Oui. Les dragons aussi. Mais si on fait attention, ils ne sont pas plus dangereux que ça. Il ne faut pas en avoir peur, il faut simplement être prudente. Tu te souviens des règles à respecter ?

– On observe toujours autour de soi, récita Lena.

– Et si on repère un ours ?

– On se cache dans une maison.

– On y va comment ?

– Doucement, sans courir. On regarde l'ours, mais pas dans les yeux.

– Et n'oublie pas que maman les surveille pour qu'ils n'entrent pas dans la ville. Ni les ours, ni les dragons. Ici on est en sécurité. Tu fais confiance à maman ?

À demi cachée sous sa couette, Lena hocha la tête.

– Bon. Tu me racontes ta journée ?

Lena lui raconta ses histoires d'enfant, les batailles de boules de neige, les garçons qui étaient idiots, forcément, et sa maîtresse. Puis elle se mit à bâiller et Lottie estima qu'il était temps qu'elle dorme. Lena lui arracha une dernière histoire. Elle lut le début de *Gens et brigands de Pimentville*, de Thorbjørn Egner, le classique des classiques de la littérature jeunesse norvégienne que des générations de gamins avaient lu à un moment ou un autre de leur enfance. Elle lui raconta la vie à Pimentville, où les gens vaquaient tranquillement à leurs occupations, jusqu'à ce que trois voleurs débarquent et fichent la pagaille. Les malfrats finissaient par être arrêtés et mis en prison. Ils y étaient tellement bien traités qu'ils en ressortaient changés et devenaient des héros à la fin du livre en éteignant un incendie. Un condensé de l'esprit norvégien.

– Tu vas mettre l'ours en prison pour qu'il soit gentil ? demanda Lena.

Lottie sourit malgré elle.

– Non. Les ours ne vont pas en prison.

Elle embrassa sa fille sur le front, puis éteignit la lumière et lui souhaita une bonne nuit.

Ses parents étaient assis dans le canapé du salon. Elle se cala entre eux et ils discutèrent de tout et de rien devant un programme de *slow television* qui défilait à l'écran, une émission de la NRK qui présentait la confection d'un pull-over. Tonte des moutons, confection du fil, tricotage, l'émission durait plus de huit heures et ne s'achevait qu'avec l'enfilage du pull. Sa mère adorait ce genre d'émissions. Elle, ça avait le don de la rendre folle. Mais après une journée comme celle qu'elle venait de passer, elle appréciait d'être assise tranquillement et de papoter. Puis ses parents rentrèrent chez eux et elle se retrouva seule.

Elle resta fumer sur la terrasse en bois, près du râtelier à skis, en se disant qu'elle aurait bien aimé avoir quelqu'un dans son lit, cette nuit. Sa séparation d'avec Jakob remontait à neuf mois. Elle avait eu quelques aventures depuis, mais ça ne durait jamais. Son dernier mec était parti trois semaines plus tôt, à la fin de son contrat. Au Svalbard, les hommes n'étaient jamais que de passage et finissaient toujours par repartir sur le continent. Les touristes, les étudiants, les employés de la mine, les guides touristiques, les saisonniers. C'était une terre d'aventuriers, de mercenaires ou de fuyards. Il ne devait y avoir que quelques dizaines de familles qui vivaient là depuis plus de vingt ans. Adolescente, elle s'était habituée à ces amours d'oiseau migrateur. Avec l'âge et un enfant, ça devenait nettement plus complexe.

Elle rentra. Dans le salon, elle remarqua la lampe de luminothérapie déposée par sa mère. Elle lui trouvait une petite mine et lui avait conseillé de s'en servir pour être plus en forme. Presque tout le monde au Spitzberg avait des béquilles pour lutter contre le blues de l'hiver. Des ampoules haute puissance pour simuler la lumière du jour. Des cachets de vitamines. Un voyage aux tropiques entre octobre et février. Mais ça ne remplaçait pas la lumière naturelle du soleil.

Elle se prit à rêver de jours plus cléments. Ailleurs en Norvège, le soleil se levait quotidiennement. Ici, il était encore bloqué sous l'horizon et il fallait pour le moment se contenter de la faible lueur qu'il dispensait chichement, un crépuscule polaire qui ne durait que quelques heures et ne réchauffait pas la peau. Mais bientôt, on célébrerait son retour pendant la *Solfestuka*. Il y aurait des concerts, des danses traditionnelles, la fête. Les enfants s'y préparaient en dessinant des soleils sur de grandes feuilles que l'on exposerait à la bibliothèque. L'un des dessins deviendrait le soleil de l'année. Peut-être celui de Lena ? Il ornerait les badges, les écharpes, les T-shirts que porterait la foule quand elle se réunirait au pied de l'escalier de l'ancien hôpital, une simple volée de marches en bois tout à côté de l'église. On attendrait les premiers rayons en chantant, pour motiver le soleil à se montrer. Il apparaîtrait enfin, alors qu'on n'y croyait plus, et l'on sentirait pendant un court instant la caresse de ses rayons avant qu'il ne retombe, épuisé comme un athlète, sous la ligne d'horizon.

Tout s'illuminerait alors. Le printemps arriverait, et avec lui les oiseaux migrateurs. Les bruants des neiges, d'abord. Puis les mergules nains, bientôt suivis de tous les autres voyageurs revenant du Sud. La banquise craquerait et les narvals, en rangs serrés, leur longue défense de licorne ferraillant devant eux, s'engouffreraient dans les brèches comme une étrange cavalerie. Les morses allongés sur les plages rosiraient au soleil. Les jours s'allongeraient, jusqu'à terrasser la nuit.

Mais tout ça, Agneta Sørensen ne le verrait pas.

Lottie ouvrit son ordinateur portable et jeta un œil aux réseaux sociaux que l'étudiante utilisait. Elle était très connectée et postait régulièrement des messages. Beaucoup de photos de nature. Des appels aux dons pour des associations défendant la cause animale. Des photos avec ses amis, sa famille, son petit ami de Tromsø. Pas mal de posts sur le groupe Facebook « Gamle Svalbard », vieux Svalbard, dédié à l'histoire de l'île. Des photos d'anciens habitants sur des motoneiges vintage, grain et couleurs des années 1980. Des photos d'un glacier prises au même endroit avec des dizaines d'années de différence pour montrer à quel point le réchauffement climatique l'avait fait reculer. Des fanfares, des gueules noires de mineurs, des ingénieurs avec des pantalons à pattes d'éléphant, moustaches et coupes de cheveux dignes d'un clip d'ABBA.

Des vies évaporées, comme les glaciers.

Le dernier message d'Agneta sur Instagram attira son attention. *On n'imagine pas toute la cruauté qu'il peut y avoir chez l'homme.* Dans les commentaires, des gens approuvaient, d'autres se posaient des questions. *Qu'est-ce qui t'arrive ?* demandait un de ses amis. Pas de réponse. Plus jamais de réponse.

12

Madsen roula, tendu, jusqu'au pont d'où s'était jetée Åsa. Il se trouvait à une trentaine de minutes de Svolvær, sur l'E10, la route principale qui amarrait les Lofoten au continent.

Odeur d'algues décomposées, goût de sel dans l'air, vent piquant. Il se gara là où on avait retrouvé la voiture de son amie. Le pont montait jusqu'à atteindre une trentaine de mètres en son milieu. De là-haut, il regarda le vide et ressentit un léger vertige en contemplant l'eau froide en contrebas. Åsa avait sans doute fait le même chemin. Les derniers moments de sa vie s'étaient joués ici.

Des nuages couleur d'écume noyaient le sommet des montagnes. L'eau avait à certains endroits le bleu turquoise des atolls du Pacifique, comme si l'on était dans une sorte de Polynésie arctique. Curieux contraste avec les terres enneigées. Avait-elle regardé le soleil se coucher, comme lui ? Avait-elle attendu que l'horizon rougeoie ? Quel avait été le signal ? Pourquoi cet endroit et pas un autre ? Avait-elle hésité ? Avait-elle tenu la rambarde, comme lui la tenait ?

Il lâcha la barre de métal avec effroi. Ses mains tremblaient.

On ne voyait presque pas de traces humaines autour du pont. Hormis un bâtiment rouge et gris qui faisait office de salle de réunion de l'Association des jeunes de Dønning et d'aire de repos pendant la saison touristique, il n'y avait pas de bâtiments dans les environs. Au nord, les premières habitations se trouvaient à sept ou huit cents mètres à vol d'oiseau, vers le hameau de Barstrand. Au sud, on pouvait apercevoir une usine de transformation du poisson, à peu près à la même distance. Autant dire qu'il était peu probable qu'un riverain l'ait vue sauter, à moins d'avoir regardé le pont avec une paire de jumelles précisément au moment où elle chutait dans l'eau. Et encore : c'était en misant sur le fait qu'elle ait sauté en plein jour, soit une plage horaire de cinq à six heures en milieu de journée. Si elle avait voulu choisir un endroit où personne ne l'aurait vue partir, ici c'était l'idéal.

Le soleil se couchait. Madsen rentra à Svolvær et rejoignit la maison d'Åsa, une grande bâtisse à la façade claire qui regardait vers le fjord. Elle se trouvait assez loin de la ville, dans un endroit très isolé. Le premier voisin était à deux ou trois kilomètres au moins.

Seules les affaires dans la chambre de son fils avaient été déménagées. À part ça, l'endroit était comme elle l'avait quitté. Une tasse à café renversée dans l'évier, des miettes de pain et du courrier sur la table de la cuisine, des vêtements sales dans le panier à linge. Les reliefs d'un quotidien ordinaire. Madsen inspecta rapidement les lieux mais ne trouva rien qui puisse l'aider à comprendre son geste.

Une cinquantaine de mètres en contrebas du jardin s'élevaient deux cabanes sang-de-bœuf dont les pilotis mordillaient les eaux du fjord. Les rorbuer dont lui avait parlé Lars.

Il sortit sa valise du coffre de la voiture et s'installa dans l'une d'entre elles. Du temps où la pêche faisait vivre tout l'archipel, il avait abrité pendant la saison du *skrei*, le cabillaud norvégien, dix ou douze pêcheurs qui dormaient mal dans des lits superposés, autour d'une grande table et d'un petit fourneau. Dans la pièce où l'on rangeait le matériel, filets, lignes, amarres, il y avait maintenant un grand lit, des tables de nuit Ikea et des photos de plages enneigées au mur. Ne restait de son autre vie que des relents tenaces de sel, de cordages durcis par le soleil et de poisson séché, comme si les odeurs du labeur d'autrefois s'étaient incrustées dans les boiseries. Un message souhaitait la bienvenue aux locataires en plusieurs langues. L'écriture était celle d'Åsa.

Il déchargea ensuite les boîtes d'archives qu'il avait récupérées dans les locaux de Nordland Safari, puis téléphona à Torbjörn Wegner, son rédacteur en chef à l'*Aftenposten*.

– Salut Nils. Comment ça se passe pour toi ?

Wegner savait qu'il était dans le Nord pour le décès d'Åsa. Il lui avait extorqué deux jours de congés l'avant-veille. Wegner devait l'imaginer en train d'attendre dans l'aéroport de Tromsø son vol pour Oslo.

– Je vais avoir besoin d'une rallonge.

– Quoi ?

– J'ai besoin de quelques jours de plus ici.

– Combien ?

– Une dizaine.

La base d'une négociation avec son rédac'-chef : demander trop, obtenir un peu.

– Tu rigoles ! s'exclama Wegner. Tout le monde a la tête dans le guidon ici. Et je te rappelle que tu pars pour Kiev dans deux semaines, au cas où tu l'aurais oublié.

Il avait monté une équipe pour aller en Ukraine, pour le premier anniversaire du conflit. Un reporter d'image, un chef de car pour gérer la technique, un fixeur sur place pour faire la liaison avec les locaux. Et lui, qui devait assurer la rédaction des articles. Ça faisait six mois qu'il préparait ça.

– Tout est déjà calé. Heinrik et Pavel peuvent gérer sans moi pendant quelques jours, non ?

– Tu n'es plus free-lance, Nils. Il y a des règles à respecter. Et pourquoi tu as besoin de tout ce temps, d'abord ?

C'était le moment d'être convaincant. Il parla du suicide d'Åsa, de son enquête sur les mutilations d'animaux marins du côté des Lofoten, enroba ça d'assez de mystère pour que Wegner lui demande :

– Des mutilations, tu dis ? Et la police ne fait rien ?

Il l'avait ferré. Maintenant, il fallait manœuvrer avec prudence.

– Je comptais leur en parler, justement. C'est pour ça que j'ai besoin d'un peu plus de temps. Je pense que je peux en faire une série d'articles.

C'était sa dernière cartouche avant le chantage à la démission. Il espéra ne pas avoir à aller jusque-là.

– Nils, entre nous, ton histoire c'est tout ce qu'il ne faut pas faire quand on est journaliste. Enquêter sur la mort d'un proche, c'est toujours casse-gueule.

– J'en ai besoin, Torb. J'en ai besoin.

Wegner souffla dans le téléphone. Il l'imagina derrière son bureau, le front plissé, en train de frotter son crâne chauve.

– OK. Je peux te donner jusqu'à jeudi prochain, c'est tout. Vendredi, tu es au bureau.

Seulement six jours. C'était mieux que rien.

– Merci, Torb.

Madsen raccrocha. La course contre la montre commençait.

13

Le commissariat de police de Svolvær détonnait au milieu de l'espèce de zone industrielle sans charme où on l'avait relégué, au sud de la ville. Plaques de fibrociment gris foncé, panneaux de fenêtre noirs, lames de bois clair, les montagnes enneigées se reflétaient dans sa façade presque entièrement vitrée, comme si les architectes voulaient montrer qu'à l'intérieur, les flics n'avaient rien à cacher.

Les fenêtres du bureau de Viggoh Strand, le chef de la police locale, donnaient sur les séchoirs à morue de l'île de Kjeøya, qui formaient comme une cathédrale de bois, où des poissons suspendus séchaient deux par deux, attachés par la caudale. Strand avait un nez fort et légèrement arrondi qui lui dessinait un profil d'aigle de mer. La cinquantaine, il avait d'épais cheveux grisonnants et un visage taillé à coups de serpe. Badge autour du cou, cravate avec une épingle aux armoiries de la police nationale, chemise bleue réglementaire, il affichait tous les signes extérieurs du sérieux bureaucratique.

– Toutes mes condoléances pour ton amie, dit-il alors qu'ils échangeaient une poignée de main rugueuse.

Madsen hocha la tête silencieusement. Le policier désigna d'un geste de la main une chaise, pour l'inviter à s'asseoir, puis s'installa derrière son bureau.

– Le mari d'Åsa m'a appelé pour me prévenir que tu voulais me poser des questions sur sa mort.

– C'est exact.

– Puis-je demander dans quel but ?

– Comprendre.

– C'est l'ami ou le professionnel qui cherche à « comprendre » ?

Coudes calés sur le bureau, mains jointes, regard interrogateur. Strand savait qu'il était journaliste. Est-ce qu'il avait tapé son nom dans un moteur de recherche, ou bien est-ce que Lars le lui avait dit ?

– Les deux. Je compte écrire un article sur elle.

Le flic le jaugea pendant un moment. Madsen se sentit brièvement dans la peau d'un délinquant insulaire.

– Åsa était appréciée à Svolvær. Personne n'a envie de voir sa vie étalée dans les journaux. Surtout vu les conditions dans lesquelles elle est morte.

La pudeur protestante, songea Madsen. Dépression, suicide, alcoolisme, on ne parlait pas de ces choses-là en public, par crainte du jugement de la communauté. Le mot « suicide » apparaissait rarement dans les journaux quand quelqu'un mettait fin à ses jours. On utilisait des périphrases, on suggérait.

– Je cherche à expliquer son geste. C'est ça le sens de mon travail.

Le policier hocha la tête.

– Tu n'es pas d'ici. De l'Arctique, je veux dire.

Ce n'était pas une question : Madsen s'exprimait dans le dialecte des quartiers ouest d'Oslo, le flic dans celui du Nordland. Chacun savait très bien où situer l'autre sur la carte des accents et dialectes régionaux.

– Par chez nous, le soleil ne se lève pas pendant des semaines. Ça tape sur le moral. Les gens peuvent vriller d'un coup. C'est une période dure pour ceux qui traînent des valises trop lourdes.

– Des valises trop lourdes, répéta Madsen.

Il se demanda si Strand avait creusé un peu plus loin dans le passé d'Åsa, mais le flic faisait simplement allusion à son divorce récent. Il parla de la solitude en hiver, de dépression. Madsen écouta distraitement. Il repensait au moment où il avait flirté avec Åsa pour la première fois, place Tahrir, au Caire, pendant le Printemps arabe. Une odeur de citron lui monta au nez. Elle en mettait sur son mouchoir pour contrer les effets des gaz lacrymogènes. Une vieille ruse de manifestant, qu'elle lui avait enseignée.

– Bref, je sais que c'est dur à entendre, mais tout laisse à penser qu'elle a volontairement mis fin à ses jours. C'est malheureusement trop courant par chez nous. C'est pour ça qu'il est important, l'hiver, de veiller les uns sur…

Madsen interrompit le sermon du flic :

– Vous avez pu reconstituer l'emploi du temps d'Åsa avant qu'elle ne saute du pont ?

Strand croisa les bras.

– Pas intégralement. On sait qu'elle est allée à Reine et qu'elle a pris un ferry là-bas. Elle s'est arrêtée au débarcadère de Vindstad. Elle avait encore le ticket dans une des poches de son manteau. Ensuite, elle est rentrée à Svolvær et a quitté son domicile en soirée. On a trouvé une vidéo où elle passe en voiture près du pont vers vingt heures. Une demi-heure plus tard, son téléphone ne captait plus. D'après l'examen du légiste, ça correspond à peu près au moment de sa noyade.

Madsen visualisa mentalement la carte des Lofoten qu'il avait vue dans le bureau d'Åsa. D'après ses souvenirs, Reine était tout au sud de l'archipel. Il demanda à Strand s'il avait déterminé ce qu'elle allait faire là-bas.

– Il y avait tout un attirail dans le coffre de sa voiture. Une combinaison, des couteaux, des conteneurs de différentes tailles, un appareil photo…

– Elle allait intervenir sur un échouage ?

– C'est ce que nous nous sommes dit.

– Vous êtes allés sur place pour vérifier ?

– Non. Nous n'avions pas de raisons de le faire. Tous les éléments pointent dans la direction d'un suicide, comme je te l'ai déjà dit.

– Elle enquêtait sur des mutilations d'animaux dans la région. Une de ses employées m'a dit qu'elle avait déposé une plainte.

Le flic réajusta son épingle de cravate.

– En effet. Et nous avons mené des investigations en conséquence.

Madsen remarqua une inflexion dans le ton de Strand, il insista :

– Åsa était obsédée par ces histoires. Elle cherchait les responsables.

Strand soupira.

– Obsédée, c'est le mot. Elle avait tendance à surréagir pour tout ce qui concernait les orques, les baleines et tout le reste. Elle a eu beaucoup d'altercations avec des gens de la région, à ce sujet.

Des trophées de pêche étaient alignés sur une étagère au-dessus du bureau de Strand. Le flic les regarda en rêvassant, avant de poursuivre :

– On a pu établir que la plupart des marques n'étaient pas d'origine humaine. La peau de ces animaux est fragile, n'importe quoi a pu l'entailler. Un charognard, le frottement contre les récifs…

– J'ai vu les photos, l'interrompit Madsen. Åsa avait des dossiers entiers là-dessus. Certains animaux ont clairement été charcutés par un humain.

– Il y a eu beaucoup d'échouages ces derniers temps. On en a même parlé à la télévision. Ça a pu donner des idées à certains.

– Et si tous les cas étaient liés ?

Strand sourit comme s'il s'agissait d'une mauvaise blague.

– Il n'y a pas de maniaque qui s'en prend aux animaux dans les Lofoten. Ces affaires n'ont rien à voir entre elles. D'ailleurs, c'est ce que pense aussi la SNO.

« L'Inspection norvégienne de la nature », précisa Strand, quand il lui demanda ce que signifiait l'acronyme.

– Et c'est tout ? Vous n'allez pas creuser davantage ?

– Nous sommes à l'écoute de tout témoignage pouvant nous aider à en savoir plus. Nous restons vigilants.

Madsen traduisit intérieurement : ils attendaient que les choses se calment d'elles-mêmes.

– N'oublie pas qu'on parle d'atteinte à l'environnement, poursuivit Strand. Ce genre d'enquête n'aboutit quasiment jamais. L'agent de la SNO avec lequel j'ai parlé a traité une trentaine d'affaires d'animaux protégés abattus dans le nord du pays ces dix dernières années. Des carcajous, des aigles royaux, des ours, des lynx… Tu sais combien de ces enquêtes ont abouti à des condamnations ? Deux. Ils ont un taux d'élucidation proche de six pour cent. Et on ne parle que des cas où les carcasses ont été retrouvées et où une enquête a été ouverte. On peut imaginer qu'il y a bien plus d'animaux abattus chaque année. Tout ça se passe au milieu de nulle part, dans des zones difficiles d'accès. Et sans flagrant délit on ne peut rien faire, même si dans la plupart des cas la SNO se doute de l'identité des coupables.

– Laisse-moi deviner : des éleveurs ?

Strand acquiesça.

– Les dépouilles sont souvent retrouvées dans les zones de vêlage des rennes ou de pâturage des moutons. Certains éleveurs perdent plusieurs dizaines de bêtes à cause des attaques. Alors au bout d'un moment, il y en a un qui craque : il prend son fusil ou pose des pièges pour régler le problème lui-même. Mais comme on ne peut pas interroger la famille ou les proches d'un animal sauvage, qu'il n'y a pas d'empreintes digitales et pas d'analyses ADN la plupart du temps, ce sont des « crimes » presque parfaits.

– Tu dis que les éleveurs abattent les prédateurs qui menacent leurs troupeaux. Et si c'était la même chose pour les pêcheurs ? Les orques, les dauphins, les bélugas… ce sont des concurrents, non ?

Le front de Strand se plissa.

– Åsa pensait qu'un pêcheur était peut-être derrière ça, renchérit Madsen. Plus précisément un baleinier. Elle t'en a parlé quand elle est venue déposer plainte ?

Le flic lissa nerveusement sa cravate.

– J'estimais beaucoup Åsa, répondit Strand. Mais avec tout le respect que je dois à une morte, c'était sa rancœur envers certains pêcheurs de la région qui lui faisait dire ça. Et n'oublie pas qu'il faut des preuves pour accuser les gens. Pas juste des impressions et des sentiments. D'ailleurs, tu devrais t'en souvenir au moment de rédiger ton article. Maintenant, si tu veux bien m'excuser, j'ai d'autres affaires qui m'attendent.

Strand se leva. L'entretien était terminé.

Le flic ne le raccompagna pas à la sortie : visiblement, sa dernière question l'avait irrité.

14

Après sa rencontre avec Strand, Madsen passa le reste de la journée à éplucher les dossiers d'Åsa et à retracer le chemin qu'elle avait parcouru le jour de sa mort pour aller à Vindstad. Deux heures de route à l'aller, une demi-heure environ pour le ferry, quatre heures d'attente sur place pour la navette du retour. Toute une journée de travail perdue. Un investissement démesuré pour examiner un animal mort. Pourquoi était-ce si important aux yeux d'Åsa ?

Le lendemain matin, il prenait l'E10 pour rejoindre Reine, tout au bout de l'archipel. Il fallait qu'il se rende là-bas lui aussi. Qu'il voie ce qu'elle avait vu.

Le sud des Lofoten était un long finistère d'îles cousues entre elles par d'étroites routes qui serpentaient entre l'eau et la terre. À l'approche des bourgs côtiers, le vent salé charriait des odeurs devenues familières. Algues pourrissantes. Bois humide. Poisson séché. Partout, des morues étendues comme du linge séchaient sur des claies de bois, saupoudrées d'un peu de neige.

Depuis des temps immémoriaux, le skrei descendait de la mer de Barents entre janvier et avril pour venir se reproduire dans les eaux des Lofoten et des Vesterålen. Un voyage de plusieurs centaines de kilomètres, guidé par l'instinct. Aux

Lofoten, la mer avait toujours été plus généreuse que les mauvaises terres coincées entre les pics montagneux qui plongeaient dans les fjords.

Il arriva à Reine vers dix heures. Un décalque de Svolvær. Mêmes rorbuer et bateaux de pêche. Mêmes façades rouges, mêmes constructions sur pilotis, mêmes fenêtres blanches. Quelques variations au niveau des toitures. Tuiles arrondies en forme d'écailles de poisson, tôle roussie par la rouille, toits végétalisés semblables à des morceaux de prairie. Une montagne grise démesurée dominait la ville, crevassée comme l'aileron d'un vieux squale.

Un décor de carte postale, encore. La beauté rude des Lofoten faisait presque oublier que l'archipel avait été pendant des siècles un pays de marins et de veuves. Que la mort était toujours là, prête à exploser en paquets d'écume, à chavirer les bateaux, à noyer les hommes.

Il trouva facilement le terminal des ferrys. Pas de touristes à l'embarcadère. Le bateau était peint en bleu et blanc et ressemblait à un chalutier en miniature. Il voyagea seul avec le pilote, un ancien marin-pêcheur qui se souvenait vaguement d'Åsa, sans pouvoir dire quelle était son humeur le jour où ils avaient fait la traversée. Il confirma qu'elle avait une boîte à outils et qu'elle comptait examiner un animal échoué sur la plage de Bunes, de l'autre côté de l'île.

Après une trentaine de minutes, ils arrivèrent en vue d'un long ponton en bois. L'embarcadère de Vindstad.

– Je repasse dans quatre heures, lui dit le pilote. Ne soyez pas en retard, parce qu'il n'y a pas d'autre bateau qui passe dans la journée.

– Est-ce qu'il y a un bar, une boutique, quelque chose d'ouvert ? demanda Madsen en regardant les fenêtres éteintes des quelques maisons éparpillées.

– L'hiver ? répondit le pilote, hilare. Tu rêves. L'été, des bénévoles d'une association tiennent un salon de thé dans l'ancienne école, mais l'hiver…

Le pilote énuméra les noms de la demi-douzaine de personnes qui vivaient à l'année dans les hameaux de Kirkefjord, Bunesfjord et Vindstad, comme si Madsen devait être amené à les connaître personnellement.

– Un bar ! répéta le pilote pour lui-même.

Madsen était légèrement vexé. Il avait posé la question à tout hasard, en se disant qu'Åsa aurait apprécié de se mettre à l'abri et de boire quelque chose de chaud en attendant le retour du ferry.

– Si jamais tu as soif, tu peux demander au vieux Kasper de t'offrir un verre, ajouta le pilote, mais c'est tout ce que tu peux espérer.

Il indiqua une petite maison jaune avec de la fumée qui sortait de la cheminée. Il n'y avait que lui à Vindstad en ce moment. La plupart des maisons n'étaient que des résidences secondaires, occupées uniquement aux vacances.

– Si tu montes sur le col du Brunakseltinden, tu auras une belle vue sur les fjords et le village de Kjerkfjorden. Compte au moins une heure pour y aller.

– La plage de Bunes est dans cette direction ?

Le pilote acquiesça

– Il n'y a qu'un seul chemin, tu ne peux pas te perdre.

Le ferry disparut dans la brume de mer qui s'était levée. Le bruit du moteur persista un moment encore, puis il se retrouva seul à Vindstad, écrasé par son silence. Cinquante ou soixante-dix ans plus tôt, une centaine de personnes avaient dû vivre là, mais il avait du mal à imaginer les lieux avec des cris d'enfants et des gens au travail.

Madsen suivit la route que lui avait indiquée le pilote pour rejoindre la plage de Bunes. Le chemin de randonnée longeait le fjord, et la balade n'aurait pas été désagréable s'il n'avait pas eu l'esprit accablé de questions, encore. Il commençait à se demander si Åsa n'avait pas déjà en tête d'en finir quand elle avait planifié son voyage. Si tout ce chemin n'était pas une manière de se préparer, de réfléchir, de se laisser le temps de le faire ou pas.

Et lui ? Que faisait-il ici ? Dans la solitude de Vindstad, il ne pouvait pas se défiler. Il était seul face à lui-même. L'enquête, l'article. Il savait pourquoi il faisait tout ça. Accepter qu'Åsa se soit donné la mort, c'était accepter qu'il puisse suivre la même trajectoire. Après tout, ils étaient passés par les mêmes épreuves. Si elle avait chuté, lui aussi pouvait basculer. À tout moment.

Malgré la fraîcheur, il transpira quand la pente commença à augmenter. Une vingtaine de minutes d'effort, puis la plage de Bunes apparut au détour d'un col. Elle était longue, sept ou huit cents mètres au moins. Quelques débris jonchaient le sable au point d'extension maximal de la marée. Bois flotté, filets déchirés, déchets de plastique.

À la lisière de l'eau, on apercevait la masse blanchâtre d'un gros animal échoué, un béluga. Du haut du col, on aurait dit un écueil de marbre affleurant du sable.

Il dut marcher encore une dizaine de minutes pour rejoindre la carcasse. L'animal mesurait entre quatre et cinq mètres et devait sans doute peser une petite tonne. Sa peau était couturée d'entailles, des incisions nettes et violentes qui formaient des lettres sombres dans la chair.

JEG SER DEG

JE TE VOIS

III

15

Le rituel du vendredi midi une semaine sur trois. Récupérer Lena à l'école, aller la déposer à l'aéroport pour qu'elle puisse rejoindre son père à Tromsø. Un moment toujours difficile pour Lottie, car elle devait la laisser prendre l'avion toute seule. Il n'y avait pas de danger : elle connaissait bien le personnel de bord, depuis le temps, et ils s'occupaient bien de sa fille. Jakob la récupérait à l'aéroport de Tromsø, dans le petit hall dédié aux vols vers le Svalbard. Aucune probabilité qu'elle se perde ou qu'on l'enlève.

Il n'empêche. Ça la stressait quand même, et à chaque fois elle culpabilisait de ce rythme de vie causé par des choix d'adultes.

Elle se prépara mentalement à la séparation. Sauf que cette fois-ci, Jakob était là, dans le hall des arrivées.

– Jakob ? Qu'est-ce que tu fais ici ?

– Papa ! s'écria Lena en lui sautant dans les bras.

– Je voulais faire une surprise à Lena, dit-il en lui caressant les cheveux. J'ai appelé pour te prévenir, mais tu ne répondais pas au téléphone.

– Je suis très occupée. Et tu pouvais laisser un message.

Jakob éluda.

– L'ours. J'ai vu les infos.

– On prend des *pølses* ? demanda-t-il à Lena.

– Ouais !

Joie, sautillements.

– Maman va manger avec nous ?

Sa fille posa sur elle un regard implorant en répétant tout bas « Oui, oui, oui ». Impossible de dire non. Lottie était coincée. Jakob savait très bien ce qu'il faisait.

– C'est d'accord. On va tous manger des saucisses, lâcha-t-elle.

Lena ne remarqua pas son ton aigre. Ça faisait longtemps qu'elle n'avait pas eu ses deux parents dans la même pièce, et encore plus longtemps autour d'une table. Lottie joua le jeu. Ils commandèrent des pølses à la cafétéria de l'aéroport et s'installèrent à une table pour les manger. Le repas terminé, Jakob prêta son téléphone à Lena et lui dit d'aller faire des jeux un peu plus loin, le temps qu'ils parlent entre adultes.

– Comment elle va, avec ces histoires d'ours ? demanda Jakob.

– Comme une enfant normale dans un coin tranquille de Norvège. Jusqu'à ce que tu l'appelles.

– Je m'inquiétais.

– Est-ce que je t'appelle quand il y a un meurtre à Tromsø pour savoir comment elle l'encaisse ?

– Ça n'a rien à voir, Lottie. Là on parle d'un animal qui peut s'introduire en ville. C'est dangereux.

– Dangereux ? On a vécu ensemble des mois ici, tu ne t'es pas senti en danger, si ? Et j'ai passé toute mon enfance à Longyearbyen. C'est l'endroit le plus sûr de Norvège.

L'image du corps martyrisé d'Agneta s'imposa un instant à son esprit. Elle la chassa immédiatement.

– De toute façon, le problème est réglé. On a abattu l'ours ce matin, dit Lottie.

Avant de déposer Lena à l'aéroport, elle avait participé à la traque de Frost quand la clarté était à son apogée dans l'archipel. Ils avaient retrouvé l'ourse grâce à son collier GPS et l'avaient abattue depuis l'hélicoptère. Un crève-cœur. Heureusement, elle n'avait pas d'oursons avec elle.

– Pourquoi tu es venue chercher Lena ? Et ne joue pas au papa modèle : je sais que ce n'est pas juste pour me demander si elle fait des cauchemars.

Jakob regarda le fond de sa tasse de café, l'air gêné.

– Je passe des entretiens d'embauche pour une grosse boîte.

– Félicitations, on reconnaît enfin ton talent, dit-elle d'un ton acerbe.

– Lottie… pourquoi tu rends tout compliqué ?

– Au hasard : parce que tu m'as trompée avec la première pouffiasse venue ?

La pouffiasse en question était manager à SvalSat, la station satellite à la périphérie de la ville où il avait travaillé comme informaticien. Jakob avait réussi à garder leur liaison secrète quelques mois, mais dans une petite ville comme Longyearbyen, tout finit par se savoir très rapidement. Leur mariage, déjà malmené par ses crises et le départ d'Oslo, avait explosé. Elle avait obtenu la garde de Lena, Jakob avait rejoint Hjørdis sur le continent.

– C'est la belle-mère de Lena, tu ne devrais pas parler de Hjørdis comme ça…

– J'en parle comme je veux.

Finalement, Jakob avait eu raison de venir. Au moins elle avait quelqu'un sur qui déverser sa colère et sa frustration. L'enquête sur l'accident lui mettait les nerfs en pelote. C'était presque physique, comme si quelque chose sous sa peau la grattait en permanence. Elle n'avait qu'une hâte, c'était que le rapport préliminaire du légiste tombe enfin et mette un terme à la petite musique qui tournait en arrière-fond de chacune de ses pensées. *Pourquoi elle n'avait plus son fusil ? Pourquoi elle a changé de chemin ? Pourquoi elle est allée examiner le cachalot ? Pourquoi personne n'était au courant ?*

– Hjørdis s'occupe très bien de Lena. Demande-lui.

Le pire truc qu'on puisse dire à une femme trompée : que sa gosse était bien élevée par la femme qui avait brisé son couple.

– Bon, si c'était juste pour me dire ça, dit Lottie en se levant.

Jakob l'attrapa par le bras.

– Attends. Le job. Il est à Oslo.

Incrédule, Lottie se rassit.

– Tu comptes accepter ?

Il hocha la tête.

– Oui. C'est pour ça que je voulais te voir. Il faut qu'on trouve une nouvelle solution pour Lena.

Les périphrases. Jakob avait toujours été très fort pour ne pas dire clairement les choses.

– Je suppose que tu en as une à me proposer ?

– Ça fait presque deux ans que tu es au Svalbard. Quand on s'est installés ici, ça devait être temporaire. Il est peut-être temps que tu reviennes à Oslo. Ça serait mieux pour tout le monde : tu retrouverais un boulot qui te correspond mieux, je verrais davantage Lena et elle aurait ses deux parents plus souvent. C'est gagnant-gagnant.

– C'est Hjørdis qui t'a soufflé ça ?

– Non. Ce sont nos problèmes à nous, pas les siens.

– Mais elle te suit à Oslo, non ? Elle a trouvé un job là-bas elle aussi ?

Il baissa de nouveau les yeux vers le fond de sa tasse. Elle comprit tout de suite.

– Espèce de… C'est elle. C'est elle qui a trouvé un job là-bas. C'est toi qui la suis, pas elle !

Elle le regarda avec le plus extrême dégoût.

– Tu fais passer cette connasse avant ta fille ?

– Arrête, Lottie ! Je veux ce qu'il y a de mieux pour nous tous. La situation est bancale depuis le divorce et tu le sais aussi bien que moi.

– Elle est bancale parce que tu m'as plantée pour une autre. C'est toi qui as choisi de me tromper, toi qui es parti à Tromsø, toi qui veux te barrer à Oslo maintenant…

– Je me suis excusé un million de fois, Lottie. Je ne peux pas changer le passé. Il faut qu'on fasse au mieux maintenant.

– Au mieux… Comme ça t'arrange, tu veux dire !

– Tu ne peux pas dire ça. J'ai mis ma carrière entre parenthèses pour te suivre au Svalbard. Pour que tu ailles mieux.

– Sauter Hjørdis, ça faisait partie du plan pour que « j'aille mieux » ?

Jakob blêmit. Les gens à côté d'eux les regardaient avec insistance.

– Tu dis que je suis égoïste, mais est-ce que tu as au moins demandé son avis à Lena ? demanda-t-il en baissant la voix. Elle a quitté tous ses amis pour venir au Svalbard.

– Elle se plaît beaucoup ici. Elle a ses grands-parents, des amis, moi…

– Elle a envie de revenir à Oslo.

– Parce que tu as dû lui bourrer le crâne avec cette idée. Vous préparez votre coup depuis combien de temps, toi et Hjørdis ?

Jakob leva les mains en signe d'apaisement.

– Ça n'est pas pour tout de suite. Restons-en là pour aujourd'hui. On a encore quelques mois devant nous pour trouver la meilleure solution.

– Lena reste ici avec moi, Jakob.

– C'est aussi ma fille. Ne la voir que toutes les trois semaines, c'est déjà assez dur. Je comprends que tu aies envie de me punir, mais c'est aussi elle que tu punis en t'acharnant à vivre ici.

– Va au diable, Jakob.

Fin de la conversation. Ils passèrent les vingt minutes suivantes à prétendre que tout allait bien, en parlant à Lena sans jamais s'adresser la parole entre eux. Quand l'avion arriva, Lottie serra très fort sa fille dans ses bras, puis quitta le hall des départs la gorge nouée. Trop d'émotions. Colère, haine, amour, tristesse. Et cette graine noire que Jakob lui avait plantée dans le cœur. Est-ce que Lena était vraiment bien ici ? Est-ce qu'elle était égoïste de l'avoir arrachée à son environnement à Oslo ? Elle avait pensé que c'était la meilleure solution. Reprendre confiance en elle dans un job sur l'archipel sur lequel elle était née. Offrir à Lena la même tranquillité qu'elle avait connue. Fuir la violence de la capitale. Et maintenant, ça lui revenait en plein visage comme un boomerang. Est-ce qu'elle avait uniquement fait ça pour elle ?

Elle dégaina son téléphone et appela Thor pour faire un point sur l'enquête.

– Est-ce que tu as réussi à joindre ce trappeur, là, Rasmus ?

– Je tombe systématiquement sur son répondeur. J'en ai parlé à quelqu'un du service Environnement qui le connaît : apparemment, il n'allume son téléphone que le dimanche.

– Dans ce cas, on va lui rendre une petite visite, décréta Lottie. Rejoins-moi à l'aéroport.

16

Les flocons de neige s'écrasaient mollement contre les hublots de l'hélicoptère, tandis qu'ils volaient en direction de l'Austfjord. Lottie les regardait en silence, indifférente au vacarme dans l'habitacle. Elle remâchait sa dispute avec Jakob. Ça avait au moins le mérite de chasser ses angoisses.

– C'est bon, dit Thor en raccrochant son téléphone satellite. J'ai quelqu'un pour l'examen de Frost.

Lottie sortit de sa rêverie.

– Qui ?

– Frida Falk. Je la connais bien, c'est une spécialiste des ours.

Thor lui expliqua qu'elle travaillait à la station de recherche de l'Institut polaire norvégien, à Ny-Ålesund, une « ville » au nord-ouest de l'archipel qui abritait une trentaine d'habitants, presque tous des scientifiques. Il expliqua qu'il avait rencontré Falk lors de la campagne de marquage annuelle des ours, en septembre.

– Elle propose de faire ça ce soir ou demain matin, qu'est-ce que je lui réponds ?

Lottie avait envie d'expédier cette formalité :

– Ce soir. Plus vite ce sera fait, mieux ce sera.

La cabane de Rasmus se trouvait dans une des vallées qui bordaient l'Austfjord, une étendue quasi vierge qu'encerclaient des montagnes parmi les plus hautes de l'archipel. Dans le crépuscule polaire, la lueur orangée qui brillait aux fenêtres faisait penser aux yeux d'une grande bête tapie dans la neige.

L'hélicoptère se posa en retrait d'une structure en bois qu'avait érigée le trappeur, un râtelier à viande pour suspendre les carcasses de phoque à l'abri de la convoitise des ours. Il jouxtait des séchoirs à poisson et des fumoirs qu'il utilisait pour conserver les viandes. Plus loin, une quarantaine de peaux de renard arctique séchaient sur un fil, pendues par la gueule comme une étrange lessive.

Lottie et Thor furent accueillis par les aboiements des chiens, des groenlandais qui dormaient dans de petites niches posées sur la neige. Le trappeur apparut sur le seuil de sa cabane. Grand et maigre, il avait des cheveux noirs qui tombaient en mèches emmêlées sur ses épaules. Sa veste blanche de l'armée et son pantalon kaki étaient maculés de taches de sang séché. À sa ceinture pendait un couteau rangé dans une gaine en peau de phoque.

– Hei, Rasmus, lui lança Thor.

– Hei, répondit le trappeur.

Rasmus tourna son regard vers Lottie. Thor répondit à la question muette que posaient ses yeux.

– Ma collègue. Elle nous a rejoints il y a deux ans.

Le trappeur la dévisagea avec un mélange de curiosité et de méfiance, comme s'il cherchait à estimer son degré de dangerosité. Est-ce qu'il la considérait comme une menace ? Comme une proie potentielle, un animal qu'il pourrait chasser s'il le souhaitait ?

Tu te fais des idées.

– On a besoin de te parler. Tu peux nous faire entrer ? demanda Thor.

Rasmus considéra les deux flics un moment avant d'acquiescer silencieusement. Il poussa la porte en bois et ils pénétrèrent chez le trappeur. Une casserole mijotait sur le feu. Des senteurs de piment de Jamaïque, de cannelle et de cardamome flottaient dans l'air. Les épices que Rasmus utilisait pour assaisonner les saucisses de renne qu'il vendait à Longyearbyen. Elles se mélangeaient à des odeurs agressives, graisse rance, poil mouillé, produits chimiques, qui s'échappaient par une porte entrouverte qui menait à une autre pièce que Lottie identifia comme l'atelier du trappeur. Un renard bleu y pendait, la tête vers le bas, suspendu au-dessus d'un bac de sciure, prêt à être écorché.

La pièce principale était plus propre et organisée que Lottie ne l'aurait imaginé. Un canapé bricolé avec du bois flotté, une table, une chaise, un poêle, une cuisinière. On aurait dit une cellule de moine. La décoration se réduisait à des bois de renne au-dessus de l'entrée et des rideaux rouges aux petites fenêtres pour bloquer un peu la lumière pendant l'été, quand le soleil ne se couchait plus. En dehors de ça, le seul élément personnel chez le trappeur était une étagère pleine de vieux livres qui colonisait un des murs. Curieuse, elle inclina la tête et lut quelques noms sur les dos des romans : *Moby Dick* de Melville, des livres de Knut Hamsun, *Into the Wild*.

– L'étagère était déjà là, lui lança le trappeur de sa voix rocailleuse. Je n'ai rien modifié.

Lottie ne comprit pas le sens de sa remarque et se tourna vers Thor.

– La cabane est un monument historique, lui rappela son collègue.

Elle avait oublié. Au Svalbard, tout ce qui datait d'avant la Seconde Guerre mondiale était protégé, même les ruines croulantes des anciennes mines abandonnées. La cabane de Rasmus datait des années 1930, il n'avait donc pas le droit de modifier quoi que ce soit dans sa cabane sans obtenir l'autorisation des services du gouverneur.

– Nous ne venons pas pour ça, répondit Thor. On peut s'asseoir ?

Rasmus désigna le canapé. Ils s'y installèrent. Le trappeur tira à lui l'unique chaise de sa cabane et s'y assit. Il se tenait droit, les mains sur les genoux, semblait aux aguets.

– Si c'est pour les renards, je n'ai pas dépassé mon quota, se défendit Rasmus.

– Ce n'est pas non plus la raison de notre visite. Nous… sommes ici à cause d'un accident qui s'est déroulé du côté de Pyramiden.

Thor jeta un coup d'œil à Lottie avant de poursuivre :

– Nous sommes au regret de t'annoncer la mort d'Agneta Sørensen.

Le visage de sphinx du trappeur se contracta. Son front se craquela de rides et il resta un moment la bouche entrouverte, le regard dans le vide, avant de demander :

– Qu'est-ce qui lui est arrivé ?

– Elle a été attaquée par Frost.

– Où ?

Le trappeur se tendit. Il semblait prêt à bondir de sa chaise pour aller traquer la bête.

– À Brucebyen. Elle t'avait prévenu qu'elle s'y rendait ?

– Non. L'ourse. Vous l'avez retrouvée ?

– On l'a abattue ce matin, répondit Thor.

Le trappeur desserra les poings. Lottie regarda ses mains. Elles étaient rugueuses et calleuses. Les mains d'un homme qui tire sa subsistance de la nature. Râpées par le contact de la crosse du fusil, du couteau, tannées par le vent, l'eau, la neige.

– Quand est-ce qu'Agneta a quitté ta cabane ? demanda Thor.

– Mardi.

Deux jours avant qu'on trouve son cadavre, pensa Lottie. Ça se recoupait avec les déclarations des gardiens de Pyramiden.

– Elle dormait où ?

Il désigna le canapé sur lequel ils étaient assis. Une idée traversa soudain l'esprit de Lottie. *Un homme seul tout l'hiver. Une femme qui dort dans sa cabane.*

– Ça fait longtemps que tu es trappeur ici ? demanda-t-elle.

Thor la regarda, interloqué. Ils s'étaient mis d'accord pour que ce soit lui qui mène l'interrogatoire, parce qu'il connaissait mieux Rasmus.

– Trois ans, répondit le trappeur.

– C'est un mode de vie particulier.

– Des centaines de personnes ont vécu comme moi par le passé.

– C'était à une autre époque. Qu'est-ce qui t'a poussé à devenir trappeur ?

– J'ai toujours aimé la nature, commença Rasmus. Lorsque j'étais gamin, je suivais mon père et mon grand-père quand ils partaient chasser. Ils m'ont transmis le goût du plein air. Ici, la vie est rude mais on est libre.

– Comme dans les livres de Knut Hamsun ?

Lottie avait repéré *L'Éveil de la glèbe* dans l'étagère. Elle l'avait lu, pendant ses études. Elle se souvenait qu'elle avait détesté la façon dont l'auteur parlait des femmes et des Sâmes. Elle n'avait pas réussi non plus à faire abstraction de la vie personnelle de Hamsun, de son soutien au Troisième Reich, du fait qu'il avait offert sa médaille du prix Nobel de littérature à Joseph Goebbels, le patron du ministère de la Propagande nazi.

Le livre racontait la vie d'Isak, un fermier travailleur et simple qui vivait au contact de la nature. Le rejet de la société de consommation, le goût des grands espaces, le labeur routinier, on retrouvait tout ça dans l'œuvre de Hamsun. Sans doute une inspiration pour Rasmus.

Le trappeur confirma son intuition :

– Hamsun parlait déjà de notre société sans le savoir. Des personnes qui n'existent que par les objets qu'ils possèdent, qui négligent l'enracinement dans la nature… Aujourd'hui, les gens passent leur temps devant des écrans, à regarder la vie des autres au lieu de vivre la leur. L'existence que je mène ici a plus de sens. Les tâches sont dures, mais gratifiantes.

La diction du trappeur était devenue plus fluide. Comme si parler était pour lui une action si inhabituelle qu'il avait besoin de s'échauffer avant de pouvoir communiquer normalement.

Rasmus expliqua comment il se procurait par lui-même, dans la nature, de quoi subvenir à ses besoins. Outre les renards, il avait un quota de vingt-cinq rennes qu'il chassait pendant la saison. Il en gardait cinq pour se nourrir, lui et ses chiens, et vendait le reste à des restaurants de la ville. Les gardes-côtes lui donnaient un coup de main pour les livrer. Le reste de ses revenus provenait de la vente des peaux de renard et des duvets d'eider qu'il collectait dans les nids après la saison de la reproduction. Les plumes servaient de rembourrage pour des vêtements et des couettes de luxe. Il chassait également le phoque, quand le temps le permettait.

– Je suis vraiment libre ici, conclut Rasmus. La seule loi que j'ai à suivre, c'est celle de la nature.

Lottie tiqua.

– Et celles de la Norvège.

– Bien sûr, répondit le trappeur.

Rasmus accompagna sa réponse d'un sourire énigmatique. Si loin de Longyearbyen, il devait se sentir dispensé des règles de la civilisation.

– Agneta était déjà venue à l'automne, énonça-t-elle.

Le sourire de Rasmus s'effaça.

– Pour la chasse au renne, oui. Et une autre fois à l'été.

La présence d'Agneta avait perturbé son ascèse à trois reprises. Elle était une porte ouverte sur le monde extérieur.

Et une tentation aussi. L'étudiante n'était pas beaucoup plus jeune que lui. Et elle était tout sauf laide. Bien plus belle qu'Inger dans *L'Éveil de la glèbe*, la femme que rencontrait Isak dans sa solitude et qu'il finissait par épouser.

– Elle était déjà venue… Vous avez donc déjà eu le temps d'apprendre à vous connaître ?

Rasmus ne comprit pas le sous-entendu, ou préféra l'ignorer.

– On a énormément parlé, oui. Il n'y a pas beaucoup de distractions, ici.

– Comment tu définirais votre relation ?

– Amicale.

Elle trouva sa réponse un peu trop précipitée.

– Ça ne te manque pas de voir des gens ?

– Parfois. Mais si trop de monde venait ici, ça n'aurait plus de sens d'y vivre.

– Tu n'as pas envie de te marier ? De fonder une famille ?

– Si. Mais j'ai aussi parfois envie de boire une bière. Ou de voir un film au cinéma. Vivre ici exige des sacrifices. C'est une question de choix.

– Agneta, tu la trouvais comment ?

– Intelligente. Intéressante.

– Tu ne réponds pas à la question.

– Si tu parles de son physique, tu connais toi-même la réponse. Et on ne couchait pas ensemble, si c'est ça la question autour de laquelle tu tournes depuis tout à l'heure.

– Hum.

Lottie regarda le renard pendu dans l'atelier. Le trappeur savait lire les traces laissées par les animaux de l'Arctique, comment confectionner des pièges pour les attraper. Il connaissait bien les ours aussi. Il devait savoir qu'il y en avait près de Brucebyen.

– Vous avez croisé des ours dans le coin, avec Agneta ?

– Oui. Plusieurs fois.

Le trappeur regarda le râtelier à viande à travers la fenêtre.

– Quand je traite des peaux de phoque, il y en a toujours un qui finit par se rapprocher. Il tourne autour, à une centaine de mètres. C'est l'odeur de la graisse qui les attire. C'est comme une drogue pour eux. Pendant tout le temps qu'Agneta était là, les ours étaient là aussi. Même si on ne les voyait pas, on savait qu'ils rôdaient autour de la cabane. Les chiens les sentent. Ils s'agitent. Et si un ours se rapproche trop, ils le chargent.

Comme s'ils avaient compris qu'on parlait d'eux, les groenlandais aboyèrent dehors. Lottie regarda par la fenêtre. Des aurores boréales dansaient dans le ciel nocturne. Les chiens jouaient entre eux.

Elle aperçut les peaux qui séchaient.

– Combien tu as tué de renards, cette saison ?

– Cinquante, environ.

– Chasser des renards pour leurs peaux, ça ne te pose pas de problème ?

– Est-ce que c'est plus écologique d'avoir des vêtements synthétiques ?

– Agneta, elle en pensait quoi ?

– Elle était contre et considérait qu'on devait arrêter de chasser les populations d'animaux arctiques.

– Et vous arriviez à vous entendre, tous les deux ?

– Je sais que ça peut paraître surprenant pour notre époque, mais on peut ne pas partager les mêmes idées et s'entendre. Tant que ça ne menace pas l'équilibre des populations, je ne vois pas le problème. C'est comme ça que ça marche dans l'Arctique. Le renard mange ce qu'il trouve. Des oiseaux, leurs œufs, des carcasses. Des oisillons tombés du nid. Les années où beaucoup de rennes meurent, il y a beaucoup de renards. Mais s'il y en a trop, les autres espèces périclitent. Et les renards meurent à leur tour, jusqu'à ce qu'un équilibre se crée.

Moi je ne suis qu'une partie de cet équilibre. Je prélève les animaux les plus faibles. Je laisse en vie les forts, pour qu'ils continuent de perpétuer l'espèce.

Lottie songea qu'il se serait bien entendu avec Knut Karlson.

– Ça ne t'étonne pas qu'Agneta se soit fait surprendre par un ours ? Elle avait été formée à faire attention à eux et elle a passé du temps avec toi ici.

– L'ours est par nature insaisissable, répondit Rasmus. On peut le repérer, tourner la tête une seconde et il a disparu. Puis, quelques minutes plus tard, il est de nouveau là, un peu plus loin. Les ours changent constamment d'angle, pour approcher le plus près possible. Et ils trouvent toujours quelque chose derrière quoi se cacher.

Elle considéra le visage impassible du trappeur pendant un long moment.

– Qu'est-ce que tu cherches à fuir en venant vivre ici ?

La question le déstabilisa. Elle vit dans ses yeux une hésitation, avant qu'il contre-attaque :

– Et toi ?

– Moi ?

– Toi, qu'est-ce que tu fuis ?

– Tu es psy en plus d'être trappeur ?

– Non. Mais j'ai remarqué qu'on projette souvent sur les autres ses propres préoccupations.

Le trappeur la défia du regard. Elle ne baissa pas les yeux.

– On pense qu'elle s'est arrêtée pour examiner un cachalot. Elle t'en avait parlé ? demanda-t-elle.

– Non. Mais sa thèse concernait les animaux marins. Alors ça ne m'étonnerait pas d'elle. Elle était curieuse de tout ce qui touchait à la nature.

– Elle s'est servie de son fusil, ici ?

– Elle était contre la chasse.

– Tu ne l'as donc pas vue utiliser son arme ?

– Non. Mais elle la gardait toujours avec elle, par sécurité.

– Elle l'avait en partant ?

– Bien sûr.

– On n'a pas retrouvé le fusil d'Agneta sur le lieu de l'accident.

Rasmus parut très surpris.

– Elle l'avait en partant, insista-t-il.

– D'après son plan de route, Agneta devait rester au moins une semaine avec toi. Tu peux nous expliquer pourquoi elle est partie plus tôt ?

– Elle a reçu un coup de téléphone lundi, et m'a dit qu'elle allait devoir partir à cause d'un problème avec sa thèse.

– Quel problème ?

Le trappeur haussa les épaules.

– Je n'ai pas demandé.

– Elle t'a dit qui l'avait appelée ?

– Non.

Lottie se recula dans le canapé. Thor comprit qu'elle en avait terminé avec ses questions et prit le relais. Elle l'écouta passer en revue avec Rasmus la dernière journée de l'étudiante, en se concentrant sur le visage de ce dernier. Elle sentait un trouble en lui, une tension depuis qu'ils lui avaient annoncé la mort d'Agneta. Elle sentait qu'il bouillait à l'intérieur.

Quand Thor fut à court de questions, ils prirent congé.

– Garde ton téléphone satellite allumé, ordonna Thor. On aura peut-être besoin de t'appeler pour éclaircir certains points.

Rasmus acquiesça d'un signe de tête. Il était déjà reparti dans son monde de silence.

17

Un suicide d'ours.

C'est ce que pensa Lottie une heure plus tard, en arrivant au garage des services de la gouverneure où devait se dérouler l'examen de Frost. L'animal était suspendu par le cou à une large corde huileuse. On avait utilisé un crochet de levage pour soulever son imposante carcasse afin de la mesurer de la gueule à la queue. Sa tête penchait sur le côté, comme si elle venait de se pendre.

Frida Falk était en train de préparer ses ustensiles quand Lottie et Thor arrivèrent au garage. C'était une femme dans la trentaine, bien plantée et avec des hanches généreuses. Elle portait une combinaison de protection, des bottes en caoutchouc, un masque de chirurgien et une visière pour la protéger des projections. Seuls ses gros gants de jardinage la distinguaient d'un légiste.

Ils enfilèrent le même attirail et la rejoignirent.

– J'ai failli commencer sans toi, lança Frida à Thor. Toujours aussi beau gosse, à ce que je vois.

Frida désigna Lottie d'un geste du menton.

– C'est ta copine ?

– Ma collègue.

La biologiste la regarda en silence, comme si elle notait

mentalement ses données anthropométriques, puis se retourna vers Thor.

– Je suis en ville jusqu'à dimanche, ça te dit qu'on baise ?

– Frida…

Thor lui lança un regard gêné. Lottie réprima un sourire.

– Je… je dois décliner.

– Sûr ? Ça fait trois mois que je suis coincée à Ny-Ålesund avec de vieux croûtons asexués. J'ai *vraiment* très envie de passer du temps avec un homme, Thor.

– C'est non, Frida.

Elle posa ses poings sur ses hanches potelées.

– Tu vas le regretter.

– Je le regrette déjà. On peut revenir au professionnel ?

– OK, OK. Je suis à deux doigts de changer de bord, de toute façon, dit Frida en adressant un clin d'œil à Lottie.

Elle attrapa un support en plastique avec un formulaire de nécropsie clipsé dessus, puis marcha vers l'ours. Sa fourrure était maculée de sang. Lottie envisagea un instant de prendre un des cachets d'anxiolytique qu'elle avait dans sa poche intérieure, puis se ravisa. C'était juste une nécropsie d'ours, pas une autopsie. Si elle n'était même plus capable d'encaisser ça, autant démissionner.

– J'ai déjà nécropsié des ours qui avaient un casier judiciaire, mais c'est la première fois que j'en examine un qui a tué quelqu'un, commenta Frida.

– Un casier judiciaire ? s'étonna Lottie.

– J'ai bossé à Churchill, dans le Manitoba.

– C'est au Canada, ajouta Thor, qui avait compris qu'elle ne voyait pas de quoi parlait Frida.

– Dans la baie d'Hudson, la glace se forme de plus en plus tard dans l'année. Et tu sais bien que les ours ont besoin d'elle pour chasser. Alors ils traînent le long des berges et cherchent la nourriture ailleurs.

– Chez les humains, devina Lottie.

Ils avaient le même problème au Spitzberg. Les ours venaient rarement à Longyearbyen, mais il arrivait de temps en temps qu'ils s'introduisent dans les *hytter* aux alentours de la ville, les cabanes que les habitants utilisaient comme résidences secondaires. Ils parvenaient à sentir quand il y avait de la nourriture à l'intérieur et cassaient portes et fenêtres pour y accéder.

– Tu as tout compris. Pour éviter les accidents, les Canadiens ont mis au point des pièges pour les capturer. Imagine une espèce de cylindre assez gros pour contenir un ours. L'une des extrémités est ouverte, l'autre est bouchée. Au fond, on met un appât pour l'attirer. Une fois qu'il entre dans le cylindre, une grille tombe et il se retrouve bloqué. Chaque année, ils capturent quelques dizaines d'animaux comme ça. Une cinquantaine, au max.

– Et ils en font quoi ?

– Ils les mettent en prison.

Lottie se demanda si Frida était sérieuse.

– Une fois qu'ils sont capturés, un pick-up vient récupérer le piège et les ours sont gardés dans un hangar. Les gens du coin appellent ça « la prison des ours ». Les bêtes restent jusqu'à la fin de la saison. Et on ne leur donne rien à manger, pour qu'il ne leur vienne pas à l'idée de se faire capturer volontairement pour avoir le gîte et le couvert gratuits pendant l'hiver.

Il faudra que je raconte ça à Lena, songea Lottie.

Frida releva la lippe de l'animal, dévoilant du même coup un code alphanumérique tatoué dans la chair à l'intérieur des lèvres, puis le nota sur son formulaire.

– Bon, alors, est-ce qu'il y a une procédure spéciale à suivre pour votre enquête ?

– Fais ton boulot comme d'habitude, on te posera des questions si nécessaire, répondit Thor.

– OK.

Frida installa un appareil photo sur un trépied et lança l'enregistrement vidéo. Elle précisa la date, les circonstances de la nécropsie, puis se mit à commenter ce qu'elle constatait :

– La carcasse est fraîche. Apparence normale de l'animal, pas de dommages causés par des charognards, odeur faible, yeux clairs…

Elle continua l'examen externe comme s'ils n'étaient pas là, puis ils l'aidèrent à coucher l'ourse sur le sol. Lottie était chargée de prendre les photos. Elle sentit la bile remonter de son estomac au moment où Frida se saisit d'un long couteau et commença à trancher la peau de l'ourse polaire. Contrairement à ce qu'on imaginait généralement, l'épiderme était noir, et pas blanc. « Pour mieux absorber la chaleur », expliqua Frida.

Le garage s'emplit d'effluves oppressants. La grande porte qui donnait sur la cour était à demi relevée, pour faire circuler l'air, mais l'atmosphère était saturée d'odeurs fauves. Ça puait le sang, les tripes, le poil de chien mouillé. Frida s'arrêtait pour griffonner sur son formulaire d'autopsie, notait l'épaisseur de graisse, prélevait des échantillons pour les examens biologiques.

Lottie se concentra sur sa respiration et évita de penser au cadavre d'Agneta Sørensen quand la biologiste s'attaqua à l'estomac de l'ours.

– Elle s'est bel et bien nourrie sur le cadavre, commenta Frida. J'ai des résidus de graisse et de la peau d'origine humaine.

La biologiste vida le contenu de l'estomac de l'ours dans un récipient en plastique. Lottie sentit sa tête lui tourner.

– Les ours mangent principalement le gras de leurs proies. La peau, ça dépend : ils laissent celle des phoques barbus. Dans tous les cas, la viande les intéresse moins. Elle est très salée, et il est difficile de trouver de l'eau douce dans l'Arctique.

Elle remarqua des résidus étranges dans l'estomac.

– Des griffes et des vibrisses de phoque… des moustaches, précisa-t-elle à leur intention. Je relève également des traces de matière plastique. Voilà une ourse qui a dû faire les poubelles quand elle est passée du côté de Longyearbyen… L'aspect semble indiquer qu'elles ont été ingérées il y a longtemps. J'imagine que les analyses montreront aussi que son organisme est bourré de PCB.

– Du PCB ? demanda Thor.

– Du polychloro… quelque chose. On utilisait ça comme isolant dans les transformateurs électriques, les fours à micro-ondes, les peintures… Ça a été interdit dans les années 70 ou 80, parce qu'on s'est rendu compte que c'était cancérogène. Ça s'accumule dans la graisse. Et dans le lait maternel. Les femelles le transmettent à leurs petits, au moment de l'allaitement. C'est un cercle vicieux : le plancton en ingère, puis toutes les espèces qui s'en nourrissent, puis la morue, puis les phoques, jusqu'à ce qu'on arrive au sommet de la chaîne alimentaire.

– Les ours, dit Lottie.

– Les ours et les humains. Tu peux en trouver dans ton yaourt ou dans ton poisson. Presque partout sur la planète.

– Je ne mange pas de poisson. Et je prends des yaourts bio.

– Alors tu manges du PCB bio, ma grande.

Une fois tous ses prélèvements terminés, Frida retira ses gants et se colla un sachet de *snus*, du tabac à chiquer, entre la gencive et la lèvre supérieure.

– Bon. Commençons par les bonnes nouvelles. Frost n'était pas gravide et n'a pas eu d'oursons récemment. C'était une femelle assez âgée, je dirais quinze ou seize ans à la louche. Fait important : elle était très bien nourrie, vu la couche de gras sous-cutanée. Ce qu'on peut relier à la présence du cachalot, qui lui assurait une source de nourriture abondante, même pendant l'hiver.

Frida se déplaça sur le côté de la bête.

– Les causes de la mort, maintenant : j'ai trouvé un impact de balle ici, au niveau du poumon droit. La munition n'a pas fait assez de dégâts pour la tuer sur le coup, mais suffisamment pour provoquer une hémorragie importante. Une balle dans le cœur aurait été plus charitable, il faudra dire à vos tireurs de mieux viser à l'avenir. En outre, ce n'est pas la première fois que quelqu'un la prenait pour cible…

Elle attrapa une pince et l'utilisa pour retirer de petits morceaux de métal incrustés dans la chair de l'ourse.

– Des plombs ? C'est récent ? demanda Lottie.

– Non, la plaie a eu le temps de cicatriser. Elle date de plusieurs mois au moins.

– Pas d'autres blessures par balle ? Ceux qui ont trouvé le cadavre disent avoir tiré sur Frost.

– Non. Soit ils ont fait exprès de tirer à côté, soit ils visent comme des manches. Pour ce qui est des raisons qui ont poussé Frost à attaquer… c'est assez confus. Je vous explique : il existe une base de données qui répertorie toutes les attaques d'ours polaires dans les régions arctiques. La PBHIMS. Polar Bear-Human…

Frida chercha pendant quelques secondes la suite de l'acronyme, puis abandonna l'idée :

– Bref, la PBHIMS recense toutes les attaques d'ours polaires dans le monde. Depuis le dix-neuvième siècle, on en a répertorié moins d'une centaine. Et si on se concentre uniquement sur les morts, on tombe à une toute petite vingtaine.

Elle lança une œillade à Thor.

– Si on observe la population d'ours ayant causé des attaques mortelles, on constate que la plupart sont des mâles adultes. Les femelles attaquent plus rarement, en général pour défendre leurs petits. Par exemple, si un humain passe trop près de la tanière où ils se trouvent.

– Ce qui n'est pas le cas de Frost.

Frida acquiesça, puis reprit sa démonstration :

– Beaucoup d'accidents mortels sont causés par des comportements de prédation. En d'autres termes : par des ours qui cherchent à se nourrir. La plupart des ours ayant tué un humain étaient en situation de stress alimentaire. Leur poids était quasi systématiquement inférieur à la normale.

Lottie regarda la couche de gras de l'animal. Pas besoin d'être un grand expert pour voir qu'elle allait bien de ce côté-là.

– Si on s'intéresse à la répartition annuelle des attaques, on constate que depuis le début du siècle dernier, la grande majorité se déroulent entre les mois de juillet et de décembre. Ça correspond au moment de l'année où la banquise est le moins étendue.

– Donc, si je résume toutes ces informations, la mort d'Agneta Sørensen est une anomalie statistique, conclut Thor.

– Beau et intelligent, répondit Frida. Tu es vraiment sûr que tu n'es pas libre ce soir ?

– Comment tu expliques l'attaque, alors ? demanda Thor, imperturbable.

– Si je devais jouer au jeu des devinettes, je dirais que Frost et votre victime se sont retrouvées nez à nez et que l'ourse a réagi à l'instinct. Les ours sont programmés pour tuer les phoques, mais pour les humains, leur cerveau leur envoie des signaux contradictoires. Ils peuvent attaquer, fuir, observer… Si votre victime était en train de nécropsier ce cachalot, Frost a pu attaquer pour défendre son territoire.

Lottie sentait la nausée affluer de nouveau. *Une anomalie statistique…* Dès qu'elle avait vu le cadavre d'Agneta, elle avait senti que quelque chose n'allait pas.

– D'après les éléments que tu as, est-ce que tu penses qu'Agneta aurait pu être déjà morte au moment où Frost l'a retrouvée ? demanda-t-elle.

Frida hésita.

– Votre victime, elle avait des morsures dans la région du cou et à la tête ?

– Je ne pense pas, répondit Lottie. Ça a de l'importance ?

Le visage meurtri d'Agneta était flou dans sa mémoire, comme si son esprit censurait l'image pour la préserver.

– Quand ils attaquent un humain, les ours reproduisent généralement le comportement de prédation qu'ils utilisent pour les phoques. Ils s'approchent lentement, sans faire de bruit, puis, quand ils arrivent à moins de trente mètres, ils chargent aussi vite qu'ils le peuvent. Un ours sprinte à plus de quarante kilomètres-heure, autant dire qu'en dessous de cent mètres de distance, vous êtes quasiment sûr d'y rester. Et quand il frappe, c'est pour tuer. Dans l'immense majorité des attaques mortelles répertoriées, la victime avait des traces de morsure au cou et à la tête.

Lottie sentit un brusque vertige.

La panique déferla. Comme une vague qui soulève tout sur son passage.

– Lottie ?

Le froid, les frissons, la chaleur en même temps. Le décor familier du garage lui parut soudain hostile. Elle se précipita dehors, marcha quelques mètres, s'arrêta à l'angle du bâtiment. Plus de souffle. Sa vue se brouilla. Ses jambes cédèrent : elle s'assit dans la neige, contre le mur. Elle était en train d'hyperventiler. Il fallait qu'elle se reconcentre sur son souffle.

Cette peur, mon Dieu, cette peur. Elle allait en crever. Son cœur n'allait pas tenir, impossible. Elle replia ses genoux, les entoura avec ses bras, baissa la tête. *Ton souffle, ton souffle.*

À Oslo, elle avait souvent subi l'humiliation de ces crises qui frappaient n'importe quand, sans signes annonciateurs, en plein milieu d'une situation banale. Dans un bus, dans un parc, dans un restaurant. La crise pouvait intervenir n'importe où, la crucifier vivante.

– Lottie ? Tu veux que j'appelle le médecin ?

Elle leva les yeux. Thor était penché sur elle. Il ne comprenait pas ce qui se passait.

– De l'eau, articula-t-elle péniblement.

Thor disparut dans le garage, en rapporta une bouteille d'eau. Boire l'aidait à retrouver une respiration normale. Une façon de distraire son corps, de le ramener à ses fonctions primaires. Durant les crises, elle avait l'impression qu'elle luttait contre sa propre chair. Son esprit savait qu'elle ne risquait rien, mais ça ne suffisait pas. Il était comme un cavalier sur un cheval emballé.

Puis, petit à petit, le calme revint. Et avec lui, la honte. Elle se redressa.

– Reste assise.

– Ça va mieux…

– Ne bouge pas. J'appelle l'ambulance, lui dit Thor en sortant son téléphone.

Elle agrippa son bras.

– Non. Raccroche.

Il hésita.

– Je t'en supplie, Thor, raccroche.

Il rengaina son téléphone de mauvaise grâce.

– Viens à l'intérieur. Il faut que tu te mettes au chaud.

– La voiture, dit-elle en montrant le gros pick-up floqué aux couleurs des services de police du Svalbard.

– OK, la voiture, dit Thor en lui passant le bras dans le dos.

Il lui ouvrit la porte côté passager, puis s'installa au volant. L'intérieur était glacial. Il lança le chauffage. Quand il fit suffisamment chaud, elle retira son bonnet. Elle avait les cheveux collés au front par la sueur.

– C'était quoi, ça, Lottie ?

Thor lui parlait d'une voix trop douce. Elle détestait ça. Elle pensa à sa première crise dans un lieu public. C'était dans le métro d'Oslo. Elle avait cru qu'elle faisait une crise cardiaque. Elle s'était allongée au sol. On avait fait venir les secours. Le verdict était tombé à l'hôpital. Crise d'angoisse aiguë. Le médecin avait une voix toute calme, toute basse, comme si ses crises étaient liées à un volume sonore trop important.

On lui avait prescrit des médicaments, qu'elle n'avait pas pris. C'était une simple crise. Ça n'allait pas se reproduire. Elle n'avait aucun problème. Aucune blessure physique.

Elle aurait préféré. Une cicatrice. Quelque chose qui se réveillait les jours de pluie. Que les gens pouvaient voir. Pas une maladie *qui était dans sa tête*, comme disaient certains.

Mais vivez juste une de mes crises, bande d'imbéciles.

– Je fais des crises d'angoisse, dit Lottie sur le ton de l'aveu.

Elle inspira profondément avant de poursuivre.

– Ça a débuté il y a trois ans à peu près. Au départ, j'arrivais à fonctionner normalement. Ça n'arrivait pas très souvent. Puis ça s'est étendu. Et à un moment, ça a commencé à me prendre au boulot.

– C'est pour ça que tu es revenue vivre ici ?

– Je pensais que les choses seraient différentes. Moins de monde, moins de tension. Ça a marché jusqu'ici.

– Jørn le sait ?

– Non.

– Il faut que tu lui en parles.

– Surtout pas.

Elle repensa au laïus de Karlson : pas de place pour les faibles au Svalbard.

– Tu devrais au moins te mettre en retrait de l'enquête. Demande à Jørn de t'affecter à autre chose.

– Je vais bien ! s'agaça-t-elle.

Elle sortit du tout-terrain et claqua la portière derrière elle. Dans le garage, Frida rangeait ses affaires. La scientifique avait découpé la peau de l'ours, qui traînait au sol comme une carpette sale. Lottie la salua d'un geste nerveux de la main, puis remonta jusqu'au bâtiment où se trouvait son bureau. Là, elle récupéra les images prises sur la scène de l'accident d'Agneta et passa en revue les photos de son cou et de sa tête.

Aucune trace de morsure.

18

JE TE VOIS

Madsen resta paralysé, jusqu'à ce que le cri râpeux d'un oiseau le sorte de sa sidération. Il se retourna, scruta le chemin derrière lui, puis le flanc des montagnes. Il avait l'impression d'avoir une paire d'yeux braqués sur sa nuque.

Il sortit son téléphone, prit quelques photos, puis quitta la plage aussi vite qu'il le put. Dès que le réseau le permit, il composa le numéro du commissariat de Svolvær et demanda à parler à Viggoh Strand. Il insista jusqu'à ce qu'on lui passe enfin le flic.

– Qu'est-ce qui se passe ? grogna le chef de la police.

– Je suis à Vindstad... j'ai trouvé... j'ai trouvé l'animal...

Il s'arrêta pour reprendre son souffle.

– J'ai trouvé l'animal qu'Åsa était venue autopsier. Quelqu'un l'a mutilé.

Strand mit un moment à répondre.

– C'est le poste de police de Reine qui gère le secteur. Le mieux à faire, c'est d'aller déposer une plainte et...

– Déposer une plainte ? Mais bordel, Åsa en a déjà déposé une dans ton commissariat !

– Je te conseille de changer de ton, le prévint le flic.

– Quelqu'un a gravé « Je te vois » sur la peau de cette bête, tu comprends ce que ça veut dire ? Quelqu'un menaçait Åsa !

– Du calme, ça ne lui était pas forcément adressé.

– C'est le trou du cul des Lofoten ici, celui qui a fait ça s'adressait forcément à elle !

– On ne peut pas savoir. Va déposer ta plainte à Reine, on verra ensuite ce que l'on peut faire.

– Pour que vous classiez juste ça sans suite, comme les autres cas de mutilation ?

– Attention à ce que tu dis…

Il raccrocha, furieux. C'était inutile d'espérer que les flics fassent quoi que ce soit. Il fallait qu'il se débrouille sans eux.

Il arriva à Vindstad en nage et frissonnant. Son T-shirt était trempé de sueur et le froid s'insinuait sous son manteau. Le ferry n'arriverait pas avant deux bonnes heures. Il envisagea d'appeler le pilote pour lui demander de venir le chercher, quitte à payer un supplément. N'importe quoi pour quitter cette île maudite et son cadavre.

Je te vois... Quel genre de malade pouvait faire ça ?

Il aperçut la maison jaune de Kasper. Ses fenêtres donnaient sur le ponton. Depuis sa vigie, le pêcheur ne devait pas rater un passage du bateau. C'était certainement l'événement de sa journée. Peut-être qu'il avait vu Åsa, ou celui qui avait mutilé l'animal.

Madsen frappa à la porte. Un homme dans la soixantaine ouvrit, le genre de personne dont on sait, d'un simple coup d'œil aux rides profondes de son visage et à ses mains noueuses usées par l'eau salée, que la mer a été toute sa vie, son univers.

– Hei. Un problème, mon gars ?

– Je reviens de la plage de Bunes. J'ai trouvé un animal échoué là-bas.

– Le béluga ? Ah oui. Ça fait un petit moment qu'il est là.

– Tu as vu que quelqu'un avait gravé un message au couteau sur sa peau ?

Le sourire du vieil homme s'affaissa.

– Quoi ?

Madsen afficha sur l'écran de son portable la photo qu'il avait prise du béluga. L'homme déplia la paire de lunettes rangée dans sa veste et scruta l'image avec gravité.

– Quelle horreur… Mais entre. Tu as l'air gelé.

Madsen se rendit compte qu'il tremblait. Il suivit le vieux pêcheur à l'intérieur. Son antre était spartiate mais fonctionnel. Une grande pièce, qui faisait office de cuisine et de salon, avec des meubles en bois sans fioritures. Une porte vers ce qui devait être une chambre. Sur une table, des filets de poisson nacrés attendaient dans une assiette qu'on les jette dans une poêle.

– Bois, ça te fera du bien, lui dit le pêcheur en lui tendant un verre de l'aquavit qu'il avait dû se servir pour accompagner son repas.

Madsen aperçut son visage dans un miroir pendu au-dessus de l'évier. Il était pâle comme un fantôme.

– Merci, ça ira.

– Un café, alors ?

– Oui, volontiers.

Le pêcheur mit de l'eau à bouillir et chercha une boîte de café dans un placard qui semblait faire office de réserve.

– Tu viens souvent ici ?

– Quelques semaines, pendant la saison du skrei. Une partie de l'été aussi. C'était la maison de mon père. Avant c'était une ruine, mais on l'a retapée avec mes fils après la tempête Dagmar, en 2012. C'est notre hytte. Le reste de l'année, j'habite à Reine.

Il avait beau être norvégien, Madsen trouvait toujours fascinant de voir à quel point ses congénères adoraient vivre au milieu de nulle part. Il devait y avoir trois cents habitants à Reine, et pourtant, Kasper possédait une maison de vacances dans un endroit encore plus reculé.

Le pêcheur lui servit un café brûlant. Madsen se réchauffa les mains avec la tasse, avant de tremper ses lèvres dedans.

– Pour revenir à ton béluga, la marée l'a rabattu sur la plage il y a environ quinze jours. Mais il n'avait pas cette inscription quand j'y suis allé la dernière fois.

– C'était quand ?

– La semaine dernière… lundi ou mardi, je crois.

– Combien de personnes sont venues en ferry, depuis ?

– Une demi-douzaine. C'est très calme l'hiver.

– Est-ce qu'il y en a une qui aurait attiré ton attention ?

Kasper regarda les poutres au plafond, comme si la réponse se trouvait suspendue dans les airs.

– Non… Ah si : il y a une femme qui est venue avec une boîte à outils. C'est peut-être elle qui a fait ça ?

– C'était une amie. Elle enquêtait justement sur ce genre de choses.

Madsen se rappela les paroles du légiste au sujet du Takotsubo.

– Elle devait être terrifiée en revenant de la plage, non ?

– Maintenant que j'y pense… à son retour, je l'ai vue près du ponton. Je l'ai saluée. Elle s'est tout de suite figée et j'ai senti que je lui avais fait peur, sans le vouloir. Elle ne m'avait pas vu : j'ai mis ça sur le compte de la surprise et je me suis excusé. Quand on vit seul dans le coin pendant un long moment, on se replie sur soi. Je comprends mieux, maintenant.

– Elle ne t'a pas parlé de ce qu'elle avait trouvé ?

– Non. Je lui ai proposé un café, mais elle a préféré attendre le ferry près du ponton. Elle croyait peut-être que c'était moi qui avais laissé le message. Quel genre de malade pourrait faire ça ?

– C'est bien ce que je me demande.

Madsen termina son café. Tout ça prenait un tour nouveau, plus effrayant encore. Il y avait désormais une volonté de nuire à Åsa personnellement. De lui faire peur.

Une certitude grandit en lui. Åsa était sur le point de démasquer le malade qui s'amusait à mutiler les carcasses. Elle était devenue un danger.

– Il est arrivé quelque chose à ton amie, devina Kasper.

Il releva la tête.

– Elle… elle s'est suicidée.

– Mon Dieu. Elle était tellement jeune. Elle n'avait pas l'air… Enfin, je n'aurais jamais imaginé en la voyant… Ah ! quelle histoire.

Kasper but d'une traite le verre d'aquavit.

– Elle avait l'air tellement combative, reprit-il.

– Combative ? Je croyais que vous n'aviez pas vraiment parlé. Et qu'elle avait peur.

– C'était le cas. Mais après que je suis parti, elle a passé un coup de téléphone depuis le ponton. Elle avait l'air de se disputer avec la personne à l'autre bout de la ligne.

– Tu as écouté leur conversation ?

– Non ! Je me suis occupé de mes affaires. J'étais dehors et elle parlait fort.

Kasper parut ennuyé. Bien sûr qu'il avait laissé traîner ses oreilles. De l'animation à Vindstad, ça n'arrivait pas tous les jours.

– Tu es sûr de ne rien avoir entendu ? insista Madsen. La moindre chose peut avoir de l'importance.

Son hôte se lissa la barbe et réfléchit.

– Tout ce que je peux te dire, c'est que j'ai entendu un nom… un nom qui sonnait islandais. Mais… je ne me souviens plus duquel.

Madsen pesta intérieurement. Lui et Kasper cherchèrent le prénom pendant un moment, en vain. Le vieux pêcheur n'avait rien d'autre à lui apprendre au sujet d'Åsa : ils discutèrent de poisson et de pêche, jusqu'à ce que le vrombissement d'une corne de brume résonne dans l'air. Le ferry arrivait.

– Une dernière question : c'est toi qui as signalé l'échouage ?

Le pêcheur confirma :

– J'ai appelé la mairie pour les prévenir, oui. Là il fait froid, mais si la carcasse reste jusqu'au printemps, ça risque vite d'empester.

Madsen remercia Kasper et rejoignit le ferry. Le vieil homme regarda le bateau s'éloigner depuis le pas de sa porte, puis rentra chez lui.

Madsen appela Liv, l'employée d'Åsa.

– Qu'est-ce que tu fais à Vindstad ? s'étonna-t-elle.

– Je voulais reproduire l'itinéraire d'Åsa, pour essayer de comprendre ce qui s'était passé dans sa tête. Elle était venue ici pour une nécropsie, elle t'en avait parlé ?

– Bien sûr. Les autres employés et moi, on a dû gérer Nordland tout seuls ce jour-là.

– C'était habituel qu'elle fasse autant de route pour examiner un animal ?

– Pas vraiment. Pourquoi tu me poses toutes ces questions ?

Il lui parla du message taillé au couteau dans la peau de l'animal.

– Tu crois… tu crois que c'était adressé à Åsa ?

– À qui d'autre ? Est-ce qu'il y avait quelque chose qui ressemblait à ça, dans ses dossiers ?

– Non, je m'en souviendrais, tu te doutes bien. C'est dégueulasse. Complètement dégueulasse. Celui qui a fait ça est une ordure, rugit-elle.

Le souffle de Liv s'était accéléré sous l'effet de la colère.

– Åsa a appelé quelqu'un pendant qu'elle était là-bas. Quelqu'un avec un nom qui sonne islandais. Elle se serait engueulée avec cette personne. Ça te dit quelque chose ?

– Ólafur. Ólafur Gunnarsson. C'est forcément lui.

Le ton exprimait la pleine certitude.

– Pourquoi ?

– Åsa ne pouvait pas l'encadrer. C'est le président du syndicat des baleiniers.

19

Ólafur Gunnarsson.

De retour à Svolvær, Madsen passa le reste de la journée à réunir des informations sur l'homme qu'avait désigné Liv. Quarante-cinq ans, deuxième génération d'émigrés islandais. Famille de pêcheurs. Grand-père garde-côte pendant la seconde guerre de la morue, le conflit qui avait opposé les Islandais et les Anglais sur les zones de pêche le long des côtes de l'Islande dans les années 1970. Un dur qui n'hésitait pas à taillader les câbles de chalutage des navires anglais à coups de coupe-filet. Père marin-pêcheur, mère au foyer, installés dans les Lofoten dans les années 1980. Cinq frères et sœurs. Tous dans les métiers de la mer : conserverie, ferme aquacole, élevage de saumons…

Ólafur faisait partie de la dizaine de patrons de pêche qui chassaient encore la baleine de Minke pendant la saison. C'était une partie marginale de son activité, mais il s'y accrochait. Tradition familiale : son père avant lui avait traqué l'animal pendant plusieurs décennies.

En tant que président du syndicat des baleiniers, son nom apparaissait dans de nombreux articles de presse et des reportages tournant autour de la question de l'abolition de la chasse.

Madsen dénicha dans le *Lofotposten* un article particulièrement édifiant qui lui donna la certitude que c'était bien lui qu'Åsa avait appelé depuis Vindstad :

Accrochage dans le Vestfjord

Ce mercredi, des touristes naviguant à bord d'un des navires de la compagnie « Nordland Safari », qui propose des excursions consacrées à l'observation de la faune marine, ont assisté à un spectacle qu'ils ne sont pas près d'oublier.
Alors que leur bateau suivait des baleines au large d'Andenes, une détonation a soudain déchiré l'air et ils ont réalisé qu'un navire baleinier suivait le même groupe de cétacés qu'eux pour les chasser. C'est ainsi qu'ils ont assisté avec horreur à la mise à mort d'une des baleines.
« Les pêcheurs ont été particulièrement irresponsables de tirer aussi près de nous », a déclaré la patronne de Nordland Safari, qui pilotait le bateau ce jour-là. « Il y avait du sang partout. On avait des enfants qui pleuraient à bord. »
« Il y en a qui travaillent pendant que d'autres se promènent. Ce n'est pas aux premiers de s'excuser », a commenté Ólafur Gunnarsson, président de l'Union des chasseurs de baleine de Norvège.
L'incident a une fois de plus relancé les débats autour de la protection des baleines et de leur exploitation commerciale. Le business de l'observation pèse 2 milliards de dollars dans le monde, bien plus que la chasse.
« Ce n'est pas qu'une question d'argent », tempête Ólafur Gunnarsson. « Les baleines mangent nos poissons. Il faut bien en tuer pour réguler leur population. » Quand on lui parle de protection de l'environnement, il ironise : « Les touristes qui vont observer les baleines viennent des quatre coins du monde en avion. Ça ne pollue pas, peut-être ? S'ils veulent voir des baleines, qu'ils allument leur télé. Ou qu'ils viennent travailler chez moi, ils en verront de près ! »
La patronne du safari dit se réserver le droit de donner des suites judiciaires à cette malheureuse rencontre. « Beaucoup de mes

passagers sont rentrés ulcérés par ce qu'ils ont vu. L'évolution de la société est de notre côté. Le temps des baleiniers est bientôt révolu. Ce sont des reliques de notre passé. Il faut les éradiquer. »

L'article se poursuivait par un rappel du nombre de baleines pêchées durant l'année au large des Lofoten et était illustré d'une photo d'un Whale Grenade-99, au canon muni du harpon explosif utilisé par les baleiniers pour chasser.

Madsen trouva le numéro de téléphone d'Ólafur Gunnarsson sur le site du syndicat, puis l'appela en se faisant passer pour un journaliste faisant un reportage sur la chasse à la baleine. Ils convinrent de se voir le lendemain, chez lui, à Henningsvær, un petit port de pêche à trente minutes de Svolvær.

Le soir, il eut du mal à s'endormir. Les images des animaux mutilés se superposaient à celles des corps martyrisés qu'il avait vus ailleurs. Les cadavres dans les charniers de l'État islamique, près de Mossoul. Cinq cent quatre-vingt-trois hommes alignés près d'une fosse, puis exécutés sous une chaleur écrasante. Les cadavres de civils, mains attachées dans le dos par des liens en plastique, dans un sous-sol à Boutcha, en Ukraine. Est-ce qu'Åsa avait vécu la même chose ? Est-ce que toutes les horreurs qu'elle avait vues se mélangeaient dans sa tête, à elle aussi ?

Au milieu de la nuit, il sortit du rorbu et traversa le jardin jusqu'à la maison d'Åsa, entra, frôla du bout des doigts ses manteaux pendus dans l'entrée.

Sur ses réseaux sociaux, il n'avait rien décelé. Pas un seul message négatif. Pas même un sous-entendu, une phrase à double sens. Rien qui laissât penser qu'elle allait mettre fin à ses jours.

– Qu'est-ce qui s'est passé, Åsa ? demanda-t-il à voix haute, comme si un fantôme allait lui répondre.

La cuisine. Un planning. Des semaines bien occupées : les activités sportives de son fils, les week-ends avec son père, un rendez-vous à Tromsø avec une certaine Agneta S., trois semaines plus tôt, un voyage prévu pour les prochaines vacances scolaires. Oslo, pour voir ses parents. Puis les Canaries. On ne fait pas des plans comme ça quand on compte en finir.

La salle de bains. Un coin pour les médicaments. Des vitamines, pour tenir pendant l'hiver. Des antalgiques. Rien qui sorte de l'ordinaire. Comme beaucoup de Norvégiens, elle croyait fermement qu'un peu d'activité en plein air réglait la majeure partie des petits problèmes de la vie.

Le bureau. Un ordinateur portable. Il tenta de nouveau une dizaine de codes, en vain.

La chambre. La veille, il n'avait pas osé rentrer. Pas à cause de Lars, mais pour ne pas s'entailler davantage le cœur. Cette fois-ci, il s'y attela. Ouvrit les tiroirs, regarda dans les placards, jusqu'à ce que la honte lui brûle les joues. Qu'est-ce qu'il croyait trouver ici ?

Sortir. Rien à trouver, rien à comprendre. Il redescendit. Dans le salon, un grand tableau trônait au-dessus de la cheminée. Un agrandissement d'une photo sous-marine, format panoramique. Les orques, encore. Toute une tribu.

La mer, c'était un refuge pour Åsa. Pourquoi avoir choisi les eaux du fjord pour mettre fin à sa vie ? Ça n'avait pas de sens.

En refermant la porte à clé, il aperçut une caméra qu'il n'avait pas remarquée la veille. Tandis qu'il fixait l'œil noir de l'appareil, il pensa au message sur le béluga. *Je te vois.*

Une mise en garde. Une menace.

Quelques heures plus tard, elle était morte.

20

Le lendemain matin, il lui fallut un shot de caféine consistant pour réussir à fonctionner. Il prit un rapide petit déjeuner, travailla sur les dossiers d'Åsa une partie de la matinée, puis passa interroger des amis qui l'avaient aidée à s'installer à Svolvær. Il dut aussi débriefer l'avancée de son article avec Wegner, qui le pressait de rentrer.

En fin de journée, à l'heure où Ólafur Gunnarsson revenait de la pêche, il rejoignit Henningsvær pour interviewer le chasseur de baleine. Sa maison se trouvait près des quais en bois auxquels s'amarraient les chalutiers. On reconnaissait facilement son bateau : il était équipé d'un canon à l'avant, qu'on devinait sous une bâche de protection imperméable.

Il frappa à la porte du domicile d'Ólafur. Ce dernier avait encore la salopette étanche qu'il portait au travail quand il ouvrit.

– Tu es en avance, grogna le pêcheur.

– Désolé. Je repars bientôt à Oslo. J'ai peu de temps devant moi.

Ólafur avait un regard perçant comme un harpon. Il l'imagina, pendant ses chasses, en train de scruter la surface de l'océan à la recherche du souffle des baleines. Grand, massif, il avait un ventre proéminent qui tendait les mailles de son *lopapeysa*, le pull en laine islandais traditionnel avec un motif en cercle autour du cou. De la couperose rosissait le sommet de ses joues parsemées de poils blonds.

Le baleinier l'invita à entrer. En passant devant le salon, Madsen aperçut des photos suspendues aux murs. Le port d'Henningsvær dans les années 1950. Eaux noires, montagnes blanches. Une forêt de mâts. Des centaines de bateaux flanc contre flanc, tellement nombreux qu'on aurait pu traverser à pied d'un quai à l'autre. Le monde d'avant les bateaux-usines, quand l'abondance de morue attirait des pêcheurs depuis Trondheim au sud jusqu'aux confins septentrionaux du Finnmark.

Une télé posée sur un meuble bas diffusait un concert de métal norvégien.

– Moins fort, Sven ! gueula Gunnarsson.

Le son baissa.

– C'est rare que des journalistes viennent jusqu'ici pour faire un article sur la chasse, dit le pêcheur. Tu veux faire une virée en mer avec nous ?

– Non, je te remercie.

– Bon. Alors on parle juste.

Il y avait une forte odeur métallique dans la cuisine. Du sang. L'évier était rempli de poissons fraîchement pêchés qu'Ólafur venait de vider de leurs viscères. Un couteau ensanglanté reposait en équilibre sur le rebord en faïence.

– Assieds-toi. Tu vas prendre une bière.

C'était plus un ordre qu'une question. Ólafur décapsula deux bouteilles.

– Par quoi on commence ?

– Dis-moi comment tu es devenu chasseur de baleine.

Madsen avait préparé quelques questions pour faire bonne figure. Il voulait mettre Ólafur en confiance avant de le guider vers les sujets qui l'intéressaient vraiment : les mutilations, ses relations avec Åsa et le coup de téléphone qu'elle lui avait passé depuis Vindstad.

Ólafur commença à parler de son adolescence, des premières sorties en mer sur le bateau de son père, de son premier tir de canon. La chasse à la baleine était selon lui une tradition qui ne faisait de mal à personne, et surtout pas à l'espèce qu'il chassait, les baleines de Minke. « Les gens pensent qu'on chasse des baleines bleues ou je ne sais quoi », s'emporta-t-il. Puis il expliqua qu'il y avait plus de cent mille baleines de Minke dans les eaux norvégiennes et qu'ils n'en pêchaient que quelques centaines par an, rien qui mette l'espèce en péril.

Pendant qu'Ólafur parlait, Madsen remarqua qu'il manquait des phalanges au majeur et à l'index de sa main droite. Il laissa traîner un peu trop longtemps son regard sur le membre mutilé.

– Accident de tir. Le harpon a explosé dans le canon. J'ai failli perdre ma main, expliqua le pêcheur.

– Ça ne t'a pas donné envie d'arrêter la chasse ?

– Certainement pas ! Il y a eu une enquête à l'époque. Le canon n'avait jamais eu de dysfonctionnement. Mets ça dans ton article. Je suis sûr que quelqu'un l'avait trafiqué. Un de ces enfoirés d'activistes. Ils ont saboté des bateaux dans les Lofoten, à une époque. J'en ai vu qui jubilaient sur les réseaux sociaux. Ça a bien fait marrer les écolos. Le chasseur blessé par son arme. Cette bande de merdeux… Ça leur faisait plaisir que je sois mutilé. J'ai repris la chasse dès la saison suivante. Hors de question de me coucher devant des terroristes. Tous ces pourris d'écolos ont saboté le métier.

Une lueur mauvaise passa dans le regard d'Ólafur Gunnarsson.

– Ouais, saboté, répéta-t-il entre ses dents. Ils ont réussi à bourrer le crâne des jeunes pour les dégoûter de manger de la baleine. Maintenant ils préfèrent bouffer des cochonneries bourrées d'hormones et de produits chimiques plutôt qu'un animal qui a passé toute sa vie en liberté dans l'océan. Pas dans une cage. Tu as déjà vu un Inuit malade d'avoir mangé un phoque ou une baleine ? On marche sur la tête. Les technocrates d'Oslo nous ont sacrifiés pour contenter tous ces activistes.

Gunnarsson rumina un moment des malédictions en islandais, avant de reprendre.

– Même les gamins de chez nous ne veulent plus de ces boulots-là. C'est fini. Ils veulent vivre dans des grandes villes, bouffer du soja et bosser dans un bureau, bien au sec. De toute façon, les banques ne leur prêteraient pas le fric pour acheter un bateau. Bientôt plus personne n'ira s'esquinter la santé à chasser la baleine pour trente couronnes le kilo. On a eu besoin de nous. On a nourri la Norvège. On a nourri l'Europe. Et aujourd'hui, on nous considère comme des monstres parce qu'on pêche quelques baleines. Il faudrait qu'on ne pêche plus rien, à en entendre certains. Plus de baleines, plus de phoques, même les saumons, on interdira de les pêcher, tu verras ! Les gens des villes ont oublié d'où ils viennent. Des couilles molles. Tout ce pays est un gigantesque parc naturel de couilles molles. Un jour on se fera bouffer par les Russes… On verra comment ils feront, quand les puits de pétrole du pays seront à sec. Ils reviendront à la mer. On ne fera pas vivre les Lofoten en baladant des touristes dans des hors-bord.

Gunnarsson marqua une pause pour reprendre sa respiration. Il était tellement emporté par sa diatribe que ses joues s'étaient empourprées.

– Je n'ai pas honte de mon métier. J'ai pris la mer avec les derniers vrais marins. Des gens qui ne parlaient pas pour ne rien dire. Le métier était rude. Bien plus qu'aujourd'hui. Jamais je ne baisserai les yeux devant Greenpeace et compagnie. J'ai pêché la baleine pendant trente ans. Et le phoque parfois, entre avril et mai, quand la mer de glace est brisée comme une hostie. On tirait depuis le bastingage et ensuite, il fallait sauter sur les grandes plaques de floe qui dérivaient. Les vagues nous soulevaient, c'était comme marcher sur une montagne vivante qui se levait et s'abaissait. Pour eux, la pêche au phoque, c'est une boucherie, comme ils disent. Mais est-ce qu'on insulte les bouchers, dans ce pays ? Est-ce qu'on stigmatise les abattoirs comme on nous a stigmatisés nous, hein ? Et les éleveurs de rennes ?

Madsen était nerveux. Gunnarsson était déjà très échauffé et il fallait qu'il trouve un moyen d'en venir à l'appel téléphonique qu'avait passé Åsa.

– J'ai entendu dire que tu avais eu beaucoup d'altercations avec les équipages de *whale watching*, tenta-t-il.

– Les fétichistes des baleines, se moqua Ólafur. On a déjà eu des problèmes avec certains d'entre eux.

– Comme Åsa Hagen ?

Ça passe ou ça casse. Le chasseur de baleine renifla bruyamment.

– C'était une folle. Bon débarras de ne plus l'avoir dans l'archipel.

La colère lui flanqua un coup de pied dans le ventre. Madsen essaya de ne rien laisser paraître.

– Åsa, c'était une pièce rapportée. Une nana d'Oslo qui un jour est venue nager avec les orques et en a fait un business. Ici on a vécu de la pêche pendant des siècles. Pas de gentilles promenades sur l'eau. C'est comme ça qu'on gagne de l'argent dans le coin : en bossant dur.

– Vous étiez en conflit ?

– Ah ça, oui. Il y a quelques années, on a eu un accrochage. J'étais en train de suivre des baleines de Minke et elle s'est mise entre moi et les animaux. C'est strictement interdit. J'ai essayé de manœuvrer pour la contourner, mais elle a commencé à zigzaguer pour que je ne passe pas.

Ça ressemblait bien à Åsa, se dit Madsen.

– Elle a pris une amende pour ça, hein. Mets bien ça dans ton article. Elle ne l'a jamais digéré. Depuis, elle pensait que j'étais derrière chaque emmerde qui lui arrivait.

Il avala une longue gorgée de bière qui siphonna le fond de sa bouteille.

– On m'a dit que vous vous étiez disputés très récemment.

– Qui t'a dit ça ?

– J'ai mes sources.

Le chasseur de baleine le toisa, des éclairs dans les yeux. Madsen avait l'impression qu'il commençait à se douter de quelque chose.

– J'ai aussi interviewé une des employés d'Åsa, pour donner un autre point de vue sur la chasse à la baleine, mentit Madsen. Elle m'a dit que toi et Åsa aviez eu une dispute au téléphone.

Ólafur s'amusa à écraser la capsule de sa bière entre le pouce et l'index de sa main valide.

– Åsa m'a appelé l'autre jour, c'est vrai. Elle était hystérique. Elle m'accusait de tas de choses… dégueulasses.

– C'était en rapport avec ces histoires de mutilations ?

Gunnarsson le regarda de travers.

– Ouais, c'est ça. Elle m'a accusé d'avoir tailladé ces bêtes. Et d'avoir tiré sur l'autre béluga, là. Une vraie folle.

– Tiré ?

Ça, c'était nouveau. Il demanda à Gunnarsson de lui en dire plus.

– C'est arrivé il y a quelques semaines, du côté de Valberg. Quelqu'un a vu un homme tirer sur un béluga. Bien sûr, on a commencé à accuser les pêcheurs et les fermes marines. Comme quoi quelqu'un en aurait eu marre d'avoir des dégradations et aurait réglé le problème par ses propres moyens.

J'ai dit à l'autre folle que ça n'était pas moi et qu'elle n'avait qu'à vérifier avec mon AIS. Je pêche pas dans ce coin-là.

– L'AIS ?

– Le machin pour localiser les bateaux en mer. Ça lui a cloué le bec. Je lui ai aussi dit que je savais qui avait fait ça.

Le chasseur de baleine laissa traîner un silence.

– Qui ? demanda Madsen, tendu sur le bord de sa chaise.

Ólafur se pencha en avant, les coudes appuyés sur la table de la cuisine qui craqua sous son poids.

– Un dingo. Un type qui a une case en moins. Un fêlé.

Il se renfonça dans sa chaise en riant, satisfait de son analyse. Est-ce que le baleinier se payait sa tronche ou est-ce qu'il n'avait rien à voir avec les mutilations ? Madsen décida qu'il devait en avoir le cœur net.

– On m'a montré les photos d'un de ces animaux, lança-t-il.

Il sortit son téléphone et chercha la photo du béluga qu'il avait photographié la veille. Il la montra au baleinier et scruta son visage pendant qu'il la regardait, à la recherche d'une expression qui le trahirait. Contrairement à ce qu'il aurait pu imaginer, il ne lut dans les yeux de Gunnarsson que du dégoût.

– Qu'est-ce que c'est que cette saloperie ?

– Un béluga échoué, à Vindstad. C'est là que se rendait Åsa le jour où elle t'a appelé.

– Je te l'ai dit. Celui qui fait ça, c'est un taré, dit Gunnarsson, catégorique.

Il s'interrompit. Madsen sentit un changement s'opérer chez le chasseur de baleine.

– Attends… tu n'es pas venu pour parler de la pêche à la baleine. Tu es venu pour ça… tu penses que c'est moi qui ai fait ça…

Gunnarsson se leva. Madsen fit de même.

– Du calme, Ólafur, je cherche juste à savoir ce qui est arrivé à Åsa…

– Elle s'est suicidée… Attends… tu penses… espèce de petit enfoiré : tu penses que j'aurais pu la pousser du pont ?

Les joues pâles du baleinier s'enflammèrent.

– *Tu* viens chez moi, avec ta gueule de végétarien anémique, m'accuser de faire ça ?

– Je vais m'en aller…

– Tu me prends pour un taré ? *Tu* penses que je suis un *taré* parce que je chasse la baleine ?

Subitement, Gunnarsson saisit la bouteille vide qui traînait sur la table et la jeta dans sa direction. Madsen leva les bras pour se protéger, mais le baleinier avait visé le mur. Le verre explosa en une myriade d'échardes transparentes.

– Fous le camp de chez moi ! hurla Gunnarsson. Fous le camp !

Madsen bondit hors de la cuisine et remonta le couloir sous les insultes d'Ólafur. Dans son dos, la porte du salon s'ouvrit. Un homme sortit. Il l'aperçut une fraction de seconde avant de s'engouffrer dans la rue. Il avait les mêmes yeux durs qu'Ólafur. Son fils, certainement. Il portait un T-shirt d'un groupe de metal suédois. Sur ses avant-bras, il remarqua un lacis de tatouages à l'encre bleue. Il crut apercevoir une rune viking.

Fuir. Loin. Dehors, il tourna au coin de la première rue et marcha aussi vite qu'il le put jusqu'à sa voiture. Gunnarsson était dans un tel état de colère qu'il n'aurait pas été étonné que le chasseur de baleine sorte de chez lui avec un fusil.

Madsen quitta Henningsvær. Son pouls ne commença à se calmer que quand il eut mis quelques kilomètres entre lui et la tanière du baleinier.

21

Une fois revenu chez Åsa, il lança une recherche sur le béluga dont avait parlé Gunnarsson, celui qu'elle lui reprochait d'avoir abattu. Il trouva un article du *Lofotposten* traitant du sujet. Il datait d'un peu plus d'un mois :

Un crime sans châtiment

Ce mardi, un animal a été retrouvé mort sur la plage en face de l'église de Valberg : un béluga adulte mesurant environ quatre mètres. La routine pour Åsa Hagen, qui dirige une entreprise de safari maritime bien connue à Svolvær, mais qui est également responsable des échouages dans la région, pour le compte de différents projets étudiant les cétacés.
« On assiste à une multiplication des échouages », commente Åsa Hagen. « On ne sait pas l'expliquer. C'est peut-être l'effet des tempêtes, qui ramènent davantage les cadavres à la côte ces derniers temps. Ou alors, quelque chose se passe dans la région qui atteint les cétacés. » La jeune femme pointe du doigt la pollution sonore causée par les humains. « Ça peut déboussoler les animaux, voire détruire leur audition. »
Quoi qu'il en soit, elle était loin de se douter de ce qu'elle allait découvrir en examinant l'animal : une balle, fichée dans son crâne. « J'étais sous le choc. Les bélugas appartiennent à

une espèce protégée. Ce sont de magnifiques animaux. Comment peut-on avoir envie de les abattre ? » Åsa Hagen porte aussitôt plainte. « Les autorités ne prennent pas le problème au sérieux. On m'a dit que je ne devais pas me faire d'illusions, qu'on ne trouverait certainement pas celui ou celle qui a fait ça. Je ne sais même pas s'ils vont vraiment enquêter. Moi en tout cas, je ne lâche pas l'affaire. »
À ce jour, personne n'a pu donner d'informations sur l'individu ayant commis cet acte odieux.

L'article se terminait par un appel à témoin, avec une adresse mail à contacter. Gunnarsson avait dit que quelqu'un avait vu un homme tirer sur un béluga. Est-ce que l'appel à témoin avait porté ses fruits ?

Il fallait qu'il creuse ça. Madsen releva le nom du journaliste qui avait signé l'article, un certain Kristian Möller. Il avait écrit quelques autres papiers sur le sujet, en interviewant encore Åsa. Madsen appela le *Lofotposten* pour essayer de le contacter et apprit que Möller était un correspondant local qui vivait à Leknes, et pas à Svolvær. Madsen expliqua qu'il travaillait sur un article concernant les échouages de cétacés et on lui donna le numéro de portable du journaliste sans trop de difficulté.

Il se connecta ensuite à un site en ligne qui permettait de suivre les bateaux grâce à leur système AIS. Il dut dépenser une somme folle pour accéder au contenu payant et suivre les trajets du bateau d'Ólafur et constata que les jours précédant l'échouage du béluga, il était en mer en train de pêcher à des dizaines de kilomètres de là. Madsen remonta sur plus d'un mois : jamais Gunnarsson ne s'était approché de Valberg, de près ou de loin.

Il s'était planté. Åsa s'était plantée. Gunnarsson n'était pas celui qu'elle cherchait. À moins qu'il ne fût pas sur son bateau, ce jour-là ?

Madsen repensa à l'homme qu'il avait entraperçu tandis qu'il fuyait la tanière d'Ólafur. Une brève recherche sur Internet lui confirma qu'il s'agissait bien de son fils, Sven Gunnarsson. Il inspecta ses réseaux sociaux. La plupart des éléments qu'il postait étaient tout à fait ordinaires, mais il trouva aussi des photos plus intéressantes : Sven avec le visage maquillé pour ressembler à un crâne de squelette, à un concert de black metal, des photos de croix enflammées, des pochettes d'album avec des symboles sataniques, un gros plan sur son nouveau tatouage : la rune viking qu'il avait aperçue. Il fouilla parmi les photos prises par Åsa durant ses nécropsies, retrouva celles où l'on apercevait des symboles gravés dans la chair des animaux. Ça y ressemblait. Coïncidence ?

Madsen savait que le milieu du black metal norvégien avait beaucoup fait parler de lui dans les années 1990, à cause d'incendies de dizaines de *stavkirke*, des églises en bois médiévales, provoqués par des musiciens de cette mouvance musicale. Il y avait aussi eu des meurtres. Est-ce que le fils d'Ólafur avait voulu reproduire quelque chose dans cet esprit-là ? Le cadavre du béluga abattu avait été retrouvé sur une plage en face d'une église. Est-ce que c'était une sorte de rituel satanique ?

Ça devenait de plus en plus obscur. Si c'était Sven le mutilateur, est-ce que son père le savait ? Madsen pensa que non : il avait l'air franchement dégoûté par les images qu'il lui avait montrées. Il l'avait dit lui-même : c'était l'œuvre d'un taré. Maintenant qu'il était grillé chez les Gunnarsson, il fallait qu'il trouve un autre moyen de se renseigner sur Sven.

Le lendemain, après une nuit agitée, il reçut un appel de Liv en début de matinée.

– On m'a appelée pour me prévenir qu'un autre animal mutilé avait été retrouvé. Je me suis dit que ça t'intéresserait de le savoir.

– Où ? demanda Madsen.

– Du côté d'Unstad. Je n'ai pas les coordonnées exactes, mais si ça te dit, il y a quelqu'un là-bas qui peut t'emmener voir la carcasse.

– Tu n'y vas pas ?

– C'était Åsa qui faisait les examens. Découper des animaux morts, moi ça me répugne. Alors, je lui dis que tu viens ?

– Ouais. File-moi son numéro.

Liv lui envoya un SMS avec les coordonnées d'un certain Christopher, puis lui expliqua qu'il était en train de surfer et qu'il ne répondrait sans doute pas.

– Mais tu ne pourras pas le rater. C'est le seul Américain assez givré pour surfer à cette période de l'année.

Son GPS indiqua qu'Unstad était à environ une demi-heure en voiture. C'était un petit bourg d'une douzaine d'habitants où la moyenne d'âge devait frôler les soixante ans. Il se gara dans le parking juste à côté de la plage. En arrivant sur le sable enneigé, il aperçut de grandes vagues qui déroulaient avec une régularité mécanique des tubes d'eau de trois ou quatre mètres de haut. Des surfeurs en combinaison les chevauchaient. Des kamikazes. L'eau devait être à cinq ou six degrés.

Il aperçut Christopher sur une des planches. Il était tel que Liv l'avait décrit : grand, athlétique, le crâne rasé. Sur l'eau, il manœuvrait efficacement, chevauchant vague après vague avec habileté.

À un moment, il se retrouva à presque toucher un autre surfeur et tomba à l'eau. Les deux hommes s'invectivèrent et finirent par se retrouver sur le sable humide pour une explication. Christopher pointa son index vers les vagues et Madsen entendit des *motherfucker* rageurs et des *son of a bitch* fuser. L'autre surfeur répondit en anglais, et le ton monta jusqu'à ce que Christopher pousse le type, qui tomba le cul par terre. D'autres surfeurs accoururent et on les sépara avant que la dispute ne dégénère en bagarre.

Après avoir lancé une dernière bordée d'injures, Christopher remonta à petite foulée vers le haut de la plage, sa planche sous le bras. Madsen se signala d'un geste de la main. Christopher piqua vers lui.

– C'est toi l'ami de Liv qui s'intéresse aux animaux morts ? demanda-t-il en anglais.

Maintenant que Christopher était à sa hauteur, il se rendait compte qu'il était plus grand qu'il ne l'avait cru. Il lui mettait dix bons centimètres.

– Je vais me changer, dit-il sans s'arrêter. Je suis garé sur le parking.

Madsen le suivit jusqu'à un petit camping-car. L'Américain s'engouffra à l'intérieur.

– Tu vis là-dedans ? demanda Madsen.

– Ouais. J'ai la bougeotte, j'aime voyager.

– Je ne savais pas qu'il y avait un spot de surf dans le coin.

Le surfeur retira sa combinaison et se frotta vigoureusement avec une serviette éponge. Son torse musculeux était glabre. On aurait dit qu'il avait été taillé au burin dans un bloc de marbre.

– C'est le pied. Les vagues sont incroyables. Sauf quand il y a des cons qui ne respectent pas les règles de priorité.

Il avait encore le regard noir de colère et de ressentiment.

– Comment tu as su pour la baleine ?

– Un gars qui surfe ici m'en a parlé. Il l'a aperçue pendant une balade. Et comme il sait que je connais Liv, il s'est dit que ça m'intéresserait. Je bosse chez la concurrence, ajouta le surfeur. Lofoten Safari.

– Ça n'est pas compliqué, de bosser ici en ne parlant qu'anglais ?

– *Jeg snakker litt norsk.* Je parle un peu norvégien.

– Un peu ?

– Quasiment rien, en fait. Je ne suis là que depuis quelques semaines. Mais ça n'est pas un problème : la plupart de nos clients sont des étrangers. Liv m'a dit que tu faisais un article sur Åsa ?

– Je m'intéresse aux conditions de sa mort et à l'enquête qu'elle menait sur les mutilations. Tu la connaissais ?

– Plutôt bien, oui. On se croisait souvent sur les quais ou en mer. Une fille vraiment sympa. Sa mort a peiné beaucoup de monde à Svolvær.

L'Américain enfila des vêtements secs.

– L'animal est juste à côté, on y sera dans dix minutes. Monte.

Une odeur d'embruns, de cire à planche et d'essence flottait à l'intérieur du véhicule. Madsen rangea dans la boîte à gants un guide touristique en anglais qui traînait sur le siège passager, puis s'y installa.

– Comment tu t'es retrouvé dans les Lofoten ? demanda-t-il alors qu'ils quittaient Unstad.

– J'ai bossé comme moniteur de surf dans pas mal d'endroits dans le monde, j'avais envie d'essayer la Norvège. J'ai fait une compétition à Unstad il y a quelques années et j'avais trouvé ça cool. Le plan initial, c'était de bosser dans une des écoles de surf du coin, mais aucune ne recrutait. Alors j'ai cherché d'autres jobs et j'ai fini par trouver un boulot dans une boîte de safaris maritimes.

Le camping-car s'engagea sur une route en terre cahoteuse qui fit crisser ses suspensions.

– C'est par là, dit l'Américain en désignant une plage lointaine à travers le pare-brise.

Christopher se gara sur le bord de la route. La baleine était échouée à une dizaine de mètres de là, sur le sable enneigé. On apercevait des traces de pas qui allaient jusqu'à la carcasse et en revenaient. Madsen prit des photos.

– Tu te prends pour la police scientifique, se moqua Christopher.

– On ne sait jamais.

L'Américain enfonça son pied dans le sable à côté d'une des empreintes. La trace de semelle était identique.

– Y a les miennes dans le lot. Je suis passé vérifier s'il y avait bien des traces de mutilation. Merci de ne pas me balancer à Strand.

– Tu le connais ?

Christopher claqua la portière du van.

– Il m'a chopé en train de fumer un pétard en revenant du large. Il en a parlé à mon patron et j'ai failli être viré à cause de ça. C'est un con.

Ils rejoignirent le long cadavre gris. Encore une fois, on avait gravé sur la chair des symboles ésotériques et des runes vikings.

– Faut vraiment être pas net pour faire des trucs comme ça, déclara Christopher.

– Tu sais si c'est récent ?

– Aucune idée. Ça peut dater d'hier comme de la semaine d'avant. Ou de plus vieux encore. Y a pas grand monde à passer dans le coin.

Madsen essaya de relier mentalement tous les fils de son enquête. Un homme tire sur un béluga. Dans les semaines qui suivent, on mutile des carcasses d'animaux. Åsa traque celui qui faisait ça. Il est au courant et laisse pour elle un message menaçant sur le corps d'un autre béluga à Bunes. Il l'attire près du pont et ensuite…

Et ensuite il la tue.

Cette pensée lui glaça le sang. Le type l'assomme, la jette à l'eau. Le choc ne la tue pas, mais elle est au milieu du fjord. L'eau est à quelques degrés à peine. Elle est sonnée par le traumatisme crânien et la chute. Peut-être même qu'elle n'est plus consciente. Il se mit à souhaiter que ç'ait été le cas. Qu'elle ait échappé à la lente agonie de la noyade.

– Allons-nous-en, dit Madsen en tournant les talons.

Ils remontèrent la plage, laissant la carcasse derrière eux.

– Liv m'a dit qu'elle allait t'emmener nager avec les orques cet après-midi, lança l'Américain.

– Oui. J'ai pensé que ça m'aiderait à comprendre Åsa.

Christopher secoua la tête.

– Je ne sais pas comment fait Liv pour continuer la plongée, après ce qui lui est arrivé.

– C'est-à-dire ?

Christopher se tourna vers lui, surpris.

– Tu ne savais pas ? Sa jambe droite. On a dû lui amputer toute la partie en dessous du genou. Une attaque de requin, à La Réunion. Moi à sa place, je serais incapable de retourner à la flotte après ça.

IV

22

Huit heures. La réunion du matin. Les douze flics de l'archipel autour d'une table. La brigade des gueules pâles au complet. Des odeurs de café, de pâtisseries. On débriefe les affaires de la nuit. Un vol de chaussure, une bagarre de poivrots, une intervention pour une alarme incendie déclenchée par une pizza carbonisée oubliée dans un four. L'ordinaire du poste de police de Longyearbyen.

Puis ce fut au tour de Lottie de parler.

Elle avait une gueule à faire peur. Quatre heures de sommeil seulement, le reste passé sur les anciens dossiers d'attaques d'ours de l'archipel. Elle but un peu d'eau, puis se leva. Elle avait un goût amer dans la bouche, à cause des anxiolytiques. Elle avait préféré assurer le coup. Elle savait que la panique s'infiltrait plus facilement dans les situations de stress, comme parler devant une assemblée, aussi petite soit-elle. Thor était là lui aussi, debout au fond de la salle. Il la regardait avec inquiétude. Il se demandait si elle n'allait pas tomber en syncope.

Elle serra les poings. Redevenir une petite chose pour laquelle on s'inquiète… Elle détestait ça.

– J'aimerais discuter avec vous de l'orientation à donner à l'enquête concernant la mort d'Agneta Sørensen.

Elle choisissait ses mots pour ne pas braquer tout de suite son auditoire. Elle voulait les amener progressivement à voir l'affaire comme elle la voyait maintenant.

Lottie posa la main sur la pile de dossiers entassés devant elle.

– J'ai compulsé tous les dossiers d'attaques d'ours survenues dans l'archipel pour les comparer avec l'accident d'Agneta Sørensen. La plus vieille attaque mortelle documentée par les services du gouverneur remonte au mois de novembre 1971. Un télégraphiste d'une vingtaine d'années, tué à une poignée de kilomètres de la station météorologique de Bjørnøya. L'ours l'a surpris alors qu'il se baladait seul et sans arme. La banquise n'était pas formée et il n'était pas censé y avoir d'ours dans la zone. L'animal a nagé pendant de longues heures avant d'atteindre l'île. D'après les témoins, il était très maigre, ce qui expliquerait en partie l'attaque.

Elle marqua une pause et regarda l'assemblée avant de reprendre :

– Années 70, toujours. Un ours surprend un groupe d'alpinistes autrichiens qui campaient dans le Magdalenefjord. Un des membres de l'expédition le remarque, mais comme lors de la première attaque mortelle, personne n'a d'arme. L'animal se jette sur un homme qui sort de sa tente. Il le tue, traîne son corps jusqu'à la mer, le dépèce sur un morceau de banquise qui dérive, sous le regard de ses amis, horrifiés. Le temps que l'hélicoptère arrive, l'ours et le cadavre ont disparu.

Ses collègues commençaient à s'agiter. Ils se demandaient où elle voulait en venir.

– C'est ensuite l'accalmie, jusqu'en 1995. Une année noire : deux attaques à différents endroits de l'archipel, deux victimes. Une à Kiepertøya, sur la côte est. Un homme qui faisait partie d'un groupe de touristes débarqués sur l'île pendant une croisière. Après environ une heure de marche, le groupe tombe sur un ours agressif. Fusées, coups de semonce : l'animal ne recule pas. Quand l'ours arrive à moins de vingt mètres, l'homme qui tient le pistolet fait feu sur lui et l'atteint. Mais l'arme est d'un trop faible calibre. L'ours charge le groupe, fait une victime, en blesse gravement une autre. La nécropsie révélera que l'animal avait été touché trois fois au crâne, sans qu'aucune des munitions parvienne à percer l'os. L'autre attaque se déroule à Platåberget.

C'était la montagne en forme de plateau qui surplombait la ville.

– Deux Norvégiennes randonnent là-bas, sans arme. Elles aperçoivent une forme blanche qu'elles prennent pour un renne. Sauf que c'est un ours de petite taille. Une des deux femmes saute dans un ravin pour échapper à l'animal. Elle survivra, mais son amie est tuée.

Elle ne développa pas plus. Tous les flics autour de la table connaissaient ce drame. Un cairn avait été érigé à l'endroit de l'attaque, le Ninavarden. Chaque année, l'église de Longyearbyen y déposait une couronne de fleurs. C'était depuis cette attaque qu'il était obligatoire d'avoir un moyen de se défendre contre les ours pour pouvoir sortir de la ville.

L'animal avait entre deux et quatre ans. Une photo jointe au dossier montrait sa dépouille sur une remorque équipée de skis. Il semblait minuscule. Le rapport de nécropsie indiquait qu'il pesait dans les quatre-vingts kilos seulement. Quand les secours étaient arrivés, il avait refusé d'abandonner le corps de sa victime et avait essayé d'attaquer les secouristes.

– 2011. C'est l'été. Un groupe d'Anglais mènent une expédition en direction du glacier Von Post. Ils appartiennent à la British Exploring Society, une organisation caritative qui offre l'opportunité à des jeunes entre seize et vingt-cinq ans de partir dans des parties reculées de la planète. Le voyage doit leur forger le caractère en les confrontant aux difficultés de la vie dans une zone sauvage et inhospitalière. L'ours attaque leur campement vers sept heures du matin. Les membres de l'expédition ont installé autour du camp un système d'alarme composé de poteaux reliés par du fil de pêche. Si un ours s'approche et tend le fil, il déclenche une détonation qui doit prévenir de la présence d'un danger. Mais le piège ne se déclenche pas, et personne ne monte la garde. L'ours déchire une tente. Le chef de l'expédition prend son fusil et le vise. Le coup ne part pas. Un autre guide se saisit d'un pistolet lance-fusée qui, lui non plus, ne se déclenche pas. Plusieurs membres du groupe sont blessés avant que l'ours soit abattu. Deux équipes de sauveteurs sont envoyées. Ils ne peuvent que constater la mort d'un jeune homme de dix-sept ans. À la nécropsie, on découvre que l'ours a une couche de gras très faible et l'estomac vide. Les enquêteurs de l'époque concluent à une attaque motivée par la faim. Des spécialistes de l'Institut vétérinaire ont relevé que, sous plusieurs dents, les nerfs de l'animal étaient exposés. Il ne devait plus être capable de se nourrir correctement.

Thor a compris où elle veut en venir. Elle le voit dans son regard.

– Dernière attaque mortelle : un Hollandais, qui travaillait au camping municipal. On est en plein *midnattssol*, il fait jour à quatre heures du matin, quand l'ours l'attaque dans sa tente. Un jeune mâle de trois ans, affamé. Les cris alertent les autres campeurs endormis, qui tirent sur l'animal. Il est touché, s'enfuit. On le retrouvera mort près du parking de l'aéroport. La victime est grièvement blessée. On l'emmène en urgence à l'hôpital. En vain. Encore une fois, les enquêteurs estiment que l'attaque est motivée par la faim.

– Pourquoi tu nous racontes tout ça, Lottie ? demanda un des flics.

Elle avait positionné un tableau blanc portatif face à son auditoire. Plutôt que de répondre, elle inscrivit dessus :

Pas d'arme/arme inadaptée/manque de maîtrise de l'arme
Ours dans un endroit inattendu
Sous-estimation du danger
Ours mâle/jeune/malade/affamé

– Tous les accidents mortels ont ces facteurs en commun. Sauf celui d'Agneta.

– Elle n'avait pas de fusil, objecta un de ses collègues.

– On ne l'a pas retrouvé, mais deux témoins disent qu'elle l'avait avec elle. Et elle portait un pistolet lance-fusée, je te rappelle.

Lottie pointa du doigt le tableau.

– Comme tu peux le voir, aucune des autres catégories ne fonctionne pour Agneta. *Ours dans un endroit inattendu* : elle savait en allant à Brucebyen que la probabilité d'y trouver un ours était très forte. *Sous-estimation du danger* : elle avait reçu une formation pour travailler sur le terrain et connaissait bien le comportement des ours, de par ses études.

Les gens avaient tendance à l'oublier, mais l'ours polaire était un animal marin. *Ursus maritimus*. Il passait la plus grande partie de son temps sur la banquise ou près de l'eau.

– *Ours mâle/jeune/malade/affamé*, continua Lottie. Frost était une adulte en bonne santé et disposait d'une importante réserve de nourriture grâce au cachalot. Et elle n'avait pas d'oursons à défendre.

Elle inspira une longue bouffée d'air avant de poursuivre.

– Je pense qu'Agneta Sørensen a été assassinée.

Grincements de chaises, froissement de vêtements tendus, tous les flics un peu avachis s'étaient redressés en même temps. Même Jørn paraissait tomber des nues.

– T'es pas sérieuse ? lança Mikkel, un de ses collègues qui était passé comme elle par la brigade criminelle.

– Tout ce qu'il y a de sérieux. D'après la personne qui a examiné Frost, il est probable qu'Agneta était déjà morte au moment où l'ourse l'a trouvée. Si elle l'avait attaquée, elle aurait dû avoir des marques de morsure au niveau du cou et de la tête. Or ce n'est pas le cas. Et j'ai vérifié : sur aucune des photos de la scène de l'acci… la scène de *crime* on ne relève de traces de pas suffisamment éloignées pour penser qu'Agneta a essayé de fuir ou que l'ourse a chargé.

Les regards convergèrent vers Jørn. Des rides épaisses barraient son front soucieux. Elle savait ce qui était en train de se passer dans sa tête. Le déni.

– Tu sais combien il y a eu de meurtres dans l'archipel, depuis cinquante ans ? demanda le surintendant.

Question purement rhétorique, à laquelle il répondit lui-même.

– Un seul, poursuivit Jørn. En 2004. Une bagarre qui a mal tourné à Barentsburg. Des mineurs qui vivaient dans le même dortoir. Là, on parle d'un assassinat avec une volonté de cacher les causes de la mort. Tu imagines vraiment ça, ici ?

Le Svalbard était ce qui se rapprochait le plus d'une société sans crime. Ce n'était pas que les gens étaient plus calmes ou plus raisonnables qu'ailleurs en Norvège. Mais tout était réuni pour en faire un havre de paix : une population peu nombreuse et bien payée, pas de chômage, puisqu'on expulsait les personnes sans emploi, presque pas de drogue…

– Agneta a pu tout simplement faire un malaise avant de se faire dévorer par Frost, lança Karl, un autre de ses collègues.

– Ça expliquerait pas mal de choses, répondit Mikkel.

– Tu y as pensé ? demanda Jørn.

Thor prit la parole

– Arrêtez de réfléchir comme des flics de la cambrousse. Si on met l'hypothèse du meurtre de côté, alors il faut accepter qu'Agneta ait changé d'itinéraire au dernier moment sans prévenir personne, qu'elle ait perdu son fusil sur le chemin et qu'elle ait fait un malaise. Vous vous rendez compte à quel point tout ça est improbable ?

Un brouhaha intense parcourut la pièce, chaque flic y allant de son analyse. Jørn tapa du poing sur la table pour appeler au silence, puis enchaîna une rapide série de questions :

– Qui aurait pu vouloir la tuer ?

– Rasmus, proposa Lottie. Il est le dernier à avoir vu Agneta en vie.

– Son mobile ?

– Il nous a dit qu'Agneta avait reçu un coup de téléphone et qu'elle était partie à cause de ça. Ça a pu déclencher une dispute.

– Un peu léger.

– Il vit seul toute l'année. Agneta était jolie…

– Crime sexuel ?

– Possible.

– D'autres pistes ?

– Les gardiens de Pyramiden. Ils nous ont déjà menti une fois.

– Pourquoi ils l'auraient tuée ?

– Ça reste à déterminer.

Jørn fixa le tableau énumérant les points communs entre toutes les attaques mortelles.

– Admettons que tu aies raison. Qu'est-ce que tu préconises ?

– On auditionne Rasmus et on perquisitionne sa cabane. Si ça ne donne rien, on passe au peigne fin Brucebyen et également Pyramiden.

– Pourquoi ?

– Il est possible que l'endroit où l'on a retrouvé Agneta ne soit pas la scène de crime primaire. Et il reste la question de son fusil. Il est bien quelque part.

– Fouiller Pyramiden, répéta Jørn en se grattant la barbe. Nous ne sommes que douze, je te rappelle.

– C'est pour ça qu'il faut qu'on appelle le Kripos.

Le Service national d'enquête criminelle… Le brouhaha dans la salle redoubla. Basé à Oslo, le Kripos proposait une aide technique et tactique aux districts de police de tout le pays. On n'avait recours à lui que pour les crimes particulièrement graves.

Jørn secoua la tête.

– Hors de question tant qu'on n'a pas les résultats de l'autopsie. Tu sais ce qui va se passer, si on demande l'assistance du Kripos ? Dans la minute, la presse va être au courant. On va être envahis de journalistes. Ils vont feuilletonner là-dessus matin, midi et soir. Je vois déjà les gros titres : « Le meurtre le plus au nord du monde ». Et si on se plante, il y a des gens à Oslo qui vont demander des comptes. À cause du bordel que ça aura foutu, mais aussi parce que la remise de graines aura été annulée.

Lottie avait presque oublié que la délégation syrienne débarquait lundi.

– Alors qu'est-ce qu'on va faire ? Rester les bras croisés pendant deux jours ? s'énerva-t-elle.

Les résultats de l'autopsie d'Agneta n'arriveraient pas avant quarante-huit heures. Elle avait rappelé le légiste pour lui demander s'il était possible d'accélérer la procédure de décongélation du corps, mais il lui avait répondu avec agacement qu'il s'agissait d'une opération plus complexe que de décongeler un poulet au micro-ondes et qu'il allait aussi vite que la science le permettait.

– On fait comme d'habitude, répondit Jørn : on se débrouille avec ce qu'on a. Tu continues tes investigations. Mikkel et Karl rejoignent ton groupe d'enquête. Ça devrait suffire pour le moment.

– Et pour Pyramiden ?

– Commence déjà par secouer ce Rasmus et voir ce que tu obtiens. Si ça ne donne rien, je verrai avec la gouverneure pour organiser une fouille demain.

Jørn mit fin à la réunion, non sans avoir précisé que personne ne devait évoquer en dehors du poste de police le fait qu'ils envisageaient la thèse du meurtre, sous peine de se retrouver muté à la police des rennes. Tout le monde prit la menace au sérieux.

Lottie resta un moment dans la salle avec Thor pour briefer Mikkel et Karl, puis fila dans son bureau et sortit d'un placard la boîte en carton où elle avait rangé le téléphone satellite d'Agneta, un Iridium un peu daté.

Avant d'interroger le trappeur, elle voulait en savoir plus sur l'appel qu'on avait passé à Agneta la veille de son départ de l'Austfjord. Le code par défaut pour débloquer les Iridium était le 1111. Elle entra les quatre chiffres en misant sur le fait que l'étudiante n'avait pas modifié le code d'origine, étant donné que l'appareil était destiné aux appels d'urgence. Si ça ne marchait pas, elle pourrait de toute façon contacter son opérateur pour obtenir le relevé des appels.

Bonne pioche : le portable se déverrouilla. Lottie navigua dans la mémoire de l'appareil et composa le numéro du dernier appel entrant sur le clavier du téléphone fixe de son bureau. Elle compta une dizaine de sonneries avant que quelqu'un décroche.

– Allô ?

– Qui est à l'appareil ? demanda Lottie.

La voix répondit en russe qu'elle ne parlait pas norvégien. Lottie répéta sa question dans sa langue.

– C'est toi qui appelles. Qui es-tu, *toi* ? grommela la voix.

– Lottie Sandvik, police du Svalbard.

– Igor Kozlov.

– Où es-tu, Igor ?

– Dans le laboratoire du RSCS. Je suis le directeur.

Le RSCS, le RSCS... Lottie réfléchit un moment, avant de comprendre : c'était le centre scientifique russe du Spitzberg, à Barentsburg.

– Est-ce que le nom d'Agneta Sørensen te dit quelque chose ?

– Agneta qui ?

– Sørensen.

Le Russe ne la connaissait pas.

– Puis-je savoir ce qu'il se passe ? demanda-t-il.

– Je suis responsable de l'enquête sur l'accident qui est survenu près de Pyramiden. Tu vois de quoi je parle ?

– L'attaque d'ours ?

– Exactement. Quelqu'un de chez toi a appelé la victime un peu avant l'accident. J'aimerais lui parler.

– Je... je ne sais pas de qui il peut s'agir.

– Alors envoie-moi la liste des personnes qui ont accès au téléphone avec lequel je te parle. Et demande à toutes ces personnes si elles ont contacté Agneta. J'arrive à Barentsburg dans une heure ou deux.

– Deux heures ? Mais je n'aurai jamais le temps de...

Elle raccrocha sans lui laisser l'occasion de terminer sa phrase et essaya de mettre de l'ordre dans ses pensées. Que lui avait-on dit de si important depuis le centre scientifique russe pour que l'étudiante quitte précipitamment l'Austfjord ? Rasmus avait dit que c'était en lien avec son travail à l'université. Elle composa le numéro de Knut Karlson. Au bout de quelques sonneries, le répondeur se déclencha. La voix bourrue du biologiste sonna désagréablement dans ses oreilles pour dire de laisser un message.

Elle comprit qu'il devait être en cours et se rendit directement à l'UNIS. Elle trouva Karlson dans un amphithéâtre, en train de commenter les copies du dernier examen qu'il avait fait passer à ses élèves. Au ton de sa voix, elle comprit que les résultats n'étaient pas bons.

– Savez-vous que les morues ont des accents régionaux ? lança-t-il à l'amphithéâtre. Elles font vibrer leur vessie natatoire pour communiquer, et on s'est rendu compte que celles qui vivaient dans les eaux américaines ne parlaient pas la même « langue » que les nôtres. Eh bien quand je lis les résultats de vos tests, j'ai l'impression d'être face à deux bancs de morues bien distincts.

Karlson avait mis ses lunettes pour lire ses notes. Il abaissa la monture pour regarder l'amphithéâtre par-dessus ses verres.

– Un banc de morues n'a rien compris à ce que nous faisons en cours depuis le début de l'année. Ceux de ce groupe-là sont largement en dessous de la moyenne et doivent se poser de sérieuses questions sur la poursuite de leurs études. Ils se reconnaîtront, pas besoin de les nommer.

Il laissa courir un silence.

– Quant à l'autre banc de morues, celui au-dessus de la moyenne, pas de quoi pavoiser non plus. Vos résultats sont tout juste moyens pour la plupart. Il va falloir faire mieux que ça.

Une étudiante leva la main. Karlson lui donna la parole.

– Je pense qu'on est tous ici très perturbés par la mort d'Agneta, dit-elle d'une voix tremblante. C'est pour ça que les notes sont mauvaises. Personne n'avait la tête à étudier. Est-ce que tu pourrais proposer une session de rattrapage ?

Karlson leva les yeux au ciel.

– Hors de question. Cet examen était prévu depuis trois semaines. Ceux qui ont travaillé ont eu des bonnes notes. À vous de montrer ce que vous valez lors des prochains tests. Vous pouvez disposer, lança Karlson à l'amphithéâtre.

Les étudiants se dispersèrent en grommelant. Quand ils franchissaient les portes, Lottie en entendait certains lâcher des commentaires acerbes sur Karlson et son manque d'empathie.

Elle descendit les marches pour le rejoindre. L'enseignant soupira ostensiblement quand il l'aperçut.

– Encore toi. Qu'est-ce que tu veux cette fois-ci ?

– J'ai besoin de savoir si Agneta travaillait avec le RSCS pour sa thèse.

– En quoi ça t'intéresse ?

– Réponds simplement à la question.

– Sinon tu me signales une deuxième fois à l'administration ? grinça Karlson.

Après l'épisode de la plongée dans l'Isfjord, elle avait pris le temps d'envoyer un mail au directeur de l'UNIS pour le questionner sur les méthodes pédagogiques de Karlson.

– Si tu préfères faire ça de manière plus formelle, je peux te convoquer au poste, répondit Lottie.

Karlson marqua son agacement en faisant claquer sa langue contre son palais.

– Allons dans mon bureau, maugréa-t-il.

Celui-ci se trouvait un peu plus loin. L'endroit avait des allures de débarras de musée d'anthropologie. Il avait installé une grande vitrine en verre qui contenait des objets originaires de cultures de l'Arctique. Des couteaux *ulu* en forme de croissant que les femmes inuites utilisaient pour couper la glace ou nettoyer les peaux de phoque. Des *iggaak*, des demi-masques en défense de morse ou en bois flotté, avec leurs minuscules fentes au niveau des yeux, sortes d'ancêtres des lunettes de soleil. Il y avait même au-dessus de l'étagère un *hakapik*, la matraque que les chasseurs de phoque utilisaient pour casser le crâne de leurs proies.

Lottie se pencha pour observer une figurine d'ours taillée dans de l'ivoire marin.

– De l'artisanat tchouktche, commenta Karlson. C'est un peuple à l'extrême nord-est de la Russie. Ils chassent la baleine. À une époque, plus de la moitié de leur alimentation dépendait des mammifères marins. Baleine boréale, baleine grise, cachalot.

Il s'installa derrière son bureau. Elle prit une chaise.

– Je te préviens, j'ai un cours dans quinze minutes.

– Je n'ai pas besoin de plus. Donc, le RSCS ? Qu'est-ce que tu peux me dire sur les liens que vous entretenez à l'UNIS avec eux ?

– Officiellement, le département de biologie arctique n'a plus de partenariat en cours avec les Russes. Comme tout le reste de l'université, depuis l'invasion de l'Ukraine.

– Et de manière officieuse ?

– Nous nous efforçons de garder le contact. On a reçu une délégation de Barentsburg il y a deux semaines, pour un séminaire sur l'avenir des océans.

– Agneta y participait ?

– Comme tous les étudiants en biologie.

– Est-ce qu'elle a montré de l'intérêt pour un des intervenants ?

– Anatoly Rozanov. C'est un spécialiste des cétacés. Des baleines en particulier. Je crois me rappeler qu'ils ont échangé ensemble, après sa conférence.

– Qui portait sur quoi ?

– Les bruits anthropiques et leur impact sur les océans.

Elle n'osa pas lui demander ce que signifiait anthropique, mais comprit rapidement qu'il s'agissait des activités humaines, tandis que Karlson entamait un exposé improvisé sur les bruits sous-marins.

– Les humains ne s'en rendent pas compte, mais les mers et les océans ne sont pas le « monde du silence ». Les ondes sonores se propagent quatre fois plus vite dans la mer que dans l'air et parcourent de très grandes distances. Les moteurs de bateau, le plantage de pieux pour l'installation de parcs d'éoliennes, les forages sous-marins… C'est une forme de pollution qu'on sous-estime trop souvent. Les sonars militaires, en particulier, sont dangereux pour les cétacés. Dans les années 2000, une étude aux îles Canaries a prouvé que les échouages massifs de certaines espèces de baleines pouvaient être liés à des activités militaires en mer. Un nombre important de baleines à bec s'étaient échouées sur une île, juste après un exercice militaire de l'Otan. En examinant les carcasses, des collègues ont découvert qu'elles avaient eu un accident de décompression.

– Comme les plongeurs qui remontent trop vite à la surface ?

– Exactement. On pense depuis que les sonars stressent les baleines et les poussent à remonter en urgence pour s'éloigner de leur zone d'effet. Comme elles remontent trop vite, de l'azote s'accumule dans leur corps, des bulles de gaz se forment dans leurs tissus et leurs vaisseaux sanguins avec le changement de pression et ça entraîne des embolies et des lésions dans certains organes. Ça explique pourquoi certains groupes de baleines en bonne santé ont semblé se « suicider » en masse, ces quarante dernières années.

– L'intervention du professeur Rozanov parlait de ça ?

– Il a en effet abordé quelques cas pratiques d'échouages liés à ces sonars militaires.

– Tu penses qu'Agneta a pu travailler avec le professeur Rozanov dans le cadre de sa thèse ?

– Elle ne m'en a pas parlé, mais c'est tout à fait possible. Il faudrait que je jette un coup d'œil à ses derniers travaux pour ça. Elle m'avait confié une première mouture de sa thèse pour que je lui donne mon avis dessus, avant de partir dans l'Austfjord, mais je n'ai pas eu le temps de m'en occuper. Je pourrai peut-être y jeter un œil demain ou après-demain.

– Inutile. Je vais aller parler directement à ce Rozanov.

23

Personne ne meurt à Longyearbyen.

C'était une solide rumeur qui y circulait, en partie à cause d'un vieil arrêté municipal qui datait de 1950 et qui interdisait qu'on enterre les gens dans le cimetière de la ville. Ceux qui vivaient à l'année à Longyearbyen savaient que c'était une fiction, bien sûr. On mourait au Svalbard comme ailleurs. De mort violente, toujours. Accidents, crises cardiaques… Les morts lentes, on les exportait sur le continent.

Il n'en restait pas moins que les gens de l'archipel se croyaient à l'abri du genre de mort qui avait frappé Agneta. C'était quelque chose de réservé aux grandes villes. Aux pays sous-développés. Ça ne pouvait pas se passer ici. C'était inacceptable.

Et pourtant, c'était arrivé.

Alors qu'elle survolait les étendues glacées entre Longyearbyen et Barentsburg, Lottie mesurait tout ce que cela impliquait pour elle. Ça voulait dire qu'il n'y avait plus aucun endroit sûr. Que le mal pouvait atteindre tous les recoins du pays. Qu'elle ne pouvait pas y échapper. Que sa fuite vers le nord avait été dérisoire.

Elle sentit les picotements revenir dans ses mains. Elle dégaina son téléphone satellite et appela Mikkel.

– Où ça en est avec Rasmus ?

Elle l'avait envoyé dans l'Austfjord avec Karl pour ramener le trappeur à Longyearbyen afin de l'interroger plus en profondeur. Problème : en arrivant à sa cabane, ils avaient trouvé l'endroit désert. Pas de traces de Rasmus, et surtout, de son traîneau et de ses chiens.

– Toujours rien. On vérifie ses autres cabanes.

Le territoire du trappeur courait sur une centaine de kilomètres. L'Austfjord était maillé de cabanes temporaires que des chasseurs avaient érigées bien avant que lui-même s'y installe. Toutes les visiter prendrait un temps fou.

– Trouvez-le, nom de Dieu ! s'énerva Lottie avant de raccrocher.

Les fourmillements s'accentuèrent. Savoir que son principal suspect était dans la nature lui flanquait des crampes à l'estomac. Bien sûr, il ne pouvait pas quitter l'archipel, mais l'imaginer en train de rôder la mettait mal à l'aise.

En effectuant des recherches plus poussées, elle avait découvert que Rasmus Häkkänen était originaire de Finlande et qu'il avait un casier judiciaire là-bas. Trois condamnations mineures pour violences, une plus importante pour agression à main armée. Depuis, elle n'arrivait pas à se défaire de l'image du trappeur en train de violer Agneta.

Une nouvelle bouffée d'angoisse. Elle sortit la boîte dans laquelle elle rangeait ses cachets, en prit un et l'avala en basculant la tête en arrière d'un coup sec.

– Vas-y mollo, lui conseilla Thor.

– Ça va, je gère, répondit-elle machinalement.

– Lottie, depuis qu'on bosse ensemble, je ne t'ai jamais vue gober des pilules comme ça…

– Je vais bien. Et ça ira encore mieux quand on aura chopé le salaud qui a tué Agneta.

Elle l'avait dit avec suffisamment de conviction pour que Thor lâche l'affaire et la laisse profiter de son cocon chimique.

Ils atterrirent enfin à l'héliport de Heerodden, près des hangars des Mi-8 d'Arktikougol, la société d'État qui exploitait la mine de charbon de Barentsburg. Depuis que la Norvège avait fermé son espace aérien à la Russie, en réponse à l'invasion de l'Ukraine, c'étaient les seuls aéronefs autorisés à voler au-dessus du territoire norvégien.

En débarquant, ils découvrirent avec surprise le consul Sorokine, emmitouflé dans un long manteau noir qui lui donnait un air de grand corbeau sinistre. Il était accompagné d'un autre homme qu'elle supposa être Igor Kozlov, le chef du centre scientifique russe du Spitzberg. Il portait une grosse doudoune rouge avec le logo RSCS brodé sur la poitrine. Lottie lui donna la cinquantaine bien entamée. Plus petit que le consul, il avait un visage anguleux et sec. Ses yeux bleu-gris étaient entourés de cernes marqués.

– Bienvenue à Barentsburg, leur lança Sorokine. J'espère que le vol s'est bien passé.

– Correctement, répondit Lottie. Nous ne nous attendions pas à ce que tu nous accueilles.

– Igor m'a dit que vous vouliez interroger un de nos scientifiques, dit-il en se tournant vers Kozlov. Je vais vous assister pour la traduction et m'assurer que les droits de mes concitoyens sont respectés.

– Comme je te l'ai dit à Pyramiden, nous ne faisons que poser des questions dans le cadre de…

– C'est décidé avec la gouverneure, ajouta Sorokine pour clore la conversation.

Lottie pesta intérieurement. Quand la politique s'invitait dans une enquête, ça ne débouchait que sur des emmerdes.

Un tout-terrain floqué du logo d'Arktikougol les attendait

près des hangars. Kozlov s'installa au volant et le consul monta à l'avant.

– J'ai entendu dire que la victime n'avait pas de fusil ? lança-t-il en les regardant dans le rétroviseur.

– Nous n'avons pas encore retrouvé son arme, mais nous continuons nos investigations, répondit Lottie.

Elle envoya discrètement un SMS à Jørn. *C'est quoi ce plan ? Pourquoi Merete a accepté que le consul soit dans nos pattes* ? Jørn devait s'attendre à ce qu'elle proteste : il répondit dans la seconde. *Les consignes viennent d'en haut. On apaise le dialogue avec les Russes.*

– Et donc, elle était bien à Brucebyen pour examiner ce cachalot ? poursuivit Sorokine.

– C'est ce qu'on pense.

– C'est vraiment un terrible accident.

Il y avait une inflexion dans la voix de Sorokine qui lui fit se demander s'il était déjà au courant de l'orientation nouvelle qu'était en train de prendre l'enquête. Elle était convenue avec Jørn de ne pas prévenir les Russes de l'hypothèse du meurtre tant que les résultats de l'autopsie n'étaient pas arrivés. Mais elle n'était pas dupe et savait que le consul était généralement très bien informé de tout ce qui se passait à Longyearbyen…

Celui-ci compléta sa phrase par un reproche :

– Tout ça n'aurait pas eu lieu si vous aviez abattu l'ourse l'été dernier, quand elle s'est approchée de Longyearbyen.

– Frost ne présentait pas une menace à ce moment-là, répondit Thor.

– Vous, les Norvégiens, vous êtes trop candides, rétorqua Sorokine, un sourire aux lèvres. Déplacer un ours en hélicoptère… sans même parler du gaspillage de ressources que cela représente, quand un animal est menaçant, on le supprime. C'est ce qu'on aurait fait chez nous, en Russie. Du simple bon sens.

Le tout-terrain les ballotta jusqu'à Barentsburg. Dans le crépuscule cafardeux, la ville avait des allures de Far East sibérien déglingué. Les lampadaires jetaient une lumière anémique sur la neige saupoudrée de poussière de charbon. Les mineurs étaient au travail et la ville semblait peuplée de fantômes. Quelques ombres se faufilaient derrière les fenêtres des immeubles. Le pinceau des phares accrochait par moments les bandes réfléchissantes d'un vêtement quelque part dans le lointain, près de bâtiments abandonnés.

– Comment ça se passe entre les Russes et les Ukrainiens ? demanda Thor.

Sujet sensible. Lottie remarqua que les doigts de Kozlov se crispèrent sur le volant.

– Tout le monde ici comprend l'importance de l'opération spéciale, répondit le consul, impassible.

La guerre des mots. À Oslo, les journaux et les politiques parlaient d'agression, de sanctions, de crimes de guerre. Les officiels russes, eux, concédaient seulement qu'une « opération spéciale » se déroulait en Ukraine et qu'ils souhaitaient « dénazifier » le pays, renverser son président, juif, et que la communauté internationale devait reconnaître la souveraineté russe sur les territoires occupés.

Or, sur les quatre cents et quelques habitants de Barentsburg, les trois quarts étaient originaires du Donbass, une région à l'est de l'Ukraine occupée par l'armée russe. Au début du conflit, Oslo avait craint que la violence ne s'exporte à Barentsburg. Il y avait eu de vives tensions, mais les choses s'étaient finalement tassées. Une partie des mineurs étaient retournés au pays. Ceux qui restaient étaient prorusses, ou évitaient de parler politique.

– Ici, les gens se plaignent surtout que la Norvège leur rende la vie difficile avec ces stupides sanctions que vous avez mises en place pour plaire aux Américains, reprit le consul.

Les cartes de crédit bloquées, les discriminations, les incertitudes sur les livraisons de nourriture, c'est ça qui les soucie. N'est-ce pas, Igor ?

– Oui… c'est ça qui nous préoccupe, répéta Kozlov servilement.

Le scientifique changea abruptement de sujet :

– Vous pensez que le Svalbard Turn a ses chances pour le derby ? demanda-t-il.

La tension retomba un peu. Dans l'Arctique, se disputer avec son voisin était un luxe que personne ne pouvait se permettre.

– J'ai l'impression que l'équipe est un peu faiblarde, cette année, commenta Kozlov.

– On va vous écraser, oui ! répondit Thor.

Le derby du Grand Nord… Quatre fois par an, l'équipe de foot de Longyearbyen affrontait celle de Barentsburg. Depuis quelque temps, les performances des joueurs russes étaient en demi-teinte : la plupart avaient la quarantaine et ne faisaient plus le poids face à une équipe de Longyearbyen bien plus jeune. Peu importait le score : les matchs se terminaient par une troisième mi-temps très arrosée où les Norvégiens perdaient systématiquement.

La conversation roula sur les performances des équipes nationales russe et norvégienne jusqu'à ce qu'ils arrivent au laboratoire d'analyse du RSCS, un bâtiment cubique datant de l'époque soviétique récemment recouvert d'un bardage de tôle beige et orange, fruit de la politique de rénovation récente de Moscou pour redynamiser Barentsburg.

– Pour l'instant c'est calme, dit Kozlov en se garant près d'une rangée de conteneurs posés devant le laboratoire. Mais l'été, on reçoit beaucoup de monde. Le RSCS a des partenariats avec plus d'une dizaine d'instituts en Russie. On a des géologues, des océanologues, des glaciologues… On a même des élèves en archéologie qui viennent étudier les vestiges des Pomors.

– Peut-être qu'ils vont enfin trouver à quelle époque ils sont arrivés au Spitzberg ? s'interrogea Sorokine.

Les Pomors étaient des colons russes autrefois établis sur le pourtour de la mer Blanche. Des chasseurs et des pêcheurs qui avaient mené des expéditions au Svalbard jusqu'au dix-neuvième siècle. Pendant la guerre froide, l'URSS avait cherché à prouver qu'ils s'étaient établis dans l'archipel avant 1596, l'année de la découverte du Svalbard par Willem Barentsz. Un moyen comme un autre d'affirmer le droit de la Russie à occuper l'endroit.

Ils gravirent le petit escalier métallique qui menait à l'entrée du laboratoire et pénétrèrent dans le bâtiment. Kozlov les emmena vers une pièce pleine d'instruments de mesure. Un homme était en train d'y observer un prélèvement au microscope.

– Anatoly, lui lança le consul. Les policiers norvégiens sont arrivés.

Le professeur Rozanov, comme piqué par une pointe de métal, se leva brusquement de sa chaise. Lottie estima qu'il était à la fin de la cinquantaine, début de la soixantaine. C'était difficile de lui donner un âge précis : son visage ridé était buriné par les éléments, mais il avait une silhouette de jeune homme. Cheveux noirs, visage arrondi, yeux légèrement bridés. Lottie pensa aux peuples de Sibérie, Tchouktches, Evenks, Nénètses.

Rozanov vint leur serrer la main et les salua en russe.

– Il dit qu'il est ravi de vous rencontrer et qu'il est désolé qu'une de vos compatriotes soit morte dans un regrettable accident, dit le consul à Thor, bien conscient que Lottie comprenait tout ce qui se disait.

Ils convinrent que le consul se contenterait de traduire pour Thor et de reformuler si nécessaire pour Rozanov. Kozlov en profita pour s'éclipser.

Lottie posa son téléphone sur la table et lança l'enregistrement. Après les formalités d'usage, elle posa quelques questions pour mieux cerner celui à qui elle avait affaire :

– Tu travailles au RSCS depuis longtemps ?

– Je suis arrivé il y a environ un mois.

– Le reste de l'année tu travailles où ?

– À l'Institut de biologie marine de Mourmansk.

– Il n'y a pas beaucoup de scientifiques à cette saison. Qu'est-ce que tu viens faire à Barentsburg précisément ?

Le consul intervint.

– Anatoly évalue l'intérêt pour l'Institut de biologie marine d'installer des chercheurs à l'année à Barentsburg.

Lottie interrompit l'enregistrement.

– Merci de ne pas répondre à la place du témoin, dit-elle d'un ton sec.

– Ça m'a échappé, répondit le consul, sans s'excuser pour autant.

Elle relança l'enregistrement.

– Quel est ton travail à Barentsburg ?

– Comme l'a dit Anton Ivanovitch, j'étudie l'intérêt d'installer une mission ici pour étudier le comportement des mammifères marins dans cette zone de la mer de Barents.

– Que fais-tu concrètement ?

– J'organise des réunions avec les responsables du RSCS pour mesurer les besoins logistiques, des sorties sur le terrain pour sélectionner de potentiels sites de travail…

– Comment tu connaissais Agneta ?

– J'ai été invité à une conférence à l'UNIS, il y a peu de temps. Elle est venue me voir à la fin de ma présentation. Elle m'a parlé de sa thèse et m'a demandé si j'accepterais de répondre à quelques questions. On est convenus d'une date pour s'appeler.

– Je ne savais pas qu'Agneta parlait russe.

– Je parle anglais.

Lottie tourna son regard vers le consul.

– Anatoly préfère être interrogé en russe, pour être sûr de tout comprendre, expliqua-t-il.

Mais bien sûr, pensa Lottie.

– Tu as passé un coup de téléphone à Agneta pendant qu'elle était dans l'Austfjord, exact ?

Le scientifique hocha la tête.

– C'est vrai. Je l'ai appelée.

– Quel était le motif de cet appel ?

– C'était le créneau que nous avions fixé pour l'entretien.

– Un entretien ? Tu l'appelais sur un téléphone satellite pour un simple entretien ?

– C'est elle qui devait me contacter, normalement. Mais comme elle n'appelait pas, j'ai essayé de la joindre sur son portable. Ça ne donnait rien, alors j'ai essayé sur le satellite.

– L'appel n'a duré que deux minutes. De quoi vous avez parlé ?

– Elle m'a expliqué qu'elle avait fait une erreur dans son planning. Elle pensait qu'on devait se parler la semaine suivante. Elle m'a demandé de repousser l'entretien, j'ai accepté. On a fixé une nouvelle date. C'est tout.

Lottie était dubitative.

– Qu'est-ce qu'elle voulait savoir sur les baleines, exactement ?

– Elle s'intéressait beaucoup à la culture des Tchouktches, répondit Rozanov du tac au tac. À leur lien avec les baleines, tout particulièrement. Je suis né en Tchoukotka, à Anadyr. Il y a des chasseurs de baleine dans ma famille. On devait parler avec Agneta des mythes religieux qui entouraient la pêche, de l'Allée des baleines, aussi.

– L'Allée des baleines ? C'est quoi ?

– Un ensemble monumental dédié aux baleines, à l'extrême est de la Sibérie, dans la région du détroit de Béring. On ne l'a découvert que dans les années 90. On y trouve des crânes, des vertèbres, des côtes, tout un tas d'os de cétacés. On pense que c'était un lieu de culte pour les Tchouktches, même si la question n'est pas encore tranchée. Certains avancent qu'on y pratiquait des compétitions ou des rituels d'initiation, peut-être pour les futurs chasseurs de baleine. Pour d'autres, c'est juste un site de dépeçage, car il y a des fosses pour stocker la viande.

– Elle n'a pas posé de questions sur les échouages de mammifères marins ?

Rozanov marqua un temps d'arrêt, puis coula un regard vers Sorokine, comme s'il hésitait.

– Peux-tu préciser la question ? exigea le consul d'un ton sec.

– Knut Karlson nous a dit que tu avais parlé de l'impact du son sur les cétacés pendant le séminaire à Barentsburg. Que ça pouvait entraîner des échouages de baleines.

– Ah, ça… ah oui, bien sûr.

Le professeur avait l'air étrangement soulagé.

– Agneta avait aussi des questions sur les méthodes qu'utilisent les compagnies pétrolières pour trouver des gisements. Un sujet sensible chez vous comme chez nous, ajouta le scientifique.

Lottie n'avait pas besoin d'un dessin : l'économie norvégienne était sous perfusion de pétrole depuis longtemps. La Norvège était le premier producteur d'Europe. Quant à la Russie, c'était le deuxième exportateur de pétrole dans le monde.

– Les compagnies se servent de canons acoustiques pour explorer les fonds marins. Ces canons utilisent des sons à basse fréquence qui gênent la communication entre les cétacés. Ça peut même modifier leur migration et endommager leur audition. Agneta voulait en savoir plus, d'un point de vue technique. Elle comptait parler de la prospection de pétrole dans les Lofoten et de l'impact qu'elle risquait d'avoir si la Norvège revenait sur sa décision de ne pas exploiter les ressources en pétrole de la région. On estime qu'il y a entre un et trois milliards de barils de réserve dans le sous-sol des Lofoten. Ça représente plus de soixante-cinq milliards de dollars. Mais les projets dans la zone sont bloqués pour l'instant. Comme les deux tiers des poissons entre la mer de Norvège et la mer de Barents se reproduisent là-bas, votre pays a décidé de tout mettre en pause.

La thèse d'Agneta s'intéressait aux relations entre les hommes et les mammifères marins. Ça pouvait se tenir.

– Tu as parlé de sorties sur le terrain, tout à l'heure. Tu les faisais seul ou en groupe ?

– En groupe, toujours.

– Tu as donc accès à une motoneige ?

– Oui. Mais il faut obtenir l'autorisation d'Igor. C'est lui qui garde les clés.

– Tu n'es jamais sorti seul de Barentsburg ?

Le scientifique jeta un nouveau regard à Sorokine avant de répondre.

– Non, pourquoi ?

– Parce que Agneta a dévié de son plan de route et que nous nous demandons si elle n'avait pas rendez-vous avec quelqu'un à Pyramiden ou à Brucebyen.

– Pas avec moi en tout cas. Vous pouvez demander à Igor mon emploi du temps. En dehors des sorties de groupe, je n'ai jamais quitté la ville.

Les réponses de Rozanov paraissaient trop travaillées. Et avec Sorokine, il avait l'œil de Moscou posé sur lui. Lottie stoppa l'enregistrement, consciente qu'elle n'en tirerait pas beaucoup plus tant que le consul serait dans la même pièce qu'eux.

– On va s'arrêter là. Merci de nous avoir parlé.

Rozanov hocha la tête. Au moment de lui serrer la main, elle ajouta :

– Si tu as des éléments qui te reviennent à l'esprit, n'hésite pas à m'appeler.

Elle maintint le contact visuel assez longtemps pour faire comprendre au scientifique qu'elle avait remarqué ses hésitations.

– Anatoly ne manquera pas de le faire, répondit le consul.

– Je n'en doute pas. Une dernière chose, Anatoly : quand est-ce que tu quittes Barentsburg ?

– La semaine prochaine. Vendredi.

– Il nous faudra un numéro où te joindre à Mourmansk, au cas où nous aurions d'autres questions.

– Bien sûr.

Le professeur Rozanov lui donna son numéro de portable ainsi que son adresse mail. Ils passèrent voir Kozlov, qui leur fournit une impression du planning des réservations des labos du RSCS et confirma qu'il avait vu Rozanov au centre tous les jours de la semaine.

Lottie le remercia, puis le scientifique les ramena, elle et Thor, à l'héliport, toujours escortés par Sorokine.

– Ils nous cachent quelque chose, lâcha Lottie une fois seule avec Thor dans l'habitacle de l'hélicoptère.

– Rozanov ou Sorokine ?

– Les deux. Tu as vu comment il regardait Sorokine avant chaque réponse ? On aurait dit un élève qui récite une leçon devant son professeur. Il l'a briefé avant qu'on arrive. Il savait qu'on passerait lui poser des questions.

Son téléphone satellite sonna. C'était Mikkel.

– Tu as Rasmus ? lui demanda-t-elle.

– Non, mais on a compris où il devait être. Le pasteur a organisé une retraite aux flambeaux à la mémoire d'Agneta. Ça a lieu en fin de journée. Il a dû quitter sa cabane pour s'y rendre.

Lottie tressaillit. Rasmus était en ville.

Un tueur était peut-être en ville.

24

Un long serpent lumineux ondulait sur la route qui menait à l'église de Longyearbyen, en haut de la colline qui surplombait la vallée. Garée sur le bas-côté, Lottie observait la procession depuis le tout-terrain des services de police du gouverneur. Beaucoup de monde s'était déplacé pour rendre hommage à l'étudiante : des anonymes, des amis d'Agneta, des camarades, sa famille, venue du continent pour l'occasion. Dans le groupe des enseignants de l'UNIS, elle n'aperçut pas Karlson. Elle n'en fut pas plus étonnée que ça.

– Et si Rasmus ne venait pas ? se demanda Thor. Il est peut-être parti relever des pièges.

– Il va venir, dit Lottie. Il faut qu'il se montre. C'est officiellement la dernière personne à avoir vu Agneta en vie. S'il ne vient pas, les gens vont se poser des questions.

– Tu crois qu'il en a quelque chose à foutre du regard des gens ?

Les processionnaires avançaient lentement et parlaient à voix basse, comme dans une église. Les flammes faisaient danser des ombres sur leurs visages, créant des clairs-obscurs inquiétants.

– De leurs regards, non. De leurs soupçons, oui. S'il a tué Agneta, le plus logique pour lui, c'est de venir ce soir.

Elle avait assisté à assez de féminicides pour savoir que très fréquemment, l'auteur du meurtre venait aux commémorations organisées pour la victime. Une simple loi statistique : quand une femme était assassinée, l'auteur du crime était souvent le conjoint, le petit ami ou l'amant. Il était donc obligé de faire acte de présence. Certains participaient même aux recherches, alors qu'ils avaient eux-mêmes dissimulé le cadavre.

– Il va venir, répéta Lottie, comme pour s'en convaincre.

Dix minutes passèrent et elle commença à douter, jusqu'à ce que Thor pointe du doigt un visage au milieu de la foule.

– Là. C'est lui.

Lottie sauta du véhicule, laissant la clé sur le contact et le moteur tourner.

– Hei, Rasmus.

Le trappeur s'immobilisa. Il n'avait pas de flambeau et portait la même veste qu'à leur première rencontre, celle avec des taches de sang séché.

– Tu as fait un sacré chemin depuis l'Austfjord, lui lança-t-elle.

– Normal, marmonna le trappeur.

– J'aimerais clarifier certains points avec toi au sujet des dernières heures d'Agneta.

Rasmus regarda les gens qui montaient vers l'église. L'éclat de leurs torches dansait dans ses yeux de loup.

– Ça ne peut pas attendre ?

Lottie opta pour une approche directe :

– Quand nous nous sommes vus à ta cabane, tu m'as dit qu'il n'y avait rien entre toi et Agneta. Je pense que tu m'as menti.

Des passants se retournèrent. Le trappeur se gratta le cou, mal à l'aise.

– On peut faire ça rapidement ?

– Ça ne dépend que de toi.

– OK. Allons-y, soupira Rasmus.

Thor fit asseoir le trappeur à l'arrière du tout-terrain.

– Ton couteau, lui dit-il en tendant la main.

Rasmus décrocha de mauvaise grâce le coutelas de l'étui qui pendait à sa ceinture.

Ils roulèrent en direction des services de la gouverneure. Lottie essaya de ne pas paraître stressée tandis qu'ils remontaient la route en sens inverse des marcheurs, même si elle sentait la peur monter. Elle surveillait constamment Rasmus, qui soutenait son regard dans le rétroviseur central. Elle avait l'impression de transporter un animal dangereux sans avoir de cage. Elle aurait aimé lui passer les menottes, mais pour l'instant, Rasmus n'était officiellement accusé de rien.

– Où sont tes chiens ? demanda Thor pour meubler le silence.

– Au chenil, avec le traîneau.

– Tu comptes faire l'aller-retour dans la journée ou passer la nuit à Longyearbyen ?

– L'aller-retour. C'est trop bruyant, ici.

Arrivé aux services de la gouverneure, le trappeur demanda s'ils pouvaient s'installer dans les canapés du hall, devant les grandes baies vitrées qui donnaient sur les montagnes, prétextant qu'il n'aimait pas les endroits confinés. Lottie refusa. Tant mieux s'il était mal à l'aise : il aurait plus de mal à lui cacher la vérité.

Ils s'installèrent dans son bureau.

– Avant qu'on commence, je dois te dire que tu peux faire appel à un avocat, si tu en ressens le besoin. On le fera venir de Tromsø, mais il faudra que tu restes ici pour la nuit en attendant qu'il arrive.

– Je n'ai rien fait de mal. Tout ce que je veux, c'est régler ça au plus vitc et rentrer.

Il avait l'air nerveux et regardait le fjord par la fenêtre.

– Bien. Quelles précisions peux-tu nous apporter sur tes relations avec Agneta ?

– On a… on a couché ensemble, dit-il sans qu'elle ait besoin de le lui demander explicitement.

Il reconnaissait les faits. Ça facilitait sa tâche.

– Pourquoi tu nous as menti, quand on est passés te voir pour t'annoncer sa mort ? demanda-t-elle.

Le trappeur évita son regard.

– Alors ?

– Je ne voulais pas qu'on sache pour notre histoire, lâcha-t-il.

– Pourquoi ?

– Sa famille n'était pas au courant. Et elle avait un petit ami à Tromsø. Je n'avais pas envie… que ça cause des problèmes. Ils souffrent assez comme ça.

Elle le dévisagea, dubitative.

– C'était la première fois que vous couchiez ensemble ?

– Non. Ça a commencé à l'automne. Elle était déjà venue pendant l'été, mais il ne s'était rien passé. On parlait de la nature. De mon travail. Du sien. Au bout d'un moment, on a commencé à parler de nos vies et de sujets plus… plus personnels. Quand elle est partie, j'ai senti un vide. Ça ne m'était pas arrivé depuis très longtemps.

Lottie visualisa sa cabane perdue au milieu de nulle part, s'imagina le silence après le départ d'Agneta.

– Elle a appelé la semaine suivante, sur mon téléphone satellite. On a parlé pendant une heure. J'ai compris qu'il s'était aussi passé quelque chose pour elle.

Lottie décida que c'était le moment de lui rentrer dedans :

– Le légiste n'a pas encore procédé à l'autopsie d'Agneta. Tu as bien conscience qu'en cas de relation non consentie on en trouvera des traces, malgré les dégâts causés par l'ourse ?

L'indignation fit flamboyer le regard du trappeur.

– Bien sûr que c'était consenti ! s'indigna-t-il.

– Je vais être franche avec toi. On se pose beaucoup de questions à ton sujet. On vient de parler à Anatoly Rozanov. C'est lui qui a appelé Agneta lundi. On a vérifié : c'est le seul appel qu'elle a reçu ce jour-là. Il a dit qu'ils devaient avoir un entretien téléphonique tous les deux, mais qu'Agneta avait confondu les dates. L'entretien devait en fait se passer la semaine prochaine. Donc, elle n'est pas partie de chez toi à cause de cet appel, contrairement à ce que tu nous as dit. Quelle explication tu as à nous donner à ce sujet ?

– Je… je n'en ai pas… Elle m'a dit qu'elle devait partir plus tôt, je ne sais pas…

– Voici le scénario que l'on pourrait imaginer. Agneta et toi, vous vous êtes disputés. Elle part plus tôt que prévue. Querelle d'amoureux ?

– Non…

– Tu avais une relation cachée avec elle. Tu es la dernière personne à l'avoir vue en vie. Et tu as des antécédents de violences.

Elle avait imprimé un extrait du casier judiciaire de Rasmus. Elle le sortit d'un tiroir et le posa sur la table.

– Coups et blessures. Bagarres. C'est pour ça que tu vis cloîtré dans une cabane au milieu de nulle part ? Parce que tu as des choses en toi que tu redoutes de laisser sortir ?

– Des conneries. J'étais jeune et con…

Lottie continua de lui mettre la pression.

– Tu t'es énervé et Agneta a eu peur ? C'est pour ça qu'elle est partie ?

– Non ! Elle ne voulait pas partir, mais elle n'avait pas le choix.

– Pourquoi ?

– C'est ce qu'elle m'a dit, je ne sais pas…

– Nouveau scénario : elle te dit que c'est fini. Tu le prends mal. Elle part plus tôt, parce qu'elle a peur. Tu deviens violent. Et là, il se passe quelque chose que tu n'avais pas prévu. Tu la frappes.

– Quoi ? Non !

– Tu ne voulais pas. Mais le coup part. Tu ne sais pas comment, mais elle se retrouve par terre. Est-ce que tu avais un couteau dans la main ? Ton fusil ?

Les lèvres du trappeur tressaillirent. Son regard affolé passa d'elle à Thor.

– Agneta est morte. Tout le monde sait qu'elle est chez toi. On va te mettre en prison. Finis les grands espaces. Finie la nature. Tu vas te retrouver dans une toute petite pièce. Il faut que tu trouves une solution. Tu charges son corps sur ton traîneau et tu vas le déposer à Brucebyen. Tu sais qu'il y a un ours là-bas. Tu nous as dit qu'ils raffolent de la graisse de phoque. Tu en as à ta disposition. Tu enduis son corps avec. Et tu t'en vas en espérant que Frost la mutilera assez pour qu'on ne voie pas que tu l'as tuée.

Rasmus était au bord de l'implosion. Elle lança un regard à Thor. Il se tenait prêt à agir, si le trappeur se déchaînait. Et puis soudain… une larme ? Incrédule, Lottie vit une larme rouler sur la joue de Rasmus. Elle s'était attendue à ce que le trappeur nie, crie, mente, frappe, mais des pleurs, ça elle ne l'avait pas vu venir.

– Je ne lui aurais jamais fait de mal, dit-il d'une voix vibrante d'émotion. Jamais.

Il essuya ses paupières du revers de sa manche.

– Est-ce que tu as déjà connu ça, trouver quelqu'un qui te comprend pleinement ? C'est ce que je ressentais avec Agneta. On parlait la même langue. On se comprenait. Elle voyait des choses que les autres ne voient pas. Elle était capable de dire rien qu'à la couleur du lichen quels genres d'oiseaux nichaient sur une corniche pendant le printemps… Je vis là depuis quelques années maintenant, mais elle m'a appris beaucoup de choses sur le Svalbard et… et sur moi.

Lottie vit défiler les émotions dans son regard. Le bonheur, la tristesse. La nostalgie. Est-ce que Rasmus jouait la comédie, ou est-ce qu'il était sincère ?

– Ça ne te faisait rien de savoir qu'elle avait un petit ami ? Que tu devais la partager avec lui ? demanda Lottie.

– C'était comme ça. Pas de promesses. Pas d'engagement.

– Tu n'avais pas envie de plus ? De la garder plus longtemps ? De l'avoir pour toi tout seul ? poursuivit Thor.

– On ne s'était rien promis. Quand elle venait dans l'Austfjord, nous étions ensemble. Quand elle repartait, c'était fini. Ça me suffisait. Et à elle aussi. On aurait fait quoi ? Elle n'allait pas emménager avec moi, dans la toundra. Je ne suis pas fait pour les villes. Qu'est-ce que j'aurais fait à Tromsø ? Les appartements, ça m'étouffe. La vie en ville… il y a trop de bruit. De mouvement. Ça pue. Les gens sont agressifs.

Lottie était désarçonnée. Elle n'arrivait plus à le voir comme un tueur. Soit c'était un sacré comédien, soit elle s'était complètement plantée sur son compte. Thor avait l'air de douter lui aussi.

Elle sortit un kit de prélèvement d'un tiroir.

– On va avoir besoin de ton ADN, pour faire des comparaisons.

Rasmus accepta. Lottie lui fit signer un formulaire de consentement, puis procéda au prélèvement.

– Je veux que tu le saches, dit-elle en plantant son regard dans le sien. Je vais trouver ce qui est arrivé à Agneta. Absolument tout. Si tu m'as caché quelque chose, je le saurai.

Le trappeur ne broncha pas.

– On va perquisitionner ta cabane. Des collègues vont passer nous prendre en hélico pour que tu y assistes. Je te conseille de contacter un avocat, en attendant qu'ils arrivent.

Rasmus refusa, disant une fois de plus qu'il n'avait rien à cacher. Il demanda simplement à attendre l'hélicoptère dans le salon de l'entrée, plutôt que dans le bureau. Cette fois-ci, Lottie accepta. Elle n'avait pas assez d'éléments pour mettre le trappeur en cellule.

Elle attendit avec lui et Thor que Karl et Mikkel arrivent avec le Super Puma, puis ils se rendirent tous les cinq dans l'Austfjord. Ils passèrent plusieurs heures à tout examiner chez le trappeur, firent de nombreux prélèvements, mais ne trouvèrent rien qui l'incriminât, et surtout pas le fusil d'Agneta.

Ils ramenèrent ensuite Rasmus en ville. Il récupéra ses chiens au chenil. Une vingtaine de minutes plus tard, il repartait en traîneau dans la nuit arctique.

– Tu le laisses partir comme ça ? s'étonna Thor.

– Je pense qu'il nous a dit la vérité.

– Il y a quelques heures, tu étais persuadée qu'il avait tué Agneta.

– Qu'est-ce que tu veux faire de plus ? On a la confirmation qu'il couchait avec elle et il nous a donné volontairement son ADN.

C'était difficile à expliquer. Elle le sentait dans ses tripes : elle faisait fausse route avec Rasmus. Elle s'était laissé avoir par son aspect sauvage.

– Enfin, c'est toi qui décides, dit Thor en réprimant un bâillement.

Quand ils quittèrent le bureau, il était vingt et une heures passées. Elle se sentait crevée elle aussi, mais n'avait pas envie de rentrer tout de suite et de retrouver sa maison vide.

– Ça te dit de boire un verre ?

– Pas possible ce soir, désolé, dit Thor.

Il avait l'air un peu gêné.

– Ne me dis pas que tu as rendez-vous avec Frida ?

– Si, et alors ?

– Je croyais que tu n'étais pas intéressé.

– On a le droit de changer d'avis.

– Comment ça peut t'exciter, une nana que tu as vue mettre ses mains dans les boyaux d'un ours ?

Thor fit mine d'être vexé.

– C'est le Svalbard. Si tu attends l'homme ou la femme idéaux, tu n'as pas fini de te les geler.

– Ouais, bah méfie-toi quand même, je suis sûre qu'elle griffe, plaisanta Lottie.

Il proposa de la déposer chez elle. Elle préféra rentrer à pied. Ils se séparèrent sur le parking. Lottie brancha ses écouteurs sans fil, appela d'abord Jørn pour lui débriefer la perquisition chez Rasmus. Merete avait donné son feu vert pour la fouille de Pyramiden. Ils réglèrent rapidement les derniers détails pratiques, puis elle appela Lena, qui lui raconta comment se passait son week-end avec son père. Elles discutèrent jusqu'à ce qu'elle arrive chez elle.

Lottie tourna la poignée de la porte, qui ne s'ouvrit pas.

Elle réalisa que, pour la première fois depuis des mois, elle avait fermé à clé.

25

Le lendemain, après une courte nuit, Lottie débarqua avec la quasi-totalité des flics de l'archipel à Pyramiden pour inspecter la cité fantôme. La veille, avec Jørn, elle avait divisé la ville en plusieurs secteurs, chacun attribué à un binôme, pour plus de sécurité en cas de rencontre avec un ours.

Lottie s'était préparée à voir débarquer le consul, mais il ne fit pas le déplacement jusque-là. Il se contenta d'envoyer ses plus vives protestations à Merete ainsi qu'un communiqué de presse fustigeant l'impérialisme norvégien que reprirent immédiatement les journaux nationaux. Les médias commençaient à se demander pourquoi la police déployait autant de moyens et d'énergie pour une simple histoire d'attaque d'ours, et comme ils avaient épuisé le filon de l'indignation suscitée par l'abattage de Frost, ils commencèrent à spéculer sur une possible implication des Russes dans l'accident. Merete n'avait pour l'instant pas officialisé le changement d'orientation de l'enquête. Tout comme Jørn, elle préférait attendre les résultats de l'autopsie ou que quelque chose ressorte de la fouille de Pyramiden.

Lottie réunit les équipes devant l'hôtel Tulpan et donna ses dernières consignes :

– On fouille chaque bâtiment minutieusement. On est à la recherche de traces de sang, du fusil d'Agneta et de tout autre élément suspect. Si vous trouvez quelque chose, vous m'appelez immédiatement. Le moindre détail peut avoir de l'importance.

Avec Thor, elle s'attribua des bâtiments au sud du Tulpan. Sur la route, elle téléphona au groupe qui fouillait les cabanes de Brucebyen pour savoir où ils en étaient.

– Vous avez vérifié les traces de pas près de la motoneige d'Agneta ? demanda-t-elle.

Quand ils avaient examiné la scène la première fois, personne n'avait fait très attention aux traces au sol. Maintenant qu'elle était persuadée qu'il s'agissait d'un meurtre, il fallait tout regarder plus attentivement.

– Ouais. On les a passées à la snow-wax. Les moulures ne sont pas parfaites, mais c'est mieux que rien.

– Quelle pointure ?

– À peu près comme moi. Quarante-cinq, quarante-six.

Agneta chaussait du trente-huit. Les empreintes n'étaient pas les siennes.

– Je t'ai gardé le meilleur pour la fin : on n'a pas trouvé d'empreintes correspondant à la taille des semelles d'Agneta autour de l'endroit où se trouvait son corps.

Frissons. Ça voulait dire que quelqu'un avait transporté le cadavre. Elle avait vu juste. On avait maquillé la mort de l'étudiante.

Elle raccrocha. Le scénario de la mort d'Agneta se précisait. On avait conduit sa motoneige à Brucebyen et on avait jeté son corps près du cachalot pour que les ours le mutilent. La question était maintenant de savoir où elle avait été tuée.

Thor marchait à ses côtés en silence, guettant dans l'immensité froide la présence d'un ours. On n'entendait que le vent et le crissement de leurs pas dans la neige fraîche. Au loin, on apercevait par intermittence l'éclat des lampes-torches brillant depuis les fenêtres du palais de la Culture.

Ils commencèrent leurs recherches par l'école, un long bâtiment en brique poncé par le vent et le froid arctiques. Il était entouré d'une clôture peinte en vert. Un panneau coloré cloué dessus représentait une scène de *La Princesse Grenouille*, un conte russe. À l'intérieur, leurs lampes éclairèrent des jouets abandonnés, cubes, quilles, carnets de dessin. Une transcription des déclarations du 27e congrès du Parti communiste de l'Union soviétique était posée sur un manuel de lecture. Régnait un léger désordre, comme si la journée de classe venait de se terminer. Aux murs étaient affichées des cartes de pays qui n'existaient plus, des slogans de propagande, mais aussi des copies plus ou moins inspirées de personnages de dessins animés américains.

Un sentiment de malaise envahit Lottie, au fur et à mesure qu'elle inspectait les pièces. Ce qui était autrefois un endroit joyeux paraissait effrayant, dans la nuit arctique. Les couleurs criardes des fresques murales tranchaient avec la décrépitude générale des bâtiments. On se serait cru dans un film d'horreur.

– C'est dingue de se dire que des centaines de personnes vivaient dans ce trou paumé, commenta Thor en balayant de sa lampe une leçon de grammaire écrite à la craie sur un tableau noir.

– Dis-toi que ça sera pareil pour Longyearbyen, un jour.

La mâchoire serrée, Lottie faisait de gros efforts pour maîtriser son corps. Elle ressentait des vertiges. Elle savait ce que ça voulait dire : elle avait abusé des anxiolytiques.

Rien à signaler dans l'école. Ils sortirent. Soudain, une détonation. Lointaine. Étouffée. Ils se figèrent tous les deux. Leurs radios crépitèrent.

– On a effarouché un ours près du port, annonça Mikkel. Soyez prudents.

C'était tout à l'est, à un ou deux kilomètres de l'endroit où ils se trouvaient, mais l'ours pouvait se rabattre vers eux.

Thor fit glisser la lanière de son fusil sur son épaule et le prit en main.

– Il est parti dans quelle direction ? demanda Lottie avec inquiétude.

– Vers le glacier.

– On garde les yeux bien ouverts. Il peut revenir.

La tension monta d'un cran. Thor et Lottie se turent jusqu'à ce qu'ils arrivent à leur destination suivante, un long bâtiment à la peinture jaune écaillée. Au-dessus de la petite porte d'entrée en bois, des chiffres rouges indiquaient la date de sa construction : 1972. Lottie poussa la porte et réalisa qu'ils étaient dans une sorte de grande étable. Il y avait des box de part et d'autre d'une allée centrale.

– Ils avaient des animaux ? s'étonna Thor.

– Des vaches, des cochons, des poules et même un cheval.

– Comment tu le sais ?

– Ma mère a travaillé un temps à Pyramiden, avant l'accident.

C'était arrivé à la fin de l'été 1996. Un Tupolev s'était écrasé dans une des montagnes près de Longyearbyen. Cent quarante et un morts. La pire catastrophe aérienne de Norvège. Des mineurs russes et ukrainiens, mais aussi quelques femmes et six enfants. Peu de temps après, la mine fermait.

– Regarde si tu trouves des traces dans les stalles, lança-t-elle à Thor. Moi je vais voir les autres pièces.

– S'il y avait des animaux ici, on risque de retrouver des traces qui n'ont rien à voir avec notre enquête.

– On fera le tri après.

Thor posa son sac à dos et en sortit une Crime-lite, une lampe à lumière ultraviolette qui permettait de détecter les fluides corporels, en particulier le sang. Pendant qu'il passait la lumière dans les box, elle avança jusqu'au fond du hangar.

Silence et pénombre. Sa lampe accrochait des vestiges d'une époque oubliée. Faucille et marteau croisés. Anciens équipements électriques rouillés. Machines qu'on ne voyait même pas dans les musées russes. Pyramiden était comme une capsule cryogénique.

Elle passa devant une pièce carrelée, avec des crocs de boucher rouillés qui pendaient du plafond. L'abattoir de la ferme. Son pouls s'accéléra et elle commença à avoir l'impression d'entendre de petits gémissements. Encore son esprit qui lui jouait des tours. Plus loin, elle trouva un bureau avec tout un attirail médical, des seringues en verre, des ampoules, des flacons. Qu'est-ce qu'on pouvait bien injecter à ces bêtes ?

Les gémissements reprirent. Elle balaya l'espace autour d'elle. Est-ce qu'elle avait rêvé ? Non, le bruit revint. Un gémissement plaintif, étouffé. Il semblait venir de derrière une porte fermée, tout au bout du couloir.

– Il y a quelqu'un ?

Dans l'étable, Thor tourna sa lampe vers elle.

– Qu'est-ce que tu dis ?

Le gémissement reprit. Elle remarqua des éclaboussures brunâtres sur le mur. Du sang ? Est-ce qu'il datait de l'époque de l'abattoir ou bien…

Main sur la poignée. La porte s'ouvrit en grinçant. La puanteur lui sauta au nez. Urine, excréments. L'odeur familière de la mort, aussi. Son cœur battait à cent à l'heure. Des yeux flamboyèrent dans le noir. Elle les éclaira.

Des renards arctiques. Six, dans des cages minuscules, bricolées avec du métal et du grillage de récupération. Pupilles injectées de sang. Corps difformes. Obèses à en crever. Leur peau boursouflée faisait de larges plis et leurs jambes ne semblaient plus pouvoir les soutenir. On les avait tellement gavés que l'un d'eux en était mort. Les autres gémissaient. On aurait dit des cris d'enfants.

Quel tordu pouvait infliger ça à des bêtes ?

– Lottie !

La voix de Thor la fit sursauter.

– Viens ici. Viens voir.

Elle referma la porte sur la vision d'horreur. Les gémissements la poursuivirent dans le couloir, disparurent dans l'étable. Thor se tenait debout devant la porte d'une des stalles. Est-ce qu'il avait trouvé des bêtes, lui aussi ?

– Je crois que je l'ai, Lottie. C'est ici.

Il passa le faisceau de sa Crime-lite dans le box. Le sol et les murs se couvrirent d'un lichen luminescent. Gouttes, écoulements, éclaboussures. Et soudain, une forme familière.

L'empreinte d'une main.

26

Christopher déposa Madsen au parking d'Unstad, sortit sa planche et repartit à l'assaut des vagues glacées.

Madsen rentra à Svolvær bien avant l'heure à laquelle il devait plonger avec Liv. Il déjeuna sur le port, au Fiskerkona, un bar-restaurant installé dans un ancien magasin de poisson séché. Le plafond était bas et comme tout était en bois à l'intérieur, on avait l'étrange impression de se trouver dans la cale d'un vieux voilier. Il s'installa à une table près des fenêtres, une de celles avec une banquette en demi-cercle autour. Il commanda du skrei accompagné de légumes qu'il engloutit rapidement. À la fin du repas, il resta à sa table pour travailler son article. À Oslo, il bossait hors de son bureau chaque fois qu'il en avait l'occasion. Une habitude issue de ses années en free-lance, quand il s'immergeait dans la vie locale pour trouver l'inspiration.

Il reprit ses recherches Internet sur les Gunnarsson, puis repensa à ce qu'avait dit Christopher au sujet de l'accident de Liv. D'après sa page de présentation sur le site de Nordland Safari, Liv Bakken était née en 1982 à Oslo. Dans la présentation qu'elle faisait d'elle-même, elle parlait de son goût pour les sports nautiques et l'observation des animaux. Elle évoquait aussi ses expériences à l'étranger : monitrice de plongée à La Réunion, prof de surf en Thaïlande… Tout comme Christopher, Liv avait la bougeotte.

Sa bio ne mentionnait pas l'accident qui lui avait coûté sa jambe, alors il se rabattit sur des articles parlant des attaques de requins à La Réunion. D'après les sources, il y avait eu un pic au début des années 2010, au point que certains médias avaient parlé de « crise requin » et qu'un plan gouvernemental avait été mis en place. Les attaques semblaient être le fait de requins-bouledogues et de requins-tigres, plus marginalement de requins à pointes blanches, citron et mako.

Un des articles faisait référence à une Norvégienne grièvement blessée en 2015. Liv, très certainement : on expliquait qu'elle était sortie pour surfer dans un lieu appelé les Roches Noires, près de la commune de Saint-Gilles, quand le squale avait frappé. Pas de témoignages directs, l'article parlait juste des mesures mises en place pour lutter contre les attaques : systèmes de surveillance, pêche préventive des requins, système électromagnétique fixé sous les planches pour éloigner les prédateurs.

Il était en train de se demander comment cette nouvelle information pouvait s'intégrer dans son enquête, quand une voix bourrue l'interpella :

– Mais c'est le grand journaliste d'Oslo !

Il leva le nez de son ordinateur. Quatre hommes se tenaient face à sa table. De solides gaillards blonds, avec des avant-bras épais et les cheveux humides. Ils portaient des cirés jaunes et des salopettes imperméables.

Celui qui venait de parler était Sven Gunnarsson.

Avant qu'il puisse faire quoi que ce soit, les marins s'assirent dans un bruissement de matières synthétiques. Il se retrouva comprimé entre deux larges épaules qui broyaient les siennes. Une odeur de sel, de poisson mort et de transpiration lui agressa les narines.

Sven s'installa sur une chaise, de l'autre côté de la table. Madsen lui donnait dans les vingt-cinq ans. Front proéminent, mâchoire carrée. Poings énormes. Il avait de longs cheveux attachés en une tresse qui lui tombait dans le dos.

– T'es parti vite de chez mon vieux, hier. Paraît que tu l'as accusé de tout un tas de saloperies, dit-il à voix basse.

Madsen essaya de paraître le plus calme possible, même si son cœur était en train de battre à se rompre. Il jeta un coup d'œil dans la salle. Les seuls autres clients du bar-restaurant étaient à cinq ou six mètres d'eux.

– J'avais des questions à lui poser sur Åsa Hagen.

– Personne n'a tué cette connasse. Elle a sauté. Et c'est un bon débarras.

Sven le regardait fixement. Il soutint son regard.

– Il y a quelqu'un dans l'archipel qui mutile des animaux.

– Et tu penses que c'est mon père ? Parce qu'il pêche la baleine ?

– Il s'est déjà attaqué à Åsa par le passé.

– T'es en train de réécrire l'histoire. C'est elle qui nous cherchait, pas le contraire. Nous on ne l'a jamais empêchée de faire trempette avec ses baleines. Elle en revanche, elle a essayé plus d'une fois de nous faire fermer. Elle a déjà fait amené des copains à elle pour bloquer le port. Elle a fait des tas de dépôts de plainte contre nous, juste pour nous faire chier. Et je ne te parle même pas des sabotages.

– Tu en as des preuves ?

– T'as qu'à demander à ses potes de Greenpeace et compagnie. Elle ne s'en est jamais cachée.

– Vous avez porté plainte ?

– Toujours. Mais elle était maligne ta copine. La police n'a jamais rien trouvé contre elle.

Il commençait à transpirer, autant à cause du stress que de la chaleur que dégageaient les deux types collés à lui.

– Ça rapporte tant que ça, la chasse à la baleine, pour que vous vous acharniez à continuer ?

– C'est une question de principe. Mais ça, un type qui vit pas ici peut pas comprendre.

Madsen observa les mains de Sven. Ongles rongés, un anxieux. Des écorchures, des cicatrices d'anciennes coupures. Les manches de son pull cachaient ses avant-bras, mais on apercevait la pointe d'un entrelacs à l'encre bleue sur son poignet.

– J'ai trouvé un autre animal échoué aujourd'hui à Unstad. Il avait des signes étranges gravés sur la peau. Comme des runes vikings.

Sven tira sur sa manche droite, révélant des Walkyries, des runes, des triangles imbriqués et des têtes de dragon qu'on aurait bien imaginées sur la proue d'un drakkar.

– Genre comme ça, hein ? Parce que maintenant, tu penses que c'est moi qui fais ces trucs de taré ? Mais t'es encore plus con que ce que je pensais !

Il partit d'un rire grinçant, bientôt imité par ses matelots.

– Bon. Sérieusement. T'as passé assez de temps dans l'archipel. Je te conseille de repartir rapidement. On n'a pas besoin de fouille-merde ici.

– Sinon quoi ? lança Madsen, en se demandant presque aussitôt pourquoi il avait dit ça au lieu de se taire.

Il sentit la pression des épaules de ses voisins s'accentuer.

– Tu devrais pas prendre ça à la légère. On est tous des coupeurs de langues, ici, dit froidement Sven.

Il sortit un couteau qu'il posa sur la table. Madsen s'enfonça un peu plus dans le cuir capitonné de la banquette.

Il est dingue, songea-t-il.

– C'est une tradition, dans les familles de marins. Un jour, pendant la saison du skrei, quand ton père décide que l'heure est venue pour toi, il t'emmène au magasin, t'achète un ciré, une paire de bottes, des gants et ton premier couteau. Tu avais quel âge, toi, Harald, quand tu as eu le tien ?

– Dix ans, répondit l'armoire à glace qui lui écrasait l'épaule gauche.

– C'est tard. Moi je l'ai eu à huit, le tança Sven. Une fois que tu es équipé, on t'emmène dans une conserverie. Là, il y a des bacs entiers de têtes de morue qui attendent dans un coin. On les verse sur un tapis roulant et tu dois t'en occuper. Tu prends la tête et tu l'embroches sur un pic en métal installé sur le rebord du tapis. Et là, tu coupes la langue.

Il fit un geste sec tout en parlant, comme s'il tranchait la chair du poisson.

– Il faut un bon couteau pour faire ça. Avec une lame solide. Parce que la langue, c'est épais, tu vois, dit-il en souriant. À la fin, on attache les têtes ensemble pour les faire sécher. Des grappes de têtes sans langue… Quand tu es gosse, ça te file la chair de poule. Mais ça fait le tri entre ceux qui en ont et ceux qui n'en ont pas.

Sven rangea son couteau et se leva. Les marins qui lui comprimaient les hanches et les épaules se dégagèrent du fauteuil semi-circulaire dans un grincement humide.

– Bon retour à Oslo, dit Sven en repartant.

27

Dans le bar-restaurant, personne ne semblait avoir remarqué ce qu'il s'était passé. Quand la serveuse passa près de sa table, Madsen lui demanda si elle avait vu Sven sortir son couteau. Elle le regarda avec étonnement. Il laissa tomber. Il envisagea un moment d'appeler Viggoh Strand, mais vu la tonalité de leur dernière conversation, il jugea que ça ne servirait à rien.

Il passa dans les toilettes s'asperger le visage d'eau fraîche et s'examina dans la glace. Poches sous les yeux, regard vitreux, il avait une tête de déterré. Ses vêtements étaient froissés. Comme il ne devait passer que deux jours sur place, il n'avait prévu qu'un seul rechange et il était en train de sécher au rorbu.

Je te vois. Lui aussi, on l'avait bien repéré. Heureusement que les Gunnarsson ne vivaient pas à Svolvær. Il réalisa soudain qu'Henningsvær se trouvait à trente minutes d'ici et que Sven était certainement venu en ville exprès pour le trouver. Ça ne pouvait pas être une coïncidence. Est-ce que quelqu'un lui avait signalé sa présence au Fiskerkona ?

Je te vois. Devant le restaurant, il regarda le port et les bateaux de pêche amarrés le long du quai. Est-ce qu'un pêcheur avait appelé les Gunnarsson ? Est-ce qu'il devait se méfier de tout le monde ici ? Il observa les va-et-vient des matelots qui débarquaient les bacs de poisson. Il commençait à se sentir paranoïaque.

Il retrouva Liv sur le ponton enneigé en face de Nordland Safari. Elle portait une salopette imperméable et un gros manteau jaune fluo. Le bonnet fiché sur sa tête enrobait ses oreilles et cachait ses cheveux. On apercevait uniquement ses joues rosies par le froid, son nez et son regard bleu. Elle était en train de charger du matériel à l'intérieur d'un long bateau en aluminium équipé d'une cabine et de deux échelles à l'arrière, pour faciliter la remontée des plongeurs.

Elle l'envoya se changer à l'agence. La température de l'air était à cinq degrés, celle de l'eau à quatre. Il choisit une combinaison étanche épaisse de sept millimètres, assez pour le protéger du froid, ainsi que des gants, des chaussons et une cagoule.

Liv le rejoignit un peu plus tard et se déshabilla dans la pièce d'à côté. Quand elle revint, simplement vêtue de sa combinaison de plongée, il observa la prothèse qu'avait mentionnée Christopher.

Une femme mutilée... des animaux mutilés...

Liv remarqua son regard insistant.

– Une attaque de requin, dit-elle.

Il fit semblant d'être surpris.

– Et... malgré ça, tu plonges avec les orques ?

– Ça n'a rien à voir, elles n'attaquent pas les humains. Il ne va rien t'arriver, rassure-toi, ajouta-t-elle avec un sourire nerveux.

Liv lui annonça qu'un peu plus tôt dans la journée, un de ses collègues d'une autre agence d'excursion avait repéré des orques au nord du fjord. L'endroit était à une heure de Svolvær et les cétacés pouvaient avoir bougé entre-temps, mais c'était leur meilleure chance de pouvoir plonger avec eux avant que la nuit tombe.

Ils dépassèrent la jetée. Elle se terminait par une statue

représentant une femme de pêcheur qui semblait dire au revoir à son mari quittant le port.

– Au fait, la baleine, ça a donné quoi ? demanda Liv avec curiosité.

Unstad. Il avait presque oublié.

– Rien de particulier. Il y avait les mêmes symboles que la dernière fois. Des runes, des dessins.

Madsen lui résuma ses rencontres avec la famille Gunnarsson : la fausse interview avec le père, la colère du baleinier, les accusations d'Åsa, la descente de Sven au Fiskerkona, un peu plus tôt.

– Il t'a menacé ? dit Liv en écarquillant grand les yeux. Il faut que tu portes plainte !

– Pour dire quoi ? Que cinq marins sont venus m'expliquer comment on coupait la langue des skrei ? La police ne va pas ouvrir une enquête pour ça. Et ses matelots diront qu'il ne s'est rien passé.

Elle fronça les sourcils, faisant ressortir sa ride du lion.

– Ils se croient vraiment tout permis. À ta place, j'irais quand même parler à Strand.

Madsen préféra changer de sujet.

– Ólafur a reconnu qu'Åsa l'avait appelé depuis Vindstad. Elle l'a accusé d'être responsable des mutilations, mais aussi d'avoir tiré sur un béluga. Elle t'avait parlé de ça ?

Liv hocha la tête.

– Une sale histoire. Ça l'avait choquée de se dire qu'un type pouvait faire un truc pareil.

– Elle pensait que c'était Ólafur. Pourquoi ?

– Tirer sur un animal au harpon ou au fusil, c'est la même chose pour un type comme ça.

– Et pourtant, l'électronique l'innocente. J'ai vérifié la localisation de son bateau. Ólafur n'est pas passé au large de Valberg ces derniers mois.

– Les Gunnarsson ont un bateau qu'ils utilisent pour faire de la plaisance. Ólafur ou Sven ont pu le prendre pour abattre le béluga.

– Admettons. Mais pourquoi ils auraient fait ça ?

– Par provocation. Ils étaient en conflit avec Åsa depuis qu'elle s'était installée dans les Lofoten. Ólafur te l'a dit : elle a déposé tout un tas de plaintes contre eux.

– Il ne pouvait pas savoir que l'animal s'échouerait sur la plage.

Liv resta silencieuse un long moment, ne sachant quoi répondre, puis poussa les moteurs. Ils progressèrent rapidement sur les eaux sombres du Vestfjord et croisèrent quelques bateaux. Des semi-rigides anthracites chargés de touristes. Des chalutiers couronnés de nuées d'oiseaux piailleurs, toutes lumières allumées, qui remontaient des morues frétillantes.

Liv communiquait par VHF avec les navires dans la zone où les orques avaient été aperçues pour essayer de les retrouver. Après une heure de traque, elle arrêta les moteurs et sortit ses jumelles.

– Là, dit-elle en pointant un coin de mer à plusieurs centaines de mètres de la proue du bateau.

Madsen fouilla la zone du regard, aperçut des lances noires qui transperçaient l'eau grise. Des orques en chasse. Elles avaient trouvé un banc de harengs et étaient en train de l'encercler. Liv sortit un gros Nikon et commença à prendre des clichés. Elle lui expliqua qu'avec Åsa, elles faisaient de la photo-identification pour suivre les pods, les groupes d'orques qui se déplaçaient ensemble. « C'est comme un genre de famille », ajouta-t-elle en rangeant l'appareil au sec.

Elle lui expliqua ensuite comment on identifiait les orques. La forme de la nageoire dorsale permettait de distinguer le sexe de l'animal : elle était longue et droite pour les mâles, recourbée et plus petite pour les femelles. Mais c'était surtout grâce aux entailles et aux cicatrices sur cette nageoire et sur la « selle », la tache grise qui se trouvait derrière l'aileron, que l'on pouvait identifier avec précision un individu. Cela correspondait aux empreintes digitales d'un être humain.

– Une fois à terre, on entre tout ça dans un logiciel. Le réseau Barents. Ça permet aux scientifiques de suivre en temps réel les populations de mammifères marins dans la région.

Elle ralluma le moteur et approcha le groupe d'orques à petite vitesse, s'arrêta à distance raisonnable pour ne pas les perturber, puis retira son manteau. C'était le moment de se mettre à l'eau. Liv ôta sa prothèse et en enfila une autre équipée d'une palme, puis plongea sans montrer la moindre hésitation. Madsen fixa l'eau glacée. Les orques se trouvaient à quelques dizaines de mètres du bateau. Elles paraissaient énormes.

– Tu te dégonfles ? lança Liv depuis la surface frémissante.

Elle sourit, plaça l'embout de son tuba dans sa bouche, puis glissa sous l'eau.

Il enjamba le bastingage, puis plongea à son tour.

Le froid le saisit immédiatement. Sa respiration s'accéléra, son cœur aussi. Sous l'eau, ses repères familiers disparurent. Le haut, le bas, la ligne d'horizon, tout était anéanti. Il se retrouva dans un monde bleu marine frangé d'un toit mouvant, couvert d'écume et de flocons de neige qui se dissolvaient dès qu'ils entraient en contact avec la surface.

Le temps que ses sens s'adaptent, Liv était près de lui. Elle avançait sous l'eau en ondulant. Elle avait l'air plus à l'aise que sur la terre ferme. Pas de claudication. Ses gestes étaient fluides. Ses traits, détendus.

La lumière du jour était encore assez forte pour qu'on aperçoive les orques sous l'eau. Alors qu'il nageait vers elles, un son monta soudain, qui devint comme un chant. Des clics, des sifflements, tout un langage sous-marin qu'il *sentait* autant qu'il l'entendait, comme s'il était au premier rang d'un concert. Les ondes sonores résonnaient profondément dans ses entrailles. Enrobé dans l'élément liquide, on aurait dit qu'il n'y avait plus de limite entre lui et ces énormes animaux. Il sentit les larmes monter, le chant semblait avoir libéré quelque chose en lui.

– Elles font un carrousel, dit Liv tandis qu'ils reprenaient leur souffle à la surface.

Ils replongèrent et Madsen comprit de quoi parlait Liv. Les orques tournaient autour du banc de harengs et les forçaient à danser avec elles dans un tourbillon sans fin, comme dans un étrange ballet, jusqu'à former une boule argentée de plus en plus compacte. Quand la masse des poissons fut suffisamment grande, une orque plongea dans le banc et fouetta le nuage argenté avec sa queue, assommant les harengs à proximité. Tandis qu'une partie du pod continuait à maintenir les harengs serrés les uns contre les autres, certaines orques commencèrent à se nourrir, attrapant un par un les poissons sonnés pour les dévorer. Le manège continua ainsi de longues minutes, jusqu'à ce que chacune se soit enfin nourrie.

Pendant tout ce temps, Liv et lui alternaient les plongées et les respirations à la surface sous les cris des goélands. À un moment, elle toucha son épaule, pour lui faire comprendre qu'il devait se retourner, et il aperçut une orque solitaire, à quelques mètres de lui seulement. L'animal le frôla presque. Il mesurait sept ou huit mètres.

Madsen aurait dû avoir peur. Il l'avait vue déchiqueter minutieusement des harengs pendant de longues minutes. Et pourtant, il ne se sentit à aucun moment en danger.

Il plongea plus profondément pour le suivre. Le Néoprène de sa combinaison s'écrasa sous la pression de l'eau et s'amincit. Le froid commença à se diffuser à son épiderme. Quand l'animal repassa près de lui, il tendit la main pour le caresser, mais l'orque esquiva avec grâce et rejoignit ses congénères. La matriarche avait décidé qu'il était temps qu'elles reprennent leur chemin. Le reste du pod la suivit et s'éloigna dans un concert de cliquetis.

Après la curée, l'océan paraissait étrangement vide et calme. Des paillettes scintillaient partout dans l'eau. Des écailles de hareng qui reflétaient la lumière déclinante.

Madsen perça la surface et inspira l'air marin. Liv remonta la première et l'aida à grimper à l'intérieur du bateau. Puis elle échangea sa prothèse palmée contre celle qu'elle utilisait sur la terre ferme. Madsen se dit qu'Åsa attirait à elle des gens abîmés, comme elle.

Comme lui.

Ils se réfugièrent dans la cabine. Liv sortit un thermos et ils burent un café chaud.

– Alors ?

– C'était… fort.

Les mots lui faisaient défaut pour décrire son expérience sous l'eau. Mais il comprenait mieux ce qu'avait pu éprouver Åsa. Ce sentiment de plénitude. De ne faire qu'un avec quelque chose de plus grand. L'expérience viscérale du chant des orques. L'apaisement, après la morsure de l'eau glacée. Il imaginait la décision qui avait mûri en elle sur le chemin du retour au port. Quitter un job dans lequel elle ne croyait plus. Qui la brûlait de l'intérieur.

Le quitter, lui.

La blessure de leur séparation se rouvrit. 2014. Le début de la guerre dans le Donbass. L'Ukraine, déjà. Åsa et lui sont dans une maternité, près de Donetsk. Ils interrogent des jeunes mères et des femmes enceintes. Quel avenir elles imaginent pour leurs enfants ? Comment on se projette dans le futur, malgré la guerre ? Les questions s'enchaînent, donnent l'impression de la spontanéité alors qu'elles sont formatées. Il remarque qu'Åsa n'est pas concentrée. Elle prend des photos, les montre aux jeunes mamans, dit qu'elle va les leur envoyer. Lui, il continue de dérouler ses questions.

Dans la voiture, elle est distante. Elle n'est déjà plus avec lui. L'abcès s'ouvre à l'hôtel. Reporter de guerre, c'est terminé pour elle. Elle ne veut plus de ça. Ils reparlent de ce qui s'est passé en Syrie. Il dit que ça n'arrivera plus. Il essaye de la raisonner, mais sa décision est prise.

Vient alors l'ultimatum : rentrer avec elle ou continuer seul. Il pense que c'est une passade, qu'elle n'est pas sérieuse. Quatre ans qu'ils travaillent à deux. Il écrit, elle prend les photos. Elle ne peut pas arrêter ça sur un coup de tête. Lui n'est pas prêt à revenir. Ils se disputent.

Le lendemain matin, elle reste dans sa chambre. Il repart seul à la maternité. Dans la nuit, elle a été bombardée. On ne sait pas d'où venaient les obus. Russes, ukrainiens, séparatistes ? Peu importe. Le résultat est le même. La plupart des femmes qu'il a vues la veille ont été transférées ailleurs. Certaines sont mortes. Les enfants… on n'a pas le décompte exact des victimes.

Quand il rentre, la chambre est vide. Åsa a laissé son appareil photo et une longue lettre dans laquelle elle explique qu'elle ne se retrouve plus dans ce métier. Qu'il faut aimer le malheur pour continuer. Qu'il est temps pour elle de remonter à la surface. Qu'il devrait rentrer lui aussi.

Mais il était resté.

Liv parlait :

– Je pensais qu'un journaliste aurait de meilleurs mots pour décrire ça, plaisanta-t-elle.

– Il y a des choses qui se vivent et des choses qui se racontent, répondit Madsen, philosophe. Åsa plongeait toute l'année ?

– L'hiver avec les orques et les baleines à bosse. L'été avec les cachalots. Elle a eu la chance de voir une marguerite, une fois.

Elle se rendit compte qu'il ne comprenait pas de quoi elle parlait.

– Quand un des leurs est en danger, les cachalots se placent autour de lui en arc de cercle, la tête tournée vers le baleineau ou l'adulte blessé. On dit qu'ils font la « marguerite ». Chaque animal est comme le pétale d'une fleur. Lorsque le prédateur essaye d'attaquer, les cachalots donnent des coups avec leur queue.

– Je n'imaginais pas qu'ils étaient capables de faire ça.

– Ils savent prendre soin les uns des autres.

La nuit tomba un peu avant qu'ils reviennent au port. Une lune gibbeuse apparut au-dessus des montagnes blanches.

– J'ai lu certains de tes articles, lui dit-elle. Tu écris bien.

– Lesquels ?

– Ceux sur l'Irak. La prise de Mossoul. La maternité dans le Donbass.

– Les meilleurs que j'aie écrits. C'est Åsa qui prenait les photos. On faisait une super-équipe.

Elle hésita.

– Vous étiez…

– Oui. On s'est séparés un peu avant qu'elle ne s'installe ici.

Elle changea de sujet.

– Pourquoi tu fais ce job ?

– Parce qu'il faut bien que quelqu'un le fasse. Raconter l'histoire de ceux que personne n'écoute, informer sur la situation du monde, c'est important.

– C'est le baratin que tu sors aux gens, d'habitude ?

– Quel baratin ? C'est l'essence de mon métier.

– Mais ce n'est pas pour ça que tu fais du journalisme, si ?

Elle était plus perspicace qu'il ne l'avait imaginé.

– Le front, c'est le seul endroit où je me sens…

Il chercha ses mots.

– Vivant ? tenta Liv.

– Non. Normal. En Norvège, c'est là que je me sens mal. J'étouffe dans ce pays. Je préfère être là-bas.

Elle ne demanda pas ce qu'il voulait dire par « là-bas ». Là-bas, ce n'était pas un pays, ni même un lieu, c'était une atmosphère, une sensation. Une zone de guerre, une catastrophe humanitaire, une révolution, tout ce qui obligeait à vivre dans l'instant, à réduire l'horizon de son avenir à la minute, à l'heure, au jour suivants. Tout ce qui anéantissait le passé, les temps morts, l'angoisse.

– Qu'est-ce que tu vas faire, maintenant que l'agence est fermée ? demanda-t-il.

– Partir. Dans un endroit chaud.

– Tu ne restes pas aux Lofoten ?

– Avec ce qui s'est passé… non. Ça fait des années que je pense à partir dans les Caraïbes, en République dominicaine. Ils font du *whale watching*, dans la baie de Samaná. C'est un sanctuaire pour les baleines à bosse. Elles donnent naissance à leurs petits là-bas. C'est peut-être le moment d'y aller.

Ils s'approchaient de Svolvær. Il était temps de poser la question qu'il gardait en lui depuis le départ du port.

Il prit une grande inspiration.

– Qu'est-ce que… qu'est-ce que tu faisais le soir de la mort d'Åsa ?

Elle le regarda avec étonnement.

– Rien de particulier, pourquoi ?

– Tu étais avec quelqu'un ?

Liv fronça les sourcils.

– Qu'est-ce que ça peut te faire ?

– Laisse tomber, répondit-il.

Mais il était allé trop loin.

– Pourquoi tu me demandes ça ? insista Liv.

– Je… je crois qu'Åsa ne s'est pas suicidée. Je pense… je crois qu'elle a été assassinée.

Choquée, Liv resta muette, la bouche ouverte, un long moment. Son visage se durcit en un instant.

– Tu penses que j'ai pu la tuer ?

– Désolé. Il fallait que je te pose la question. C'était idiot.

– La pauvre fille qui a perdu une jambe dans une attaque de requin, fulmina-t-elle. Bien sûr. Je comprends. C'est tellement évident.

– Excuse-moi.

– C'est ça.

Un silence glacial s'installa dans la cabine. Liv regardait droit devant elle en pilotant le bateau.

– Au stade où j'en suis, tout le monde est potentiellement suspect, essaya de se justifier Madsen.

– Est-ce que tu as la moindre idée… la moindre idée de ce que ça a pu me faire, de savoir qu'Åsa s'était suicidée ? Tu imagines ? Non, tu n'imagines pas. Tu t'en fous de ça, ajouta Liv d'une voix tremblante. Moi j'y ai pensé. À me foutre en l'air. Après mon accident. C'était là, dans un coin de ma tête. Une porte de sortie. Quand j'avais mal. Quand je me réveillais et qu'il manquait une partie de moi. Une possibilité qui ne m'avait jamais effleuré l'esprit avant. C'était aussi simple que d'acheter de la drogue dans la rue ou rouler trop vite sur une autoroute. Ça a fini par se dissoudre. Par disparaître. Mais pas tout seul : il a fallu que je bosse là-dessus. Que je me batte. Tu n'imagines pas le temps qu'il m'a fallu pour trouver le courage de retourner à l'eau.

Elle serra ses doigts si fort sur la barre que ses phalanges blanchirent.

– Je me suis lancé le défi de nager avec des orques. C'était il y a un an et demi. Je voulais me prouver quelque chose : si j'étais capable de nager avec elles, alors tout ça était derrière moi, définitivement. À la première sortie, j'ai échoué. Je suis restée sur le pont. Åsa m'a parlé. Je lui ai raconté ce que j'avais vécu. On a sympathisé. Le lendemain, on est retournées en mer, juste toutes les deux. Et j'ai réussi à me mettre à l'eau. Le jour d'après, j'y suis retournée. Et celui d'après encore. Pendant une semaine. Le jour de mon départ, Åsa m'a proposé de bosser à Nordland. Un de ses employés devait partir quelques semaines plus tard. J'ai accepté. C'était une des meilleures décisions que j'aie prises de toute ma vie. Quand on m'a dit qu'elle avait sauté…

Liv était au bord des larmes. Madsen aurait aimé poser une main sur son épaule ou la prendre dans ses bras, mais il savait qu'il n'en avait pas le droit.

– … je m'en suis voulu. De ne rien avoir détecté. De ne pas avoir compris… De ne pas avoir été là pour elle.

Elle serra les mâchoires et ne parla plus jusqu'à ce qu'ils arrivent au port de Svolvær. Sur le ponton, alors qu'ils remontaient vers l'agence, elle reprit enfin la parole :

– J'étais avec Chris le soir de sa mort. On a… on a passé la nuit ensemble. Demande-lui si tu ne me crois pas.

Ce fut tout. Ils se changèrent dans les locaux de Nordland. Quand il sortit de son vestiaire, Liv était en train de décharger du matériel à l'intérieur du bateau. Il décida de la laisser seule. Elle avait besoin de temps pour digérer. Rien de ce qu'il pourrait dire maintenant n'arrangerait les choses.

Il retourna à sa voiture et remarqua que quelqu'un avait dessiné un message dans le givre qui s'était formé sur le pare-brise. Il sursauta presque en le lisant :

JE TE VOIS

28

Madsen effaça le message.

Celui qui tourmentait Åsa lui signifiait qu'il avait attiré son attention. Était-il là, quelque part, à l'observer ? Il balaya du regard la rue, les vitrines des magasins, scruta les visages des automobilistes qui récupéraient leur voiture en même temps que lui. Il pouvait être n'importe où.

L'estomac noué, il monta dans sa voiture et prit l'E10, direction Leknes, la deuxième plus grande ville des Lofoten. Il avait eu Kristian Möller au téléphone, le journaliste qui avait écrit l'article sur l'abattage du béluga à Valberg, et celui-ci avait accepté de le rencontrer. Madsen le retrouva au stade municipal, en train de suivre un match de foot. L'équipe du Leknes FK jouait contre Ballstad, la ville voisine. De puissants projecteurs éclairaient la pelouse enneigée où les joueurs se disputaient le ballon.

Möller était assis dans les gradins. Un type charpenté, qui devait peser dans les cent vingt kilos. Il portait un jean noir et une veste un peu trop ajustée qui accentuait son embonpoint.

Madsen chassa la neige sur le siège à côté de son collègue du *Lofotposten* et s'y installa.

– Qui mène ? demanda-t-il.

– Leknes. Mais il y a du répondant en face, le score ne va pas en rester là.

Le public était réduit. Une dizaine de personnes. Möller s'était installé en retrait.

– Intérêt professionnel ou personnel ?

– Les deux. Je fais un compte rendu et mon fils joue dans l'équipe.

Il désigna d'un geste la longue tige blonde qui gardait les buts de Leknes. Möller avec vingt ans et quarante kilos de moins.

– Alors comme ça, l'*Aftenposten* s'intéresse aux nouvelles locales ?

– Pas l'*Aftenposten*. Seulement moi. Åsa, la femme que tu as interviewée pour ton article sur le béluga. C'était mon amie.

Möller hocha la tête, comme s'il compatissait.

– Ça m'a fait de la peine d'apprendre sa mort. D'où tu la connaissais ?

– On a bossé ensemble pendant des années.

– Elle était journaliste ? Je n'aurais pas imaginé.

– On était correspondants de guerre.

– L'international, dit Möller avec une lumière dans l'œil. Ça doit être quelque chose. Vous avez couvert des trucs chauds ?

– À peu près tout ce qui était sensible au début des années 2010.

Madsen estima qu'il était temps d'en venir au but de sa visite. Il baissa le ton, forçant Möller à se pencher vers lui pour l'écouter.

– Je cherche à en savoir plus sur le béluga sur lequel tu as fait un article. La police a enquêté là-dessus ?

Möller hocha la tête.

– Le shérif.

Le journaliste lui expliqua que la région de Leknes dépendait du bureau du shérif des Lofoten ouest.

– Tu sais s'il a trouvé quelque chose d'intéressant ?

– Que dalle. J'en ai parlé avec lui : il a juste un dossier vide avec « Valberg » écrit dessus.

L'enquête en était donc au même point qu'à Svolvær.

– Pas de suspects ?

– Absolument aucun.

– Åsa soupçonnait quelqu'un. Elle t'en a parlé ?

– Ólafur Gunnarsson ? Bien sûr. Elle l'avait dans le collimateur depuis des années. Pas un tendre. J'ai écrit un article sur lui, quand j'étais à Svolvær. Il m'a fait goûter du hákarl comme apéro. Tu en as entendu parler ?

– C'est du requin, c'est ça ?

– Ouais. Du foutu requin du Groenland qu'on laisse faisander pendant plusieurs semaines. Une vieille recette islandaise. On a bu une bière et il m'a mis au défi d'en manger. Ça puait, tu n'imagines pas ! Une odeur d'ammoniac à gerber. J'en prends un morceau en me pinçant le nez. Et là, Gunnarsson me sort que les requins du Groenland ne pissent pas et que leur urine ressort par la peau.

Möller partit d'un grand rire.

– Ce vieux salaud ne m'avait pas non plus parlé des effets secondaires. Il y a une toxine là-dedans qui provoque un genre d'ivresse. Heureusement, à l'époque j'habitais à Svolvær. Ça, plus deux ou trois bières, j'étais *out*.

Möller s'interrompit. Un joueur de Leknes fonçait vers le but adverse. Un tacle mal ajusté l'envoya rouler au sol. Carton jaune. Möller râla.

– Ça joue davantage le bonhomme que le ballon, maugréa-t-il.

Il pianota quelques commentaires sur l'application bloc-notes de son téléphone portable.

– Pour mon article, dit-il avec un clin d'œil. Si tu comptes lui demander s'il s'amuse à mutiler des animaux, poursuivit

Möller, j'espère que tu as gardé le gilet pare-balles que tu embarquais à l'étranger. Parce que tu risques d'en avoir besoin.

– Je suis déjà allé le voir.

– Ah ? Comment ça s'est passé ?

– La dernière fois que j'ai couru aussi vite, c'était pour me planquer dans un abri antiaérien.

Le correspondant local rit de bon cœur.

– Je peux comprendre. Je peux comprendre…

Puis, retrouvant son sérieux, il demanda :

– Qu'est-ce que tu attends de moi, Nils ? Je ne suis pas un reporter de guerre. Je traite de concours de pêche à la morue et de matches de foot de troisième division.

Madsen se pencha davantage vers lui.

– J'ai lu les articles que tu as écrits sur le béluga. À aucun moment tu ne parles d'un témoin. Quand je suis allé voir Gunnarsson, il m'a dit que quelqu'un avait vu celui qui avait tiré sur l'animal. Je pense qu'il l'a peut-être appris par Åsa. Et qu'elle l'a su grâce à toi. J'ai vu que tu avais lancé un appel à témoin.

Möller confirma.

– Je n'étais pas trop chaud au départ. Tu sais comment c'est : quand tu publies un appel à témoin, ça attire tous les mythomanes et les tarés de la région. Ça n'a pas manqué : après l'article, j'ai reçu tout le merdier habituel. J'ai passé un temps fou à faire le tri dans les messages sans rien trouver d'intéressant. Ça balançait son voisin, les pêcheurs, les satanistes…

– Les satanistes ? releva Madsen.

– Oui. Le béluga s'est échoué en face d'une église, ça a excité l'imagination de certains.

– Sven Gunnarsson. Il a l'air d'être fan de metal. Le genre avec des croix brûlées et une fascination pour le morbide.

– J'ai vu ça, oui.

L'équipe de Leknes mena une nouvelle attaque. L'attention de Möller se dispersa.

– J'ai fait des vérifications pour savoir si Ólafur avait pu tirer sur ce béluga, dit Madsen pour le ramener à leur discussion. Son bateau était loin de Valberg quand on a dû l'abattre, mais le fils a pu prendre un autre bateau et descendre l'animal.

– Figure-toi que j'y ai pensé aussi. J'ai un peu creusé la piste de la famille Gunnarsson, avant de laisser tomber, faute de preuves.

Madsen repensa à l'épisode des langues de skrei au Fiskerkona, mais décida de garder l'histoire pour lui.

– Tu soupçonnes d'autres personnes ?

– À part Ólafur, je ne vois pas qui pourrait être assez tordu pour faire ça dans le coin. Ici c'est une terre de gens simples.

Madsen afficha un sourire désabusé. Il en avait vu, des pays de gens simples qui finissaient par simplement égorger leur voisin. Il suffisait que les conditions soient réunies pour que les personnes ordinaires deviennent des bourreaux ordinaires.

– Mais parmi tous les mails que j'ai reçus suite à l'appel à témoin, il y en a eu un qui m'a paru suffisamment crédible pour que je m'y intéresse. Un gars de Valberg qui disait avoir des informations sur le tireur.

Madsen sentit son souffle s'accélérer.

– Tu lui as parlé ?

– On a échangé par mails, mais je n'ai pas donné suite.

– Hein ?

– Il demandait de l'argent contre son témoignage, répondit Möller en soupirant.

– Combien ?

– Vingt mille couronnes. Le type m'a pris pour un paparazzi. Il a baissé le prix à quinze mille, mais je lui ai dit qu'on était un journal régional, pas un torchon à scandale, qu'on ne payait pas pour ce genre de chose. Je lui ai dit que le maximum que je pouvais lui offrir, c'était un déjeuner et une tournée de bières. Il a refusé. J'ai laissé tomber.

– Comment tu sais qu'il était sérieux ?

– L'instinct ? Je me suis dit que pour demander autant, le type devait vraiment penser tenir un tuyau en or. Mais je ne suis qu'un petit correspondant local, c'est toi le grand reporter.

Möller le charriait : c'était de bonne guerre.

– Quand est-ce qu'il t'a contacté ?

– Il y a une dizaine de jours.

– Åsa était au courant ?

– Je lui ai dit, oui.

– Quand ?

– Deux jours avant sa mort.

Le reporter sentit l'excitation monter. Il était sur la bonne piste.

– Tu pourrais me donner son adresse mail ?

– Ça dépend. Qu'est-ce que tu as trouvé, toi ?

Je te montre, tu me montres, pensa Madsen. Tout correspondant local dans un bled paumé qu'il était, Möller savait reconnaître une grosse affaire quand il en voyait une.

– J'ai trouvé un autre animal mutilé, à Unstad.

Faute dans la surface. Penalty pour le Leknes FK. Möller prit des notes.

– J'en ai entendu parler. J'ai failli écrire là-dessus, mais la rédaction m'a demandé de me concentrer sur autre chose.

– Pourquoi ?

– Parce que ça ne fait pas vendre. Ici, les gens ne s'intéressent pas à des animaux clamsés. On chasse la baleine, dans le coin, je te rappelle. Un cétacé qui s'échoue, c'est un non-événement. L'histoire d'un maniaque qui mutile des bêtes, ça a marché un mois, après, tout le monde est passé à autre chose. C'est comme cette histoire d'attaque d'ours au

Svalbard. Tout le monde en parle en ce moment, mais dans quelques semaines, on sera passés à autre chose.

L'économie de l'attention. Madsen s'était déjà frotté à ça quand il était correspondant à l'étranger. L'attention du public était une ressource rare et volatile. Plus d'une fois, il avait eu des difficultés à vendre ses reportages sur un conflit qu'il couvrait depuis des mois parce que l'attention s'était portée ailleurs, vers quelque chose de neuf, de plus brillant, de plus choquant.

– Qu'est-ce que tu as d'autre ? demanda Möller.

Madsen envisagea de lui parler des messages de menace, mais préféra garder cette carte dans sa manche pour l'instant.

– Rien, répondit-il.

– Donc tu es au point mort sur ton reportage.

– Ouais. C'est pour ça que j'ai besoin d'un coup de main.

Il sentait que Möller allait lui donner l'adresse mail. Il prenait plaisir à échanger avec lui, ça se sentait. Ce n'était pas tous les jours qu'il pouvait éprouver le frisson de l'investigation.

– J'imagine que ça ne me coûte rien d'aider un collègue, finit par dire le correspondant. Je t'envoie ça demain.

– Tout de suite, ce n'est pas possible ? Je dois repartir pour Oslo dans pas longtemps.

– On est du genre pressé, hein ?

Möller sortit son portable en soupirant, exhuma de sa boîte mail l'échange qu'il avait eu avec le témoin récalcitrant et lui transféra le tout.

– Ton témoin, tu en as parlé au shérif ? demanda Madsen.

– Non. Je ne désespérais pas de le faire parler gratuitement, répondit Möller.

Coup de sifflet. Coup franc.

– Tu comptes sortir ton article quand ? demanda le correspondant.

– Je n'ai pas d'idée précise pour l'instant. Peut-être dans deux ou trois semaines. Ça va dépendre de ce que je trouve.

– N'oublie pas de me citer.

– Bien sûr.

Madsen se leva.

– Pour l'article que *toi* tu vas écrire. Attends au moins jusqu'à la semaine prochaine.

Madsen n'était pas dupe. Il savait que l'espèce à laquelle il appartenait était volontiers cannibale. En venant parler de son histoire à Möller, il avait parfaitement conscience qu'il éveillerait l'appétit de son collègue. Maintenant qu'un journaliste d'un quotidien national s'y intéressait, il avait toutes les raisons de reprendre ses propres investigations.

Möller joua les étonnés.

– Je ne compte pas écrire quoi que ce soit.

– Tu vas le faire. Je le ferais à ta place. Tu n'en as peut-être pas l'intention pour l'instant, mais quand tu vas rentrer chez toi, tu vas y penser. Je veux que tu saches que pour moi, c'est plus qu'un simple papier. Åsa. Je suis persuadé qu'elle a été tuée.

Les yeux de Möller s'écarquillèrent de surprise. Madsen avait conscience de lui donner encore plus de raisons de s'accrocher au sujet. Mais il espérait qu'il avait assez de sens moral pour s'en abstenir.

– Si tu publies quelque chose là-dessus trop tôt, ça peut inciter son assassin à faire profil bas, ajouta-t-il. Si tu ne publies rien, je m'engage à te filer tout ce que j'ai quand j'aurai terminé.

– Pour que je sorte un truc trois jours après toi ? Non merci.

– Je te laisserai la priorité. Tu publies en premier, je sors mon article juste après.

Möller réfléchit un instant.

– On recrute à l'*Aftenposten* ? demanda-t-il.

– Pousse pas trop. Mais c'est toujours bien d'avoir quelqu'un de redevable dans le plus grand quotidien national, non ?

Le correspondant ricana.

– En gros, c'est « fais-moi confiance, je te renverrai l'ascenseur ».

– C'est quoi l'alternative ? Tu sors un truc à la va-vite dans le *Lofotposten* et on n'en parle plus dans une semaine ? À part mes soupçons sur la mort d'Åsa, tu n'as rien de neuf. Mais si tu te montres patient, là tu tiendras un scoop.

Möller eut une brève hésitation, puis se décida à accepter.

– OK. On fait comme ça. Mais tu as intérêt à tenir ta parole.

Ils échangèrent une poignée de main pour sceller leur accord. Madsen quitta le journaliste. Le Leknes FK menait au score. La neige commençait à tomber. Quelqu'un l'observait sans qu'il en ait conscience.

V

29

Surpopulation carcérale.

Les locaux du gouverneur n'avaient qu'une seule cellule, qui ne servait quasiment jamais. On y avait enfermé les deux gardiens de Pyramiden, Nikolaï et Alexeï, en attendant de les interroger. Depuis la découverte d'empreintes correspondant à celles d'Agneta dans l'étable, ils étaient devenus leurs principaux suspects.

Tous deux avaient eu le droit de passer un coup de fil et avaient bien sûr appelé Sorokine, qui fit venir du continent deux avocats par le premier vol depuis Tromsø. Les hommes de loi, russophones, s'entretinrent une demi-heure avec les gardiens, avant que leurs interrogatoires ne commencent.

Lottie se chargea de l'audition d'Alexeï. Le jeune gardien ayant déjà craqué une fois pendant leur première rencontre, elle considérait que c'était le plus à même de se confesser. Elle entra dans la salle d'interrogatoire improvisée. Le visage du Russe était cireux. Ses longs doigts fins tremblaient. Elle n'allait en faire qu'une bouchée.

Lottie déclencha la caméra et commença l'interrogatoire.

– En ce qui concerne le récapitulatif des charges, nous t'accusons de braconnage, d'acte de cruauté sur animaux et surtout de meurtre, dit-elle en accentuant le dernier mot. Tu as le droit de garder le silence, tes déclarations peuvent être utilisées comme preuves dans un procès…

Elle égrena les avertissements habituels de début d'entretien, puis entra dans le vif du sujet.

– Nous avons trouvé à Pyramiden, dans une des stalles de l'ancienne étable, des traces de sang sur le sol et sur les murs que quelqu'un avait tenté de nettoyer.

Elle marqua une pause. À l'école de police, on lui avait enseigné la méthode « KREATIV » pour les interrogatoires. Elle préconisait de créer une relation de confiance entre le suspect et le flic qui l'interrogeait. La première lettre représentait le « K » de *Konfrontasjon.* Confronter le suspect aux faits, en évitant les accusations directes. Lui montrer que les preuves contre lui étaient solides.

– Les analyses ADN des échantillons prélevés sont en cours, mais étant donné que nous avons relevé une empreinte palmaire correspondant à celles d'Agneta Sørensen, nous pensons qu'elle a été assassinée à cet endroit. Et comme nous sommes au milieu de nulle part, les seuls suspects crédibles, c'est toi,…

Dévoré par le stress, le gardien se balançait d'avant en arrière sur sa chaise.

– … Nikolaï et le reste du personnel du Tulpan. Mais puisque c'est vous qui avez, dites-vous, découvert le corps à Brucebyen et que nous avons trouvé des traces de semelles et des empreintes digitales vous appartenant, à toi et Nikolaï, un peu partout à l'intérieur de l'étable, vous êtes nos principaux suspects.

– C'est normal, on travaille là-bas, répondit Alexeï. On passe régulièrement faire des rondes dans ces bâtiments pour vérifier qu'il n'y a pas des choses à réparer.

Bien. Il n'avait pas perdu sa langue. Son avocat lui rappela qu'il pouvait garder le silence. Lottie remarqua pour la première fois la montre à son poignet. Une Omega. Elle étudia plus attentivement son costume. Elle ne connaissait pas la marque, mais il était très bien coupé. Le type devait être à des années-lumière du budget des gardiens. Est-ce que c'était le consulat qui le rémunérait ?

– Voilà comment je vois les choses. Agneta part de l'Austfjord. Elle passe par Pyramiden. Elle découvre ce que vous faites à ces renards arctiques qu'on a trouvés dans des cages. Ça la dégoûte, elle dit qu'elle va vous dénoncer. À un moment, l'un de vous deux la frappe. Elle tombe, morte. Vous n'aviez peut-être pas l'intention de la tuer, mais vous vous retrouvez avec un cadavre sur les bras. Un de vous deux, je suppose que c'est Nikolaï, a l'idée de se débarrasser du corps en utilisant Frost.

Le « A » d'*alternativet*. Ouvrir une alternative plus favorable à Alexeï. En lui laissant la possibilité de charger son collègue, elle l'incitait à avouer.

– Vous chargez le corps d'Agneta sur la remorque de sa motoneige et vous le transportez à Brucebyen. Vous attendez un jour ou deux que Frost s'intéresse au cadavre. Il vous suffit d'aller vérifier de temps en temps. Et quand Nikolaï pense que le corps est assez abîmé pour qu'on croie à la thèse de l'attaque, vous nous appelez.

– Non… non. On n'a pas tué Agneta, marmonna Alexeï faiblement.

– La dernière fois que nous avons parlé ensemble, tu m'as caché que vous aviez tiré sur l'ourse. Mais tu as fini par me dire la vérité. J'attends que tu fasses la même chose aujourd'hui.

R. Établir un *rapport de confiance*.

– Là, je te donne la chance de raconter l'histoire de ton point de vue. Nikolaï est en train de donner sa version à un de mes collègues. Lui ne va pas hésiter pas à te mettre ça sur le dos. Tu dois le sentir, non ? Qu'il fera tout pour sauver sa peau ?

– Je… je n'ai pas tué Agneta.

– Il va falloir être plus convaincant. La machine s'est mise en route, Alexeï. C'est le moment de parler. Si c'est Nikolaï qui a tué Agneta et que tu l'as juste aidé à dissimuler le corps, tu peux obtenir les circonstances atténuantes.

– On ne l'a pas tuée…

– Réfléchis bien. On va passer au peigne fin tous les bâtiments. Et vos vêtements. Si on trouve de l'ADN d'Agneta dessus, c'est *game over*. Vingt et un ans de prison. Reconductibles de cinq ans en cinq ans si on estime que tu restes un danger pour la société. Et dis-toi que même après une lessive, même après un nettoyage intensif, on finit toujours par retrouver des traces de sang. Ça s'insinue partout. Si tu étais là quand Agneta a été tuée, son sang t'a contaminé. Il est sur toi, quelque part.

Le gardien passa une main dans ses cheveux humides de sueur. Il allait craquer, elle le sentait.

– L'étable est toujours fermée, normalement, commença Alexeï. Toujours. À cause des ours qui traînent dans le coin. Personne n'aurait dû pouvoir entrer…

On y était. Elle croisa les bras, satisfaite.

– Je venais nourrir les renards, comme d'habitude. On les a capturés avec Nikolaï. On comptait récupérer leur fourrure et la vendre. Mais plutôt que de les tuer tout de suite, Nikolaï a dit qu'on devrait les engraisser. Il a travaillé en Finlande dans un élevage, certains faisaient ça là-bas. Pour que la fourrure soit plus grande.

– Les autres au Tulpan sont au courant ?

Le gardien baissa les yeux.

– Non. C'est pour ça qu'on avait installé les cages dans un bâtiment loin de l'hôtel. Pour que personne ne remarque rien. En arrivant à l'étable, j'ai vu que la porte était ouverte. Comme je te l'ai dit, on ferme toujours cette porte-là. Quand je suis entré, j'ai tout de suite senti l'odeur, comme si une bête était morte. J'ai cherché d'où elle venait, et là…

Lottie s'avança sur son siège. *Mais de quoi parlait-il ?*

– La fille était là, renversée par terre… C'était la première fois que je voyais quelqu'un de mort… Le sang, partout…

Alexeï était blanc comme un linge. Il se frotta les yeux, tentant de chasser les visions qui l'assaillaient.

– J'ai paniqué. J'ai appelé Nikolaï. Quand il a vu les traces de torture…

– De torture ? s'étrangla Lottie.

Elle sentit monter une bouffée de stress. C'était elle, maintenant, qui commençait à transpirer.

– Sa combinaison était ouverte devant et… on voyait sa peau… elle était tailladée, lacérée…

Le gardien avala sa salive avec difficulté.

– Nikolaï a dit qu'il valait mieux qu'on se débarrasse du corps et qu'on le jette aux ours. Qu'on ne nous croirait jamais, parce qu'on est russes et que vous feriez tout pour nous mettre le meurtre sur le dos. Je… j'étais paniqué. J'ai fait comme il a dit. On a chargé le corps sur la remorque de sa motoneige et on l'a emmené à Brucebyen. On savait que Frost était dans le coin. On la surveillait depuis plusieurs jours pour vérifier qu'elle ne s'approchait pas trop de nous. On a tout nettoyé dans l'étable, on a attendu quelques jours que Frost abîme assez le corps pour qu'on croie à un accident et on vous a appelés.

– Et le fusil d'Agneta ?

– On l'a retrouvé dans une des pièces au fond de l'étable. Il y avait du sang sur la crosse. On a… on a décidé de le jeter dans le fjord.

Lottie était déstabilisée. Elle avait réussi à obtenir un extrait du casier judiciaire de Nikolaï auprès de la police de Mourmansk par l'entremise d'un de ses anciens collègues, qui travaillait avec le commissaire des frontières à Kirkenes. Le Russe avait fait deux ans de taule chez eux pour des petits larcins. Rien de comparable à des actes de torture et à un meurtre. Si Alexeï disait la vérité, il était probable qu'en voyant le corps, il avait compris que ça allait lui retomber dessus. Donc, l'histoire se tenait.

– Quel jour vous avez trouvé le corps ?

– Mardi.

Le jour de son départ de chez Rasmus, pensa Lottie.

– Quand le consul est venu vous voir, vous lui avez raconté cette histoire ?

– La question est hors sujet, protesta l'avocat.

Au moins, maintenant, elle était fixée : l'avocat roulait d'abord pour le consulat.

– Non, il ne savait pas, répondit malgré tout le gardien. On… on lui a menti.

– De quoi vous avez parlé pendant votre entretien ?

– Cette question est hors limite, protesta l'avocat. Le consul Sorokine faisait en l'espèce office de conseil juridique. Mon client n'a pas à évoquer quoi que ce soit au sujet de cette conversation.

Lottie changea d'angle d'attaque.

– Si vous n'avez pas tué Agneta, qui a pu le faire ?

– On s'est posé la question avec Nikolaï. On s'est demandé si ce n'était pas quelqu'un d'autre au Tulpan, mais on ne voyait personne capable de massacrer quelqu'un comme ça.

– Personne n'est passé à Pyramiden, le jour où vous avez trouvé le cadavre ?

– Non. Personne. Le jour d'avant non plus.

L'étable était assez éloignée du Tulpan pour qu'on puisse y tuer quelqu'un sans se faire remarquer ni qu'on entende les cris. C'était sans doute pour ça que l'assassin d'Agneta l'avait attirée là. Est-ce qu'il avait parlé des renards enfermés là-bas pour l'appâter ? L'étudiante était très engagée dans la protection des animaux, ça pouvait se tenir.

– Parle-moi des blessures. Tu as dit que c'était de la torture.

– Des lacérations. Il y en avait plein sur le ventre et la poitrine. Il avait même coupé…

Alexeï ne finit pas sa phrase.

– Je suis désolé… on n'aurait pas dû déplacer le corps… mais j'ai eu peur… je ne voulais pas faire de la prison pour ça… Je suis désolé, désolé…

L'avocat demanda s'il était possible de faire une pause pour qu'il puisse conférer avec son client. Lottie accepta et renvoya le gardien en cellule.

Puis elle rejoignit son supérieur, Jørn. Il visionnait les enregistrements des interrogatoires depuis un bureau attenant.

– Avec l'autre garde, ça donne quoi ? demanda Lottie.

C'était Thor qui s'en occupait, avec l'aide de la traductrice.

– Même discours. Mot pour mot.

– Tu penses qu'ils se sont mis d'accord pour nous servir cette version au cas où on les choperait ? interrogea Lottie.

– Je n'en sais rien. Si on parlait d'un simple meurtre, OK, mais tous deux disent qu'Agneta a été torturée et j'ai du mal à comprendre pourquoi ils inventeraient ça.

Lottie serra les poings. C'était ce qu'elle avait senti en voyant le corps. Les lignes trop droites de certaines blessures. Les coups de lame dissimulés par la sauvagerie de l'ours. C'était ça qui ne collait pas.

30

Vingt-quatre heures plus tard, un contingent d'enquêteurs et de techniciens du Kripos arrivaient d'Oslo. Maintenant que l'assassinat d'Agneta ne faisait aucun doute, Merete Amundsen avait demandé qu'ils les épaulent sur l'enquête.

Jørn et la gouverneure organisèrent une réunion dans la salle de crise pour faire le point avec eux sur les investigations en cours. Avec la fatigue et le stress accumulés ces derniers jours, le visage de la quinquagénaire avait l'air encore plus austère qu'à l'accoutumée. Front plissé, lèvres minces, voix haut perchée, elle avait mis sa tenue de flic pour accueillir les renforts venus de la capitale : pull officiel avec les épaulettes jaunes rappelant son grade de cheffe de la police, chemise bleue, cravate. Les agents du Kripos s'installèrent au fond de la salle, légèrement en retrait, comme pour signifier qu'ils n'étaient là qu'en appui de l'enquête.

Jørn Røst commença le briefing en évoquant le rapport d'autopsie qui venait enfin d'arriver.

– Le légiste s'est prononcé sur les causes de la mort. Fracture du crâne.

Il cliqua sur la touche d'une souris sans fil et le projecteur au-dessus de lui plaqua sur le mur d'en face une image du crâne fracturé d'Agneta Sørensen. Le légiste avait rasé ses cheveux blonds pour qu'on distingue mieux la blessure.

– Le coup mortel a été porté avec une arme contondante. D'après la forme de la blessure, il est hautement probable que l'arme du crime soit la crosse d'un fusil. Le légiste a retrouvé de minuscules échardes dans la plaie : les analyses ont établi qu'il s'agissait de bois de hêtre. Le labo a fait des comparaisons avec les armes saisies à Pyramiden, mais n'a pas trouvé de correspondance. Les armes des Russes sont des Mauser, des Karabiner 98k avec des crosses en noyer. D'après les experts en balistique du Kripos, au fur et à mesure que la Seconde Guerre mondiale avançait, les Allemands ont dû s'adapter aux pénuries et utiliser des bois moins solides pour leurs fusils, comme du lamellé-collé de hêtre. C'était le cas de l'arme que possédait Agneta, d'après l'armurier chez qui elle l'avait achetée.

L'idée que l'étudiante ait été achevée avec la crosse de sa propre arme glaça le sang des flics autour de la table.

– Outre la fracture, le légiste a réussi à identifier une dizaine de blessures faites avec une lame, du vivant d'Agneta. Toutes sont superficielles : on a soigneusement évité les artères. Ce qui tend à prouver qu'on l'a bel et bien torturée avant sa mort.

Jørn projeta les images des lacérations. Lottie baissa les yeux. Elle avait assisté à l'autopsie en vidéoconférence. L'examen avait été particulièrement pénible, même sans les odeurs habituelles de la morgue. C'était comme regarder un film d'horreur particulièrement gore sans pouvoir changer de chaîne ou regarder ailleurs. Si elle n'était pas shootée aux médocs, elle aurait sans doute fait un malaise.

– Le légiste a également confirmé qu'Agneta avait eu un rapport sexuel un peu avant sa mort. Il n'a pas trouvé de lésions génitales indiquant une pénétration imposée, mais nous n'excluons pas cette possibilité pour le moment. Un de nos suspects a reconnu avoir eu des relations sexuelles avec Agneta. Rasmus Häkkänen.

Il projeta les photos du trappeur, puis des deux gardiens de Pyramiden.

– Nikolaï Bodrov et Alexeï Zaïkov. Ils ont été transférés sur le continent. Ils ont avoué tous les deux la dissimulation du cadavre d'Agneta, mais continuent de nier l'avoir tuée. Nous sommes en train d'interroger le reste du personnel de l'hôtel Tulpan. Aucun des employés n'a avoué le meurtre, ils n'étaient même pas au courant que leurs camarades avaient trouvé un cadavre, ni même qu'ils avaient un élevage clandestin de renards. Étant donné leur état, les bêtes ont dû être euthanasiées. Elles ne pouvaient plus se déplacer, et encore moins chasser, précisa Jørn, avant de laisser la parole à un des enquêteurs du Kripos, Tobias Aronen, un homme entre deux âges, roux, avec une barbe coupée court parsemée de poils blancs.

– Une scène de crime en dit long sur le coupable, commença Aronen avec une diction d'instituteur appliqué. Les tueurs désordonnés tuent de manière désordonnée. Les calmes, avec méthode. La scène de crime secondaire dénote une volonté de dissimulation et une bonne connaissance de la vie animale locale. Ça correspond bien aux deux gardiens que vous avez arrêtés. Mais si l'un des deux a tué Agneta, pourquoi avoir laissé son cadavre dans l'étable, au lieu de s'en débarrasser ? La probabilité qu'il se fasse repérer en train de déplacer le corps était faible, voire nulle. Ce n'est pas logique. Reste l'hypothèse numéro deux : le tueur a abandonné le cadavre, puis les gardiens l'ont dissimulé. C'est la plus solide à mon sens.

– Merci pour l'analyse, grinça Thor, mais ça ne nous dit pas qui est le tueur.

– Peut-être pas, en effet, répondit le flic du Kripos, mais ça nous ouvre des pistes de réflexion. La première étant : pourquoi ne pas avoir dissimulé le corps en premier lieu ?

– Le permafrost, répondit Lottie. Le sol est trop dur, à cause du gel. On ne peut pas creuser facilement de tombe au Svalbard.

– Il pouvait jeter le corps à l'eau, répondit Aronen. J'ai lu que par chez vous les cadavres ne remontent pas, parce que l'eau est trop froide. La digestion s'arrête et les gaz qui font remonter habituellement les noyés ne se développent pas.

– Ça nécessitait de traîner le corps jusqu'à l'eau. Il n'avait peut-être pas de remorque, fit remarquer Thor.

– Il y avait celle de la victime.

– Peut-être qu'il était pressé par le temps ? Ou qu'il s'en fichait qu'on retrouve le corps ? Ou qu'il espérait qu'on mettrait le meurtre sur le dos des gardiens ? proposa Jørn.

– Ce qui nous amène au cœur de notre problème, reprit Aronen. Pour quelle raison torturer une jeune étudiante en biologie arctique ?

– Jalousie ? tenta Thor. Rasmus a pu péter un plomb. Il a un casier pour violences.

– Des bagarres quand il était jeune, rétorqua Lottie. Là on parle de torturer une nana et de la massacrer. Et pourquoi il se serait embêté à faire ça à Pyramiden, au lieu de le faire dans sa cabane ?

– Elle s'était peut-être enfuie. Peut-être qu'il l'a rattrapée là-bas, proposa Aronen.

– Et elle n'aurait pas appelé les secours avec son téléphone satellite ? interrogea Jørn.

– Et si le type qui avait fait ça était un maniaque ? lança Lottie.

Les regards des flics se braquèrent sur elle.

– On serait face à un tueur en série ? se demanda Thor.

Un courant d'air glacé sembla souffler dans la salle.

– Il n'y a eu qu'un meurtre, tempéra Aronen. C'est prématuré de parler de ce genre de chose. Il peut y avoir une cause punitive ou sexuelle à la mise à mort de la victime, certes. Mais on torture aussi pour d'autres raisons : obtenir des informations, par exemple le code d'un coffre-fort, d'un ordinateur…

– Qu'est-ce que le tueur voulait faire dire à Agneta ? Ni elle ni sa famille ne sont riches, et c'était juste une étudiante, s'interrogea Lottie.

– Ça, c'est à nous de le trouver, répondit Aronen. A-t-on d'autres suspects ?

– Anatoly Rozanov, lança Lottie. C'est un spécialiste russe des cétacés. Rasmus dit qu'Agneta l'a quitté juste après avoir reçu un coup de fil de lui. Il a un alibi confirmé par un de ses collègues, mais je suis quasiment sûre qu'il nous a caché certaines choses. Le consul était là pendant que je recueillais son témoignage, je pense qu'il faudrait le faire venir ici pour l'interroger hors de sa présence.

– Faisons ça, dit Aronen.

Après la réunion, Jørn donna l'ordre à Thor d'aller chercher Anatoly Rozanov à Barentsburg et Lottie s'éclipsa une dizaine de minutes pour aller chercher sa fille à l'école et la ramener chez ses parents.

– Rakel, elle a dit que c'était pas l'ours qui avait tué la dame, lança Lena tandis qu'elles roulaient en direction de leur maison.

Lottie tapota nerveusement le volant.

– Oui ma chérie. Ça n'était pas l'ours.

– C'était un méchant ?

– Oui. C'était un méchant.

– Tu vas l'arrêter ?

– Bien sûr !

Elle repensa à sa discussion avec Jakob, à l'aéroport. Il allait sûrement l'appeler. Qu'est-ce qu'elle allait lui dire, maintenant ? Tout était en train de voler en éclats. L'endroit le plus sûr du monde… Un assassin s'était glissé ici, au Svalbard. Ses crises revenaient. Tout allait de travers. Elle avait l'impression de se retrouver au même point qu'il y avait deux ans. Plus bas, même, avec le divorce.

– Est-ce qu'Oslo te manque ? osa-t-elle enfin demander à Lena.

Elle vit dans le rétroviseur central sa fille hocher la tête.

– Mais tu es bien à Longyearbyen, non ?

Même réponse de Lena. Lottie hésita à poser la question suivante, mais se lança quand même.

– Qu'est-ce que tu préfères, vivre ici ou à Oslo ?

La réponse de sa fille fusa :

– Vivre avec papa et maman.

La culpabilité afflua. Bien sûr. Tout était si simple pour un enfant. Lottie resta silencieuse et roula jusqu'à la maison de ses parents. Sa mère avait fait des gaufres : Lena oublia presque instantanément la discussion dans la voiture, mais Lottie retourna au travail le cœur dans un étau.

Sur le chemin du retour, elle reçut un coup de téléphone de Thor, paniqué :

– Il faut que tu viennes à Barentsburg. Rozanov… Bordel, il est mort.

31

Anatoly Rozanov habitait dans un des deux immeubles de Barentsburg, de vieux bâtiments des années 1970 récemment rénovés. Il donnait sur une sculpture brutaliste en béton avec un slogan en grandes lettres rouges, « Notre but est le communisme ».

L'électricité était en panne et elle dut allumer sa lampe torche dans le hall d'entrée. Sur les paliers, le faisceau lumineux éclaira des gueules de mineurs qui rentraient du travail. Visages fatigués, contours des paupières noirs, comme s'ils s'étaient maquillés. De la poussière de charbon. Elle s'incrustait partout, dans les plis de leur peau, leurs cheveux, sous leurs ongles.

L'idée qu'elle allait se coltiner un nouveau cadavre ne déclencha aucune alarme en elle. C'était comme si elle vivait les choses depuis l'extérieur de son corps. Trop de médocs. Elle avait fait un début de crise en allant à l'aéroport. Elle avait dû se garer sur le bord de la route et avait avalé deux cachets comme si c'étaient des bonbons. La dernière fois qu'elle avait fait ça, elle était en pleine descente aux enfers à Oslo. Deux semaines plus tard, le psy attitré de la brigade criminelle la mettait en arrêt-maladie. Trouble anxieux généralisé. Une semaine en unité ouverte, puis un mois de thérapie comportementale avant qu'elle ne demande sa mutation au Svalbard.

Troisième étage. Elle enfila une paire de gants et de surchaussures et entra dans l'appartement de Rozanov. Des lampes de chantier éclairaient les pièces d'une lumière agressive. Un vieux téléviseur, des meubles fatigués, une bibliothèque avec des livres que personne n'avait lus depuis la chute du mur de Berlin : l'intérieur du salon était froid et impersonnel.

Thor était en train de discuter avec le médecin de l'hôpital de Barentsburg, qui était venu constater le décès du Russe.

– Il est où ? demanda-t-elle.

– Dans la chambre.

Thor lui fit signe de le suivre. Rozanov reposait sur son lit, les bras le long du corps. On aurait pu croire qu'il dormait, s'il n'y avait pas eu l'odeur obsédante de la mort qui empuantissait la pièce. Lottie remarqua une bouteille de vodka vide et un carnet posé sur la table basse. Il était rouge et ses angles étaient abîmés par les frottements. Il était ouvert sur la tranche, comme si Rozanov l'avait posé là juste avant de passer de vie à trépas.

– Le doc a donné une estimation de l'heure de la mort ?

– Il pense que c'est arrivé entre hier après-midi et le milieu de la nuit.

Ça manquait de précision, mais le type n'était pas légiste. C'était déjà un miracle que Barentsburg ait un médecin.

– Cause ?

– Indéterminée, pour l'instant. Mais il soupçonne fortement une surdose de médocs.

Il montra le bureau à côté du lit. Un verre et des boîtes de médicaments vidées de leurs cachets s'y trouvaient.

– Suicide ?

– Ça en a tout l'air. D'après le doc, il suivait un traitement pour le cœur depuis des années. Si Rozanov a bien avalé tout ça, il savait ce qu'il faisait en les ingurgitant.

– L'enquête de voisinage, ça donne quoi ?

– D'après les premiers témoignages, Rozanov était encore en vie aux alentours de dix-huit heures. Son voisin de palier a vu quelqu'un sortir de chez lui, sans pouvoir dire précisément qui était cette personne. On a appelé le RSCS : des collègues affirment l'avoir vu quitter le centre de recherche à quinze heures. Il aurait prétexté des maux de tête pour partir plus tôt du travail.

– Il faut qu'on trouve qui est venu le voir hier soir. La moitié de la ville vit dans cet immeuble, il y a bien quelqu'un qui a vu ce type et qui pourra nous le décrire.

On apporta une civière pour évacuer le corps. Lottie et Thor attendirent que les techniciens du Kripos fassent tous les prélèvements nécessaires dans la pièce, puis y entrèrent à leur tour pour examiner ce qui s'y trouvait. Thor s'intéressa au placard, Lottie au carnet rouge. Il s'ouvrait sur une page que l'on avait cornée. Elle manqua de s'étouffer en lisant les premières lignes.

J'ai commis des crimes.

L'écriture de Rozanov, serrée, était à la limite de la lisibilité, comme s'il avait écrit d'une traite pour se soulager.

J'ai commencé ma carrière de biologiste en participant au plus grand crime environnemental du vingtième siècle.

Lottie fronça les sourcils. De quoi parlait Rozanov ?

Dans les années 1980, en sortant de l'université, j'ai été affecté à un baleinier. Un bateau-usine. Je n'avais pas choisi ce poste, mais à l'époque, c'était comme ça : on allait là où on nous disait d'aller. Je devais faire des prélèvements, recenser le nombre de baleines tuées, leur taille, ce genre de choses. J'ai assisté à la mise à mort de centaines de baleines.

Je me souviens de la première. Une femelle. Quand les ouvriers ont commencé à la découper, je me suis rendu compte qu'elle donnait encore du lait. Il se mélangeait à l'eau autour, tout était blanc. C'était presque pire que le sang. Et son râle d'agonie... C'était trop pour moi. Je me suis penché par-dessus bord et j'ai vomi. J'ai quitté le pont. Je suis descendu dans les entrailles du bateau. Mais on entendait le cri partout, même dans la salle des machines. C'était comme s'il me poursuivait. Quand je suis remonté sur le pont, la baleine était presque entièrement découpée. Je voyais son gros cœur inerte, gigantesque. Mon supérieur m'a engueulé. Il m'a fait la morale : j'avais un bon poste, j'étais bien payé, et surtout, j'avais un devoir envers le pays. Peu importait mon avis sur la chasse, je devais faire mon boulot de scientifique. Je lui ai dit que je ferais mieux la fois d'après.

Quelques mots étaient raturés. Rozanov s'y était repris à plusieurs fois pour écrire la suite :

La deuxième baleine, je ne m'en souviens plus. Je pense que j'avais bu, pour supporter tout ça. Les odeurs, la masse de l'animal, la mise à mort, son œil qui nous regardait pendant qu'on l'achevait. Mais j'ai fait mon travail. Et toutes les baleines qui ont suivi se sont ressemblées. C'était devenu la routine. Mon job, en plus de faire des prélèvements, c'était de rédiger les passeports baleiniers. On notait tout ce qu'on pouvait relever sur l'animal : sa taille, sa couleur, son comportement... Je pensais que c'était utile pour comprendre ces animaux. C'était pour ça que j'étais devenu biologiste. Alors je notais tout, scrupuleusement. Pour que leur mort serve au moins à mieux les connaître.

Quand on est rentrés au port, la première chose qu'ont faite les autorités, ç'a été de falsifier les passeports et de jeter les originaux. Mon travail ne servait à rien. Toutes ces données accumulées, c'était du vent. Une comédie. J'ai compris que c'était la même histoire sur tous les baleiniers, pas seulement le mien. La flotte soviétique tuait des milliers de cétacés de plus que ce qu'elle rapportait à la Commission baleinière internationale. Presque la moitié des prises n'étaient pas déclarées.

C'est ça, mon héritage. Des océans vides.

La confession s'arrêtait sur deux pages déchirées. Lottie regarda dans la petite poubelle près du bureau : pas de boule de papier froissé. La suite du carnet était plus limpide sur les raisons du suicide de Rozanov :

J'avais peur que la vérité éclate. Je suis désolé pour Agneta. C'est moi qui suis responsable de sa mort.

Elle tiqua. La formulation était alambiquée. Était-ce une façon de mettre son geste à distance ? De le rendre moins violent ? Elle feuilleta rapidement les autres pages : des chiffres, des commentaires, des projets d'étude. Rien d'intéressant. Elle fouilla les tiroirs du bureau et trouva une enveloppe contenant une invitation pour une conférence sur l'état des océans qui devait se dérouler à Tromsø dans une semaine. Dessus, on avait griffonné un message : *En espérant te revoir, mon vieil ami.*

Au dos de l'enveloppe, il y avait un nom, Viktor Baran, ainsi qu'une adresse à Kaldfjord, dans la banlieue de Tromsø. Elle sortit son téléphone. La connexion internet était très lente, mais fonctionnait. D'après sa fiche Wikipédia, Baran était un cétologue à la retraite. Un transfuge qui avait quitté la Russie dans les années 1980 et avait obtenu la citoyenneté norvégienne.

Il y avait aussi plusieurs noms de villes notées sur l'enveloppe, écrits cette fois-ci par Rozanov : Svolvær, Vindstad, Valberg, une demi-douzaine de localités des Lofoten.

Elle trouva également une preuve qui reliait le scientifique à Agneta Sørensen. Sur une feuille volante, Rozanov avait noté l'adresse mail de l'étudiante, ainsi qu'une phrase énigmatique : *Demander accès réseau BARENTS.*

– Regarde ça, dit Thor dans son dos.

Elle se retourna. Thor agitait une grosse liasse de billets. Des couronnes norvégiennes. Pas commun à Barentsburg :

Arktikougol, la compagnie minière, détenait tout dans la ville et les transactions se faisaient uniquement avec une carte de paiement délivrée par l'entreprise. Personne n'avait besoin de liquide ici.

– Peut-être avait-il prévu d'acheter des produits sous embargo à Tromsø pour les rapporter en Russie, supposa Lottie. Il était invité à une conférence là-bas la semaine prochaine.

Elle lui montra le carnet.

– Rozanov avoue le meurtre d'Agneta. Elle avait découvert qu'il avait pris part à la falsification des données sur les quotas de baleines pêchées, au début de sa carrière.

– Et il l'aurait tuée pour ça ? s'étonna Thor.

– Il faut croire que oui, répondit Lottie sans conviction.

– Attends… Igor Kozlov, le chef du centre scientifique russe du Spitzberg, il nous a bien dit que Rozanov était là-bas le jour de la mort d'Agneta ?

– Il s'est payé notre tête, gronda Lottie.

Furieuse, elle sortit son téléphone et composa le numéro du scientifique. Elle tomba immédiatement sur le répondeur. En contactant le RSCS, elle apprit que Kozlov était à Longyearbyen pour la remise de graines à la Réserve mondiale de semences. Le bunker était enfoui loin sous la surface, et le portable du Russe ne devait pas capter.

Lottie regarda sa montre. Elle pouvait être là-bas en moins d'une demi-heure.

32

L’Arche de l’Apocalypse.

C’était le surnom que donnaient les habitants de l’archipel à la Réserve mondiale de semences. L’endroit abritait plus d’un million d’échantillons de graines du monde entier et avait été conçu pour résister à toutes les catastrophes possibles pendant les deux cents prochaines années : tremblements de terre, explosions, fonte de toutes les glaces de la planète… C’était en quelque sorte l’assurance-vie de l’humanité en cas de problème majeur.

Avec ses hauts murs triangulaires qui émergeaient de la neige, le bâtiment semblait une écharde de béton brut plantée à flanc de montagne.

Une imposante œuvre d’art encapsulée dans une niche en verre surmontait sa porte d’entrée, un amalgame de triangles d’acier aux allures de miroir brisé qui reflétaient une lumière fantomatique projetée depuis des câbles optiques. La couleur changeait au gré des jours et des saisons. Quand Lottie arriva à hauteur des portes, la sculpture mouvante était teintée d’un bleu glacé.

Elle poussa la porte et parvint dans le premier sas de la réserve, un étroit corridor. Il débouchait sur une porte métallique avec lecteur optique devant lequel elle présenta un badge.

Derrière, on arrivait dans un long tunnel cylindrique foré dans la montagne qui menait la « salle des Aurores boréales », une grande pièce taillée dans la roche de la montagne. Une petite voix dans sa tête se demanda ce qu'elle ferait si elle se retrouvait bloquée dans cette pièce stérile coincée sous terre. Elle l'ignora.

Encore une porte couverte de givre, et Lottie arriva dans la « Cathédrale », la grande pièce qui menait aux trois chambres fortes où étaient stockées les graines. Rails métalliques, tuyaux et barres de néon au plafond. Avec ses murs irréguliers et blancs, on avait presque l'impression d'être dans un gigantesque igloo.

C'est là qu'elle retrouva l'ambassadeur de Syrie, le ministre des Affaires étrangères norvégien, le consul Sorokine et l'aréopage de gardes du corps, d'assistants, de scientifiques et de journalistes qui bourdonnaient autour d'eux. Une quinzaine de personnes coiffées de casques de chantier bleus, qui expiraient de petits nuages de vapeur à chaque parole. Emmitouflés dans de lourds manteaux, elles écoutaient une des responsables de NordGen, la banque de gènes qui gérait l'Arche, leur faire une présentation de la réserve et de son importance pour l'humanité.

Lottie se demanda si elle allait leur expliquer qu'en 2017, la réserve avait été inondée à cause du réchauffement climatique. Le pergélisol, la couche de terre qui ne dégelait jamais, avait fondu. Les graines n'avaient pas été affectées et des travaux avaient été entrepris pour éviter que l'incident se reproduise, mais le symbole était fort : même le plan B de l'humanité prenait l'eau.

Les diplomates et leur suite entrèrent dans la chambre forte numéro 2. Sas à double porte, grille métallique coulissante. À l'intérieur, il faisait moins dix-huit degrés. Les graines étaient stockées dans des boîtes scellées, réparties sur cinq rangées d'étagères métalliques bleu et orange qui filaient jusqu'au fond de la chambre.

Kozlov était un peu en retrait du groupe. Lottie l'intercepta avant qu'il ne s'engouffre dans l'allée où les semences syriennes devaient être déposées.

– Lottie Sandvik ? Qu'est-ce que tu fais ici…

– Il faut qu'on parle, répondit-elle sèchement en russe.

– De quoi ?

– De Rozanov. On vient de retrouver son cadavre.

– Mon Dieu… qu'est-ce qui s'est passé ?

– On penche pour un suicide.

– Anatoly ? Se suicider ?

Un des journalistes qui suivaient la délégation se retourna et regarda dans leur direction. Est-ce qu'il parlait russe, ou avait-il simplement perçu le trouble dans la voix du scientifique ? Lottie décida de ne prendre aucun risque et entraîna Kozlov dans l'allée à l'autre bout de la pièce, entre les étagères A et B.

– On a retrouvé ses aveux, expliqua Lottie. Il affirme avoir tué Agneta. Comment tu expliques qu'il ait pu faire ça, alors qu'il était supposé être au RSCS et que tu nous as assuré l'avoir vu tous les jours là-bas ?

Les yeux du scientifique s'écarquillèrent et ses lèvres se mirent à trembler légèrement.

– Je… j'ai dû confondre les dates, bafouilla-t-il.

Lottie fronça les sourcils.

– Ne te fous pas de moi. Pour l'instant, on te soupçonne de faux témoignage, mais on peut tout aussi bien ajouter la complicité de meurtre. Est-ce que tu maintiens avoir vu Anatoly Rozanov au RSCS le jour de la mort d'Agneta, oui ou non ?

Kozlov hésita un moment. De petits nuages de condensation se formaient devant sa bouche entrouverte chaque fois qu'il expirait.

– Je… je ne l'ai pas vu. J'ai menti, finit-il par avouer. Quelques jours avant qu'on trouve le corps de l'étudiante, Anatoly est venu me voir pour me demander de lui prêter une motoneige. Il disait qu'il voulait aller à Longyearbyen voir une amie. Je lui ai donné les clés. Normalement, on n'a pas le droit d'utiliser le matériel du centre pour des activités personnelles, mais il n'y a pas d'autre moyen pour aller à Longyearbyen en dehors de l'hélicoptère, et Anatoly est… était un scientifique reconnu. J'ai accepté.

– Pourquoi tu ne m'en as pas parlé, quand je suis venue l'interroger à Pyramiden ?

– Tu as dit qu'Agneta avait eu un accident… Je ne pensais pas qu'Anatoly était impliqué dans un meurtre… Je cherchais simplement à éviter les problèmes.

– Et le consul ? Il était au courant ? C'était comme s'il dictait les réponses de Rozanov, quand je l'ai interrogé.

– Il a briefé Anatoly avant que vous arriviez, mais je ne pense pas qu'il savait…

– Qu'est-ce que vous faites ?

Lottie sursauta. Sorokine était apparu au bout de l'allée. Elle jeta un œil à Kozlov. Le scientifique était pétrifié.

– La délégation syrienne nous attend, reprit le consul, glacial.

– Désolée, mais il faudra continuer sans Igor. Il va devoir me suivre au poste, répondit Lottie.

– Pour quelle raison ?

– Dissimulation de preuves. Anatoly Rozanov s'est suicidé. On a retrouvé chez lui des documents dans lesquels il s'accuse du meurtre d'Agneta. Il n'était pas au RSCS le jour de sa mort, contrairement à ce qu'Igor a affirmé. Mais tu le savais, non ?

Sorokine plissa les paupières.

– Igor, laisse-nous, ordonna le consul.

Kozlov acquiesça docilement et se faufila jusqu'au bout de l'allée. Sorokine s'écarta légèrement pour qu'il puisse passer.

– Qu'est-ce que tu insinues, Lottie Sandvik ?

– Le jour où on a découvert le corps, tu es allé à Pyramiden prétendument pour défendre les gardiens. Mais ce n'était pas pour ça que tu étais là. Tu voulais simplement savoir s'ils avaient vu Rozanov. Tu connaissais déjà le lien entre lui et Agneta, n'est-ce pas ?

– Tu penses que j'aurais dissimulé volontairement des informations sur une affaire criminelle ? Aurais-tu perdu la raison ?

– J'ai vu comment Rozanov te regardait quand je l'ai interrogé. Il attendait ton approbation. Igor m'a dit que tu avais préparé avec lui ce qu'il devait dire. Pourquoi ?

Le consul resta impassible.

– Anatoly était un de nos scientifiques les plus distingués. Il a travaillé sur des sujets sensibles. On m'a simplement demandé de m'assurer qu'il ne révèle pas par accident des éléments qui pourraient compromettre la sécurité nationale.

– La sécurité nationale ? On parle d'un expert des baleines. En quoi ce qu'il aurait pu dire risquait d'affecter la sécurité de la Russie ?

Le consul fronça les sourcils. Jusque-là, l'expression de son visage n'avait pas bougé d'un pouce, comme si le froid ambiant avait engourdi les muscles de son visage. Elle en déduisit que Sorokine en avait dit plus qu'il n'aurait dû.

– Cette discussion est close. Le problème s'est réglé de lui-même. L'important pour vous, c'est de tenir votre tueur, non ?

Sorokine tourna les talons et quitta la chambre forte. Lottie récupéra Kozlov dans la salle des Aurores boréales et l'escorta jusqu'à la surface, en se demandant bien quels secrets Rozanov avait emportés dans sa tombe.

33

La cérémonie d'hommage à Åsa devait se dérouler en mer. Elle avait spécifié dans son testament qu'elle voulait être incinérée et que ses cendres devaient être dispersées quelque part dans le Vestfjord. Elle ne s'imaginait pas reposer dans la terre glacée d'un cimetière.

Son ex-mari avait affrété un grand ferry pour l'occasion. Il y avait une cinquantaine d'invités à bord, dont les parents d'Åsa. Madsen leur présenta ses condoléances, mais ne s'attarda pas. Il savait bien que sa présence leur rappelait de mauvais souvenirs. L'époque où ils essayaient de convaincre Åsa de plaquer son job de reporter et les nuits d'inquiétude, quand les portables ne passaient plus et qu'ils traversaient une zone particulièrement dangereuse. Il crut même percevoir chez eux de l'hostilité. Tout le monde sauf lui pensait qu'elle s'était suicidée. Il fallait bien une explication. Il comprenait un peu mieux ce que ressentait Lars.

Madsen vérifia sa boîte mail. La veille, en revenant de Leknes, il avait envoyé un message au témoin qui avait essayé de soutirer de l'argent à Möller, le journaliste local.

Intéressé par tes infos. On peut arranger une rencontre ?

Le type n'avait toujours pas répondu. Il ne lui restait plus que quelques jours avant de rentrer à Oslo. Il espérait que d'ici-là, il regarderait ses messages.

Il retrouva Lars à l'avant du bateau. Le ciel s'était entrouvert et des rais de lumière inondaient les eaux, comme si un dieu indiscret avait tiré ses rideaux de coton pour observer le fjord.

– Tu as avancé sur ton article ? lui demanda Lars.

– Un peu. J'ai découvert ce que tu voulais dire, quand tu m'as prévenu qu'Åsa n'avait pas que des amis dans l'archipel.

Lars décolla son regard des montagnes.

– Quelqu'un essayait de lui faire peur, Lars. Pour qu'elle arrête son enquête.

– C'est ce qui l'aurait poussée au suicide ? Ces menaces ?

Madsen hésita. Est-ce qu'il devait lui dire qu'il considérait qu'Åsa avait été assassinée ? C'était sans doute prématuré. Il avait été obligé d'en parler à Liv, mais s'il devait présenter sa théorie à Lars, il lui fallait des preuves, pas juste des impressions.

– J'ai vu qu'il y avait une caméra de surveillance devant la porte de votre maison. Tu aurais les codes d'accès ?

– Une caméra ? s'étonna Lars. Il n'y en avait pas avant qu'on se sépare.

– Elle avait déjà parlé d'en installer une, quand vous étiez encore ensemble ?

– Jamais. Et je lui aurais dit que c'était du gaspillage. À Tromsø, je veux bien que ça puisse servir, mais du côté de Svolvær, c'est ridicule. Il n'y a quasiment pas de criminalité.

– Qu'est-ce qui aurait pu la pousser à installer une caméra, alors ?

Il haussa les épaules.

– C'est peut-être parce qu'elle vivait seule là-bas. Peut-être que ça la rassurait.

– J'ai découvert qu'elle était en conflit avec un certain Ólafur Gunnarsson, ça te parle ?

– Ce vieux salaud… Ouais, je le connais bien. Il a tiré sur une baleine pendant qu'Åsa promenait des touristes.

– J'ai lu l'article. Est-ce qu'Åsa a aussi eu des problèmes avec Sven ?

– Non, seulement avec son père. Sven n'est revenu que très récemment dans les Lofoten. Il faisait des études à Tromsø, mais d'après les rumeurs, il passait plus de temps à fumer et faire la fête qu'à réellement bosser. Il y a un an, son père a fini par lui couper les vivres et Sven a décidé de revenir bosser dans l'entreprise familiale.

Madsen lui raconta ses rencontres avec Ólafur et Sven.

– Tu crois que ce sont eux qui sont derrière les mutilations ? Pour faire tourner Åsa en bourrique ?

– Possible. C'est le sillon que je creuse pour l'instant. On verra bien où ça me mène.

– Et Strand ne réagit pas ?

– Il n'a rien contre eux. Et j'ai l'impression qu'il me prend juste pour un fouteur de merde.

Lars hocha la tête.

– Je vais contacter l'entreprise qui a installé la caméra. Je t'enverrai les codes dès que je les aurai. Et… et je suis désolé pour ce que je t'ai dit l'autre jour, s'excusa Lars. J'étais sous le choc.

Le froid lui mordait les joues. Madsen enfonça son cou dans sa veste.

– Tu sais pourquoi Åsa appelait mon nom dans son sommeil ?

Lars se redressa brusquement, comme si un insecte invisible l'avait piqué.

Madsen regarda au loin.

– Ça remonte à la Syrie. Ça faisait des semaines qu'on suivait un groupe de combattant kurdes qui se battaient contre l'État islamique. Ils étaient stationnés loin du front.

Rien ne se passait. J'ai appris que la ville de Kobané était en train d'être reprise. J'ai dit à Åsa qu'il fallait qu'on y aille. Qu'on couvre la libération de la ville. J'ai demandé aux Kurdes de rejoindre un de leurs bataillons qui partaient se battre là-bas.

Il aurait aimé trouver les mots pour lui décrire l'état de fébrilité dans lequel il se trouvait à ce moment-là. L'usure des nerfs causée par l'attente. Les nuits glacées, les jours brûlants. Le grondement des bombardements dans le lointain qui te rappelle sans cesse que tu es sur la touche.

– Åsa pensait que c'était trop dangereux. Qu'on devait attendre un jour ou deux. La ville était en train de tomber. Elle disait que ce serait plus sûr quand les Kurdes la contrôleraient totalement. Mais je ne l'ai pas écoutée. Je voulais me rapprocher. Être au plus près de l'action. Elle m'a suivi, finalement. Les Kurdes nous ont confiés à un de leurs soldats qui nous a guidés dans la partie de la ville récemment reprise à l'État islamique. On a traversé une rue supposée être « propre », d'après lui. Sauf qu'elle ne l'était pas. Notre guide a marché sur un engin explosif improvisé. J'étais à quelques mètres derrière.

Il éprouvait presque les sensations sur sa peau. Le souffle chaud de la mort. La pression de l'air secoué par l'explosion. La mitraille des débris.

Après le choc, Madsen s'était relevé, par réflexe, et avait commencé à marcher.

– Le sifflement dans mes oreilles s'est arrêté et j'ai entendu la voix d'Åsa. Elle était restée en arrière pour prendre des photos. L'explosion ne l'avait pas touchée. Je me suis arrêté. La poussière soulevée faisait comme un écran de fumée. Elle ne voyait pas où j'étais et je ne la voyais pas non plus. Quand la poussière s'est dissipée, j'ai réalisé que j'étais en train de partir dans la mauvaise direction. Je retournais vers la zone minée. Sans les cris d'Åsa ce jour-là, je serais mort.

Une odeur âcre de chairs brûlées envahit ses narines. Le soldat qui les guidait avait pris l'explosion de plein fouet.

– Åsa m'a traîné jusqu'à une voiture. Elle m'a allongé sur la banquette et elle a foncé jusqu'au poste médical avancé le plus proche. On aurait pu rouler sur une mine ou se faire tirer dessus, mais elle n'a pas hésité. Elle m'a sauvé la vie. Et six mois plus tard, elle m'a plaqué. Parce qu'elle n'en pouvait plus de ce boulot et que j'étais devenu une espèce de junkie qui se défonçait à l'adrénaline. Elle t'a rencontré. Elle a pris la meilleure décision qu'elle pouvait prendre : elle m'a quitté, elle a quitté son job.

Le bateau se mit à ralentir. Le pilote avait repéré un pod d'orques et avançait parallèlement à leur sillage. Les derniers convives pour le grand départ d'Åsa étaient arrivés.

Tous les invités rejoignirent l'avant du bateau. Il aperçut Liv, qui lui jeta un regard glacial. Elle n'avait toujours pas digéré qu'il l'ait soupçonnée.

Les parents d'Åsa prononcèrent chacun un court discours, puis ses sœurs firent de même, ainsi que quelques amis. On lut un extrait de la Bible. Des souvenirs lointains des cours de catéchisme de son enfance lui revinrent à l'esprit. Le livre de Job. Des phrases décousues. *Es-tu parvenu jusqu'aux sources de la mer ? As-tu circulé au fin fond de l'abîme ?* Quand ce fut son tour de parler, Lars déclara : « Tu pars comme tu l'as voulu. Tu rejoins la mer, comme tu l'avais décidé. » La plus jeune sœur d'Åsa jeta ses cendres à la mer. Elles obscurcirent un instant le brasillement des vagues, puis se dispersèrent. Lorsque Madsen releva la tête, les orques avaient disparu sous la surface du fjord.

Le soleil était couché quand ils regagnèrent Svolvær. Les convives se dispersèrent rapidement. Il essaya de parler à Liv, mais elle était déjà partie au moment où il descendit sur le ponton.

Son téléphone se mit à vibrer quelques minutes plus tard. C'était « l'indic » de Kristian Möller.

La graine avait poussé bien plus vite que prévu.

34

Vingt mille couronnes.

L'indic allait droit au but. Madsen hésita. Il n'avait pas l'argent sur lui et n'avait jamais payé pour une info. Il tenta une négociation.

Möller a dit que c'était quinze mille.

Les longues minutes d'attente qui suivirent lui firent regretter d'avoir discuté le prix. Quinze ou vingt mille, ça n'avait pas beaucoup d'importance. Il n'aurait pas le temps de rassembler le fric. Il essayait simplement de le mettre en confiance en donnant le nom du journaliste. Il tenta de se rassurer en se disant qu'au moins, le contact était établi.

OK pour quinze. Paiement en bitcoins.

En cryptomonnaie… Madsen sourit. Et pourquoi pas en diamants, tant qu'on y était.

Non, en liquide, de la main à la main. Possible de se voir rapidement ? Je suis de passage sur les Lofoten. Pas sûr de pouvoir revenir avant un bout de temps.

Il espérait que l'appât du gain inciterait l'inconnu à accepter. Ça ne manqua pas.

L'église de Valberg. Ce soir, à vingt-deux heures. Viens avec les quinze mille.

Il sentit l'excitation déferler. Le plaisir de la traque. Une sensation qui s'était émoussée avec le temps et le journalisme de bureau. Puis vint la culpabilité. Ce n'était pas une enquête comme une autre. Il s'agissait d'Åsa.

Il trouva un distributeur et retira autant d'argent qu'il put. Sa limite journalière était bloquée à cinq mille couronnes. Il faudrait que ça suffise. Vers vingt et une heures, il quitta le rorbu et roula en direction de Valberg en empruntant la 815, une étroite route côtière coincée entre les montagnes et le Vestfjord. Il arriva vingt minutes en avance et se gara le long de l'église, un austère bâtiment en bois peint en blanc, bordé d'un petit cimetière aux rares pierres tombales. Elle tournait le dos à la montagne et faisait face à la plage couverte de neige. Quoi de plus normal, dans un pays où la terre était mariée à la mer.

Il éteignit ses phares. Attente nerveuse. Il était vingt-deux heures passées. Maintenant qu'il se trouvait coincé entre l'église et le cimetière, il commençait à douter de son choix. Et si c'était le tueur d'Åsa, le type qu'il attendait ? Non. Le piège aurait été trop élaboré. Mais il allait tomber sur quelqu'un de louche, ça c'était sûr.

Sa prédiction s'avéra. Un homme dans la quarantaine débarqua soudain de nulle part. Jogging, baskets, grosse doudoune. Barbe de trois jours. La capuche rabattue sur sa tête cachait un crâne rasé.

Madsen sortit de sa voiture.

– Tu as le fric ? demanda l'indic.

Sa voix avait l'accent râpeux du Sørlandet. Une odeur de cannabis flottait autour de lui.

– Tu as un nom ? demanda Madsen.

– Nan. T'as qu'à m'appeler Askeladden.

Le « garçon des cendres ». Peut-être un surnom ? Askeladden était un héros qui apparaissait dans de nombreux contes norvégiens. Paresseux, rêveur, sans talent et sans ambition en apparence, il finissait toujours par gagner à la fin grâce à sa ruse.

Ça avait l'air de bien correspondre à l'individu qui lui faisait face.

– Bon, le fric, tu l'as ?

Il se demanda si Askeladden avait prévu de dévaliser le Vinmonopolet de Leknes, le magasin d'État qui avait le monopole sur les ventes d'alcool, après leur deal, pour fêter les quinze mille couronnes qui devaient tomber du ciel.

Si c'était le cas, il risquait d'être déçu.

– J'ai pas tout le fric.

– Quoi ? Tu as combien ?

– Cinq.

– Cinq mille ? Tu me prends pour un clochard ?

– Vois ça comme un extra. C'est en plus de ce que t'a déjà filé Åsa.

– Qui ?

– La patronne de Nordland Safari. Elle t'a déjà payé pour cette information, non ?

Il en était venu à cette conclusion pendant qu'il attendait dans la voiture. Åsa voulait vraiment coincer celui qui avait tiré sur le béluga. Après des semaines de recherches vaines, elle avait dû accepter de mettre la main à la poche pour essayer d'en savoir plus. Lars l'avait dit : sa boîte de safari tournait bien. Elle pouvait se permettre de prendre vingt mille couronnes dans la caisse.

– Peut-être, peut-être pas. Pourquoi ça serait gratuit pour toi ?

– Je pourrais te balancer à la police.

– Je pourrais te casser la gueule.

Solide argument. Il n'y avait personne à moins de trois cents mètres. Il avait tout loisir de lui mettre une beigne et de repartir les mains dans les poches.

– Réfléchis-y : cinq mille en plus de vingt mille, c'est une bonne affaire.

Askeladden cracha par terre.

– Je ne peux pas faire mieux que cinq mille, répéta Madsen. La femme qui t'a payé. Elle est morte. C'est probablement le type que tu as vu tuer le béluga qui a fait ça. Dis-toi qu'il vaut mieux qu'on arrête ce malade, avant qu'il tue quelqu'un d'autre. C'est peut-être toi le prochain.

– Qu'il essaye ! lança son interlocuteur, bravache.

Il gratta son long cou aux veines saillantes.

– Bon. OK pour cinq mille. File le pognon.

– Il faut d'abord que je sache si ce que tu as à me dire les vaut.

– Mais tu te fous vraiment de ma gueule… T'as pas de fric, en fait !

Askeladden fit mine de partir. Madsen sortit les billets.

– L'argent est à toi dès que tu m'as tout raconté.

Le type regarda les billets avec convoitise. Il finit par parler :

– J'étais là, le soir où ton gars est venu charcuter le béluga.

– Charcuter ? Je croyais que tu l'avais vu lui tirer dessus, dit Madsen, déçu.

– Nan. Mais c'est sûr que ce mec l'a descendu. Pourquoi il serait venu là, autrement ? Bref, j'étais là, à deux ou trois heures du mat'. C'était un jeudi, je crois.

– Qu'est-ce que tu faisais là à cette heure ?

– Je revenais de chez ta mère. Qu'est-ce que ça peut te foutre ? J'étais là, en train de fumer un pétard. J'avais besoin de me détendre. J'ai mis de la musique. Il y avait des aurores boréales dans le ciel. Je suis resté *chill* à les regarder.

– Tu étais défoncé ?

– On s'en carre. J'y voyais clair. C'était la pleine lune. J'ai vu un type se garer le long de la route. Il a coupé les phares et il est sorti. Il ne m'a pas calculé, j'avais éteint le plafonnier.

Il est descendu direct vers la plage. Je me suis dit qu'il était là pour prendre en photo les aurores boréales. Mais le type a marché droit vers un truc qui dépassait à moitié de l'eau. La grosse carcasse blanche.

– Le béluga.

– J'avais pas vu que cette grosse baudruche était là, avec la neige et les rochers. Le mec a sorti un couteau. Il a commencé à se pencher sur la bête, là. Il avait des gants en plastique. Je me suis dit : c'est quoi cette dinguerie ?

– Et ensuite ?

Askeladden frotta son pouce contre son majeur et son index. Madsen comprit le message et lui tendit les billets. L'indic les empocha rapidement.

– J'ai démarré la bagnole. Hors de question de rester là, garé contre le cimetière, avec ce mec et son couteau. Le cauchemar. J'ai failli planter la caisse en démarrant. J'ai calé, le type m'a vu, j'ai relancé le moteur et je me suis barré aussi vite que j'ai pu. J'ai cru que j'avais fait un mauvais trip. Et puis j'ai appris qu'on l'avait abattu, le béluga, et qu'il y avait un appel à témoin. Je me suis dit que je pourrais faire du fric avec mon histoire. On paye bien les vues sur TikTok, ça doit être pareil pour les journaux, non ? Je produis du contenu, dit Askeladden en se marrant.

Vu le style de vie qu'il semblait mener, Madsen ne lui demanda pas pourquoi il n'avait pas prévenu la police : ça paraissait plus qu'évident.

– À quoi ressemblait l'homme ?

– Environ un mètre quatre-vingt-cinq, peut-être même plus. Des cheveux longs. Blonds. Ses gants, j'ai l'impression que c'était du genre de ceux qu'on utilise pour la pêche.

Nouvelle bouffée d'excitation : la description pouvait correspondre à celle de Sven Gunnarsson.

– Il avait des tatouages sur les avant-bras ?

– Il faisait noir et j'étais garé loin. Et puis il faisait moins quatre, le type ne se baladait pas en T-shirt.

– Il avait quoi comme vêtements ?

– Un manteau bleu. Un jean. Des bottes, je crois.

– Tu as vu la plaque de sa voiture ?

– Ouais, mais j'ai pas pensé à la noter.

– La marque ?

– Un pick-up de couleur claire. Blanc ou gris. Je crois.

Madsen lui posa encore des questions, jusqu'à épuiser toutes celles qui lui venaient à l'esprit.

– Si tu te souviens de quelque chose, envoie-moi un mail. Et je te conseille d'aller voir la police.

– Compte là-dessus ! s'exclama Askeladden en repartant.

Madsen grimpa dans sa voiture et prit le chemin de Svolvær. Il dut lutter pour ne pas s'arrêter sur le bord de la route pour dormir. La fatigue commençait à peser sur son organisme. Manque de sommeil, stress. Il ne dormait pas plus de quatre heures par nuit depuis la mort d'Åsa. Son corps était à la peine. À l'époque où il était pigiste au Moyen-Orient, il aurait pu tenir comme ça des semaines. Maintenant, il avait vieilli et son corps s'était adapté aux horaires de bureau.

La monotonie de la route vers Svolvær ne l'aida pas à garder les yeux ouverts. Des champs blancs, des arbres noirs aux branches tordues, la barrière des montagnes, une maison de temps en temps.

Il réfléchit à ce qu'impliquaient les déclarations d'Askeladden. Est-ce que l'homme qui avait tiré sur le béluga était bien Sven ? Pris d'une inspiration soudaine, il composa le numéro de Möller, en espérant qu'il ne serait pas déjà couché.

Le journaliste décrocha.

– J'ai vu ton témoin, lui expliqua-t-il.

– Oh… tu l'as payé ? demanda Möller d'une voix pâteuse.

– Pas eu le choix.

– Qu'est-ce qu'il t'a dit ?

L'excitation perçait dans sa voix. Madsen lui raconta leur rencontre.

– Il n'a pas vu le type tirer sur le béluga ? demanda Möller, déçu.

– Non, mais c'était probablement le même homme. Réfléchis : pourquoi quelqu'un d'autre se serait pointé à Valberg avec un couteau pour découper une carcasse de béluga ? À mon avis, il ne s'attendait sûrement pas à ce qu'il s'échoue sur la plage et il a dû venir à Valberg pour récupérer la balle, parce qu'il craignait qu'on remonte jusqu'à lui grâce à elle. Est-ce que tu sais ce qu'en a fait Åsa après la nécropsie ?

– Désolé de casser tes théories, mais Åsa l'a donnée au shérif de Leknes. Ils ont fait leurs trucs de flics avec. Mais ils n'ont pas pu trouver de correspondance dans leur fichier balistique.

Dépité, Madsen remercia Möller et raccrocha. Il avait espéré que la balle donnerait une piste intéressante. Le temps filait entre ses doigts et il songea à appeler Wegner pour grappiller une journée ou deux de plus. Il se rapprochait du but, il le sentait.

Il arriva chez Åsa et retourna au rorbu. La porte était entrouverte. Bizarre. Il était sûr de l'avoir fermée à double tour avant de partir. Il resta un moment immobile, le souffle suspendu, à l'écoute du moindre bruit, sursauta à cause du hululement d'une chouette épervière.

Pas un son n'émanait de la cabane. Il poussa la porte. Une puanteur infâme lui agressa les narines. Il alluma, frémit quand il aperçut de grandes traînées de sang sur le sol. *Fous le camp d'ici*, lui cria une voix dans sa tête. Il ne l'écouta pas, avança en direction de l'odeur. Elle venait de la chambre. Il poussa la porte, découvrit le spectacle macabre.

Peau luisante. Sang séché. Des dizaines d'yeux morts le regardaient. De grandes têtes de morue, jetées sur le lit.

Toutes avaient la langue tranchée.

35

Une heure après avoir découvert son lit couvert de têtes de morue, Madsen vit enfin la police de Svolvær débarquer. Il crut déceler des sourires contenus sur les lèvres de quelques flics, qui se transformèrent en grimaces quand ils sentirent l'odeur épouvantable dans la cabane.

Malgré l'heure tardive, Strand avait fait le déplacement. Il arriva un peu après ses subordonnés. Il portait une tenue décontractée, un survêtement et une grosse parka par-dessus. Il devait être chez lui en train de regarder la télé, quand on l'avait prévenu de l'intrusion.

Strand prit le temps de parler à ses troupes, puis il s'installa à la table de la cuisine avec Madsen.

– On t'a volé quelque chose ? demanda le flic.

– Rien, répondit-il.

Son premier réflexe, avant même d'appeler la police, avait été de vérifier si on lui avait dérobé les boîtes en carton contenant les dossiers des nécropsies d'Åsa, mais celui qui s'était introduit chez lui n'y avait pas touché. Même chose pour son ordinateur : il était toujours à sa place.

– Le but, ça n'était pas de me voler, mais de m'intimider, affirma Madsen.

Strand observa un de ses collègues en train de faire un

relevé d'empreintes digitales sur la poignée de la porte d'entrée. Madsen se dit que si c'était bien Sven, Ólafur ou un de leurs sbires qui était derrière l'intrusion, il avait dû utiliser des gants. Ce n'était pas ce qui manquait sur un bateau de pêche.

– Tu avais verrouillé la porte ? demanda le chef de la police.

– À double tour.

– Sûr ? On perd vite l'habitude de se protéger des voleurs, ici. Moi, j'oublie tout le temps mes clés sur le contact.

– Certain.

– Et pourtant, d'après ce que j'ai vu, il n'y a aucune marque suggérant qu'on ait forcé ta porte.

Madsen fit claquer sa langue contre son palais.

– Tu n'es quand même pas en train d'insinuer que j'aurais mis tout ça en scène ? fulmina-t-il.

Le chef de la police avait sorti un carnet pour prendre des notes durant leur conversation. Il tapota dessus avec la pointe de son crayon.

– Ólafur a déposé une plainte contre toi.

– Quoi ? hallucina Madsen.

– Il dit que tu lui as fait croire que tu venais pour un reportage sur la chasse à la baleine, qu'il t'a fait entrer chez lui et que là, tu as lancé des accusations mensongères. C'est vrai ?

Madsen soupira.

– Il m'a laissé entrer de son plein gré. Et je n'ai fait que poser des questions. Il a mentionné dans sa plainte qu'il a lancé une bouteille à quelques centimètres de ma tronche ?

– Il a dit que le ton était monté.

– Sans blague, répondit Madsen, acide. Et est-ce qu'il t'a dit aussi que l'autre jour, son fils et ses matelots sont venus au Fiskerkona pour me mettre un coup de pression ? J'ai eu droit à un speech sur la langue de skrei censé me faire comprendre que je devais la fermer et me tirer des Lofoten. Et maintenant, je me retrouve avec ces foutues têtes de morue sur mon lit. Le message est clair, non ? Les Gunnarsson essayent de me dissuader de poursuivre mon enquête.

– Donc, tu ne rédiges plus un simple article sur ton amie. Tu mènes une « enquête » ? releva Strand.

– Je ne fais que reprendre celle d'Åsa. Elle allait prouver que les Gunnarsson étaient derrière l'abattage du béluga à Valberg il y a presque deux mois. Tu es au courant ?

– Le shérif m'en a parlé. On a échangé sur nos investigations respectives.

Madsen se pencha en avant.

– J'ai discuté avec un témoin qui était à Valberg peu de temps après l'échouage. Il a vu un type avec un couteau s'approcher de la carcasse. Un homme avec une paire de gants de pêche et qui ressemblait à Sven.

– Il l'a formellement reconnu ? demanda Strand en fronçant les sourcils.

– Non. Mais la description correspond.

– C'est-à-dire ?

– Grand, blond, cheveux très longs, des gants de pêcheur.

– Ce n'est pas ce que j'appelle « reconnaître formellement » quelqu'un, rétorqua Strand.

– Qui d'autre ça peut être, à part lui ? Sven Gunnarsson coche toutes les cases : il a des tatouages qui ressemblent à ceux qu'on retrouve sur les carcasses, son père était en conflit avec Åsa, et Valberg est à dix kilomètres en bateau d'Henningsvær.

Strand ne paraissait pas convaincu.

– Ton témoin, il a un nom ?

– Simplement une adresse mail où le joindre.

Madsen alla la retrouver dans son téléphone et la nota sur un bout de papier.

– Un petit conseil : ne dis pas que tu es de la police, ce n'est pas le genre à collaborer de son plein gré.

Strand considéra longuement le morceau de papier, puis le plia en deux et le rangea dans sa poche.

– On va essayer de déterminer où Sven et Ólafur se trouvaient ce soir-là.

– Vérifie aussi leurs emplois du temps pour le soir de l'accident d'Åsa, dit Madsen.

– Pour quelle raison ?

– On l'a tuée.

Le flic mit les mains dans les poches de sa veste, l'air ennuyé.

– Ce sont de graves accusations. Tu as des preuves de ça ?

Agacé, Madsen désigna d'un geste la chambre à coucher.

– Elles sont sous tes yeux.

Strand soupira.

– Les Gunnarsson sont de fortes têtes, de là à tuer quelqu'un…

– Mais bordel, tout pointe dans leur direction ! Tu fais exprès de ne pas le voir ?

Les autres flics les regardèrent. Strand leva la main pour leur signifier que tout allait bien.

– Il y a beaucoup de gens qui n'apprécient pas les Gunnarsson dans le coin…

– On se demande bien pourquoi, répondit Madsen.

– … je ne cherche pas à les défendre, mais il y en a plus d'un qui n'hésiterait pas à leur mettre de fausses accusations sur le dos.

Les autres flics étaient en train de ranger leur équipement. Strand se leva.

– On va faire les vérifications nécessaires. En attendant, je te conseille de ne pas t'approcher d'Henningsvær.

Strand repartit avec son équipe et Madsen se retrouva seul au rorbu. Même une fois les têtes de morue jetées, le sol lessivé et les draps mis à laver, la cabane sentait toujours le poisson crevé. Une sorte de retour olfactif vers les origines du lieu.

Hors de question d'y dormir, surtout après ce qu'il venait de se passer. Comme il était trop tard pour louer une chambre d'hôtel en ville, il décida de passer la nuit dans la maison d'Åsa.

Tandis qu'il transférait ses affaires dans la chambre d'ami, une question l'obsédait. Comment les Gunnarsson avaient-ils su qu'il s'était absenté pour aller à Valberg ?

L'individu qui s'était introduit dans le rorbu avait traversé le jardin et laissé des empreintes nettes dans la neige. Elles remontaient jusqu'à la petite route côtière qui reliait la maison d'Åsa à l'E10 et s'arrêtaient près de traces de pneus. En examinant la scène, on pouvait facilement imaginer ce qui s'était passé : quelqu'un était descendu côté conducteur, avait récupéré les têtes de poisson dans le coffre, puis avait traversé le jardin jusqu'au rorbu, avant de revenir.

L'endroit constituait un bon poste d'où surveiller le rorbu. Problème : en allant à Valberg, il était passé par cette partie de la route. Si une voiture avait été garée sur le bas-côté, il l'aurait remarquée. Ça voulait dire que le type était arrivé après son départ.

Pensif, Madsen retourna chez Åsa et ferma la porte à double tour. Il essaya de se coucher, mais ne parvint pas à fermer l'œil. Il s'installa dans le canapé du salon et alluma la télé. Sur les chaînes d'information en continu, on parlait de l'attaque d'ours au Svalbard, mais à sa grande surprise, il apprit que la police locale avait découvert qu'il s'agissait en fait d'un meurtre.

À un moment, on projeta dans un coin de l'écran le visage de la victime, une jeune étudiante blonde au visage souriant. Son nom était écrit juste en dessous.

Agneta Sørensen... Pourquoi est-ce que ça lui disait quelque chose ?

Le calendrier sur le frigidaire. Il bondit du canapé et fila dans la cuisine. Åsa avait griffonné « Agneta S. » dans une des cases. Un dimanche de janvier, environ trois semaines avant sa mort.

Impossible que ce soit une coïncidence.

VI

36

Il y avait la foule des grands jours dans la salle polyvalente du centre culturel de Longyearbyen. Merete Amundsen y avait organisé une réunion d'information afin de communiquer les résultats de l'enquête sur la mort d'Agneta Sørensen. L'amphithéâtre coulissant avait été déployé pour que les gens puissent s'installer sur les gradins. Lottie reconnut beaucoup de visages familiers, dont celui de ses parents et de Lena, qui lui adressa de grands gestes quand elle entra avec eux et s'installa tout en haut de l'amphi.

La gouverneure avait choisi de se présenter face aux résidents dans une tenue décontractée, pantalon et pull en laine, sans rien qui rappelle son rôle de cheffe de la police, comme pour signifier que tout revenait à la normale au Svalbard.

Lottie était assise sur une chaise en retrait, coincée entre Thor et Jørn. Merete avait insisté pour qu'elle soit là, puisque c'était elle qui avait dirigé l'enquête. Elle mâchonnait nerveusement un chewing-gum à la menthe. Elle n'avait pas pris de médocs : maintenant qu'il n'y avait plus de menace, elle avait estimé ne plus avoir besoin de béquille chimique. Grave erreur : face à la centaine de paires d'yeux qui la scrutaient, elle se sentait vaseuse et transpirait abondamment.

Des applaudissements fusèrent. Lottie se rendit compte que

l'assemblée regardait dans sa direction. Merete devait avoir félicité l'équipe. Thor et Jørn se levèrent. Elle les imita. En scannant les visages dans les gradins, elle lut beaucoup de soulagement dans les regards, mais aussi des traces de peur et de tristesse. L'assassinat d'Agneta avait abîmé les résidents de Longyearbyen.

Vertige. Elle se rassit rapidement et baissa les yeux sur le parquet. Jusqu'à la mort d'Agneta, le pire crime à Longyearbyen avait été le braquage de l'unique banque de l'archipel. Une histoire de fou : l'auteur était un Russe originaire de Volgograd. Suicidaire, il voulait en terminer en se tirant une balle dans la tête. Il avait alors, Dieu sait pourquoi, décidé de venir au Svalbard, en pensant qu'il pourrait facilement louer une arme pour en finir. Après dix-huit heures de voyage, le Russe était arrivé à Longyearbyen. Il avait loué un fusil pour quelques milliers de couronnes, mais son désir d'en finir s'était évaporé. Ne sachant plus quoi faire, il avait décidé de braquer la banque. Branle-bas de combat au poste de police : on n'avait jamais vu ça ici. Les flics en poste à l'époque ne comprenaient pas comment le braqueur comptait s'en sortir. La ville était minuscule, sans endroit où se cacher, et on ne la quittait que par l'aéroport : le pire endroit pour faire un braquage.

Ils avaient retrouvé le Russe devant la porte de la banque. Il avait rapporté son fusil chez le loueur. Plus tard, à son procès, il avait prétendu qu'il voulait rendre l'argent.

Avec les années, c'était devenu une histoire drôle qu'on aimait raconter. Mais Lottie se souvenait qu'à l'époque, ça avait chamboulé pas mal de gens que quelque chose comme ça puisse arriver dans leur petite ville.

Alors un meurtre…

Merete termina son discours. On applaudit une dernière fois dans les travées, puis les gens se levèrent. Le maire vint la féliciter. Pendant qu'ils parlaient ensemble, Lottie prit son supérieur à part pour lui dire ce qu'elle avait sur le cœur.

– Ce n'est pas un peu prématuré, tout ça ? lui demanda-t-elle.

– Tout ça quoi ?

– La clôture de l'enquête. La conférence de presse. Les félicitations.

– Qu'est-ce que tu veux de plus, Lottie ? Rozanov a tué Agneta. Il a même avoué l'avoir fait.

En apparence, tout semblait clair. Kozlov avait réitéré ses déclarations pendant son audition : il avait bien prêté une motoneige à Rozanov, et il ne l'avait pas vu à Barentsburg le jour de la mort d'Agneta. En outre, les informaticiens du Kripos avaient retrouvé dans la boîte mail de l'étudiante des messages entre elle et Rozanov, un en particulier datant de quelques jours avant le meurtre, où ils convenaient de se voir en dehors de Barentsburg. Et puis surtout, le cétologue avait un mobile : la honte d'avoir contribué à couvrir les mensonges de l'industrie baleinière soviétique.

La théorie en cours dans les services du gouverneur était qu'Agneta avait dû déterrer ça pendant ses recherches et comptait le révéler au grand public dans sa thèse.

Quant aux raisons de la mort du cétologue, le légiste avait établi qu'elle avait bien été causée par un surdosage de ses médicaments pour le cœur. Il n'avait trouvé aucun indice suggérant qu'on ait forcé le scientifique à les ingurgiter.

Pourtant il restait des zones d'ombre, et ça la gênait.

– On a juste une confession posthume, répondit Lottie. On a pu le forcer à l'écrire.

– Lottie, là on est dans la paranoïa…

– Le type qui est sorti de chez Rozanov en début de soirée. On n'a pas réussi à l'identifier. Et si c'était un complice ? Ou peut-être même le vrai assassin ? Les Russes redoutaient que

Rozanov ne lâche quelque chose d'important, d'assez grave pour compromettre la sécurité nationale, tu ne crois pas qu'on aurait pu l'abattre à cause de ça ?

– Tu penses que des agents russes auraient tué Rozanov pour éviter qu'il divulgue des secrets sur quoi, les baleines ? Ça n'est pas sérieux, Lottie. Et Agneta ? Pourquoi ils l'auraient tuée ?

– Peut-être que Rozanov lui avait révélé des choses…

– Quelles choses, Lottie ?

– Je ne sais pas. Mais il faut qu'on continue à creuser.

Jørn regarda autour de lui et se mit à parler à voix basse.

– Écoute, Lottie, je sais pour… pour tes problèmes.

Elle sentit de la glace couler dans son ventre.

– Mes… problèmes ?

– Tes crises.

– Thor… Thor t'en a parlé ?

– Non. J'ai posé des questions à Oslo, avant de t'embaucher. Je sais pour l'hypervigilance, les crises d'angoisse… mais j'ai quand même choisi de te recruter parce que tu avais le meilleur profil pour ce poste. Et je ne le regrette pas. Mais là, il faut que tu passes à autre chose. L'enquête est terminée. Ce sont tes troubles qui parlent, pas ton instinct de flic.

Elle sentit que ses joues rougissaient de honte. Elle avait été naïve de croire que Jørn n'avait pas mené sa petite enquête avant de la recruter.

– Je ne suis ni folle ni paranoïaque. J'ai des attaques de panique, répondit Lottie. Enfin, Jørn, tu vois bien qu'il y a des choses qui clochent, non ?

– Il y en a toujours dans une enquête criminelle. Tu le sais aussi bien que moi.

Merete leur fit signe de venir la rejoindre.

– Prends des congés jusqu'à la fin de la semaine, lui suggéra Jørn. Profite de ta famille, va faire une randonnée ou un tour sur le continent, vide-toi la tête.

Jørn rejoignit Merete et le maire, qui le congratula pour son travail d'enquête. Lottie retrouva ses parents et Lena dans le hall du centre culturel. Elle n'avait pas envie de traîner. Elle les embrassa et rentra chez elle avec sa fille.

Sur le chemin, Lena lui raconta que sa classe était allée voir les chiens de traîneau du chenil à la périphérie de la ville et qu'il y avait un trampoline et des balançoires là-bas, et même un bateau pirate. Lottie écouta d'une oreille distraite, toujours dans ses pensées noires.

Elle ressentait encore au fond d'elle la brûlure de sa discussion avec Jørn. L'injustice aussi : il y avait objectivement trop de choses bancales dans cette enquête, depuis le début. Jørn, Merete et les autres pouvaient se convaincre que tout était rentré dans l'ordre. À Oslo, elle serait peut-être passée à autre chose, elle aussi. Mais pas ici. Pas dans le cocon qu'elle s'était tissé. L'idée même que le mal puisse continuer à rôder quelque part dans l'archipel lui donnait la nausée.

Après avoir couché Lena, elle décida de prendre une douche. Son T-shirt était poisseux de sueur, à cause de son coup de stress au centre culturel. Elle se prépara ensuite une infusion dans la cuisine, se connecta à son espace de travail numérique et consulta le dossier d'enquête.

Dans l'après-midi, ils avaient reçu le relevé des appels téléphoniques de Rozanov. Tous étaient à destination de la Russie ou de personnes vivant à Barentsburg, sauf un : un coup de fil passé à Viktor Baran, le biologiste à la retraite qui avait invité le cétologue à Tromsø pour la conférence sur l'état des océans. Elle se rappela le message qu'il avait noté sur l'invitation : *En espérant te revoir, mon vieil ami.*

Elle entra son adresse sur Internet. Il vivait au bord du Kaldfjorden, à une trentaine de minutes de Tromsø. L'endroit avait l'air paisible et Lottie repensa à sa discussion avec Jørn. Faire un break, quitter l'archipel avec Lena. Qu'est-ce qui l'empêchait d'en profiter pour passer voir Baran, histoire de n'avoir aucun regret ?

37

Madsen prit le premier vol au départ de Svolvær et rejoignit Tromsø en milieu de matinée.

Dans la file d'attente pour les taxis, il appela Wegner.

– Qui couvre le meurtre au Svalbard ? lui demanda-t-il sans préambule.

– Ravi d'avoir de tes nouvelles et bonjour, grinça Wegner. Pourquoi ça t'intéresse ?

– Mon enquête. Je pense qu'elle peut avoir des connections avec ce qui se passe là-bas.

Il lui raconta ses dernières découvertes.

– Nom de Dieu, Nils, c'est à la police qu'il faut que tu parles de ça…

– D'abord, j'ai besoin d'établir qu'Åsa a bien rencontré cette fille, Agneta Sørensen. Qui bosse là-dessus ?

– Sander.

– Merci.

Il raccrocha et appela aussitôt son collègue.

– Salut Nils, toujours dans les Lofoten ?

– Toujours. Wegner m'a dit que tu bossais sur le meurtre du Svalbard. Tu peux m'en parler ?

– Une sale histoire. La nana étudiait les mammifères marins. Elle a rencontré un professeur russe qui l'a zigouillée.

– Pourquoi ?

– Apparemment, elle allait balancer des secrets sur lui. Le type participait à la chasse à la baleine, du temps de l'URSS. Il aurait falsifié des documents officiels pour faire croire que les Russes respectaient leurs quotas.

– Ça ne te paraît pas un peu faiblard, comme mobile ?

– Tu sais aussi bien que moi qu'on tue pour moins que ça.

– Qu'est-ce que tu peux me dire d'autre ?

– Pas grand-chose. Les flics du Svalbard ont failli classer l'affaire en accident, parce que les types qui sont tombés sur le corps l'ont balancé aux ours. Deux Russes qui bossaient dans une sorte de ville minière abandonnée. Ils avaient peur qu'on les accuse du meurtre.

– C'est tout ce que tu as ? demanda Madsen, déçu.

Il avait déjà lu tout ça dans la presse régionale.

– Qu'est-ce que tu voulais de plus ?

– Ses parents. Je sais qu'ils sont de Tromsø, mais pas où les trouver. Est-ce que tu aurais leur adresse ou leur numéro de téléphone ?

L'étudiante vivait au Svalbard : il pariait sur le fait qu'elle avait passé le week-end chez ses parents et, avec un peu de chance, qu'Åsa l'avait rencontrée là-bas.

– Pourquoi tu en as besoin ? demanda Sanders d'une voix suspicieuse.

– Wegner aimerait que j'essaye de les interviewer tant que je suis dans le coin, mentit Madsen.

Il croisa les doigts pour que ça passe. Il n'avait pas envie que Sander fourre le nez dans son enquête.

– Tu braconnes sur mes terres ? demanda son collègue, mi-sérieux, mi-blagueur.

– Je te renverrai l'ascenseur, promit Madsen.

Sander soupira.

– Laisse tomber, les Sørensen ne répondent pas au téléphone et je les comprends bien. On feuilletonne sur la mort de leur fille depuis une semaine. Je ne sais pas ce que Wegner espère, mais crois-moi, il n'y a plus rien à gratter dans cette histoire.

– Et leur adresse ? Tu l'as ?

– Non. Mais le père, Stieg Sørensen, tient un bar-restaurant. Tu ne peux pas le rater. C'est celui qui est sur le Storsteinen.

La montagne qui surplombait la ville… Il remercia Sander et prit un taxi pour Tromsdalen, dans la banlieue d'Oslo. C'était là que se trouvait le téléphérique de Fjellheisenau, le seul moyen d'accéder au sommet du Storsteinen. Il prit un ticket et attendit quinze minutes que la cabine se remplisse de touristes, avant qu'elle démarre enfin.

Il était en pleine ascension quand Viggoh Strand l'appela pour lui dire qu'il était passé à Henningsvær pour vérifier les alibis d'Ólafur et de Sven pour la nuit précédente.

– Ólafur a passé la soirée avec sa femme et Sven était à un concert à Leknes. J'ai vérifié leurs téléphones. Aucun n'a borné près de chez toi hier soir.

– Peut-être qu'ils ne sont pas bêtes au point de faire leurs saloperies avec un smartphone dans la poche ? rétorqua Madsen.

– Ou alors tu les as accusés à tort.

Madsen réfléchit.

– Tu as vérifié ce qu'ils faisaient la nuit où Åsa est morte ?

– L'un et l'autre étaient en mer.

– Seuls ?

– Non, avec leurs matelots.

S'il n'avait pas opéré le rapprochement entre la mort d'Åsa et celle d'Agneta, il aurait certainement pensé que les Gunnarsson avaient embauché quelqu'un pour faire leur sale besogne. Maintenant, il commençait à se demander s'il ne faisait pas fausse route. Si les morts d'Åsa et d'Agneta étaient liées, il voyait mal comment insérer les baleiniers dans l'équation. Et si on avait balancé les têtes de morue chez lui pour renforcer ses soupçons sur eux ? Est-ce que le tueur d'Åsa avait essayé de le manipuler ?

Il arriva au sommet du Storsteinen avec une boule au ventre. Le bar-restaurant était mitoyen de la terrasse où les touristes s'agglutinaient pour prendre des photos de la ville en contrebas. On était à environ quatre cents mètres de hauteur. De là où ils se trouvaient, la cité ressemblait à un vaste labyrinthe blanc.

Madsen aperçut Stieg Sørensen derrière le comptoir du bar. Épaules tombantes, teint cireux, il faisait dix ans de plus que sur les photos de lui qui avaient circulé dans les journaux. Madsen l'observa un moment depuis une table près des fenêtres panoramiques en préparant mentalement les mots qu'il comptait utiliser pour se présenter à lui. Il savait qu'il n'aurait droit qu'à un seul essai : soit il arrivait à convaincre le père d'Agneta de lui parler, soit il se faisait expulser du bar-restaurant *manu militari*.

Quand Sørensen vint à sa table pour prendre sa commande, il opta pour une approche directe et sincère :

– Je m'appelle Nils Madsen. J'enquête sur la mort d'une amie dans les Lofoten.

L'homme se figea.

– Tu es policier ?

– Journaliste.

– Je n'ai rien à dire à la presse, s'énerva-t-il. Vous êtes des vautours. Va-t'en d'ici, ajouta le père d'Agneta en repartant.

– Je pense que la mort de mon amie est liée à celle d'Agneta, lança Madsen.

Stieg Sørensen se retourna.

– Liées ? Comment ?

– Elles avaient rendez-vous toutes les deux… C'était il y a trois semaines. Mon amie tenait une agence de safari maritime. Elle s'appelait Åsa Hagen. Elle était passionnée par les animaux marins, comme ta fille.

Madsen afficha sur l'écran de son téléphone une photo d'Åsa. Stieg Sørensen la regarda un long moment en silence, puis tira la chaise de l'autre côté de la table et s'installa en face de lui.

– Je la reconnais. Elle est passée chez nous.

Madsen sentit son cœur cogner dans sa poitrine.

– Tu peux m'en dire plus ?

– C'était vraiment ton amie ? demanda le père d'Agneta. Qu'est-ce qui me dit que tu n'es pas en train de monter un bobard pour m'extorquer une interview ?

Madsen fouilla dans son téléphone et exhuma une vieille photo de lui et d'Åsa au Moyen-Orient.

– On a travaillé ensemble, il y a des années. Elle était journaliste, avant de s'installer dans les Lofoten.

Sørensen sembla se décontracter.

– Agneta était chez nous pour le week-end, commença-t-il. Ça faisait longtemps qu'on ne l'avait pas vue. Elle avait passé les fêtes de fin d'année au Svalbard, à cause d'une tempête, alors on s'était organisé une sorte de rattrapage. Un grand repas de famille. Sa sœur et son frère étaient là. On était tous là.

Il marqua une pause, le temps de contrôler les émotions qui bouillonnaient en lui.

– Au milieu de la journée, le dimanche, une femme a sonné à la porte. C'était ton amie.

– Agneta vous avait prévenus qu'elle viendrait ?

Stieg Sørensen hocha la tête.

– Elle avait dit qu'elle devait voir quelqu'un pour sa thèse. Elle nous a présenté ton amie, puis elles se sont installées dans le salon pour discuter.

– Tu sais de quoi elles ont parlé exactement ?

– Des dauphins, des baleines, des trucs qui passionnaient Agneta.

– D'échouages dans les Lofoten ?

Il haussa les épaules.

– Peut-être. Je ne les ai pas espionnées. J'étais dans la cuisine, en train de préparer le dîner avec ma femme.

– Est-ce que tu as entendu quoi que ce soit en rapport avec le Svalbard, les Lofoten, des échouages, des mutilations d'animaux…

Le père d'Agneta fit non de la tête. Madsen continua d'égrener les mots qui lui venaient à l'esprit :

– Svolvær ? Les bélugas ? La Russie ?

– La Russie, répéta Stieg Sørensen. Je les ai entendues parler d'un Russe…

– Anatoly Rozanov ?

– Ce salopard d'assassin ? fulmina le père d'Agneta. Non, je m'en serais souvenu. Elles ont parlé d'un certain Vladimir.

– Qu'est-ce qu'Åsa et ta fille disaient au sujet de ce type ?

– Elles parlaient de ses déplacements. Agneta a dit quelque chose du genre : « Vladimir était à tel endroit, puis à tel autre. »

– Tu te souviens d'un lieu qu'elles auraient mentionné ?

– Pas du tout.

– Tu as entendu le nom de famille de ce Vladimir, peut-être ?

– Non. J'ai dû passer une ou deux fois dans le salon, c'étaient des conversations qui ne me regardaient pas. J'ai juste tendu l'oreille parce que le nom m'a fait penser au président russe.

– Vladimir Poutine, dit Madsen en hochant la tête.

Il marqua une pause. Comment cette nouvelle information s'intégrait-elle dans le scénario de la mort d'Åsa ? Est-ce que ce Vladimir était le type qui mutilait les animaux dans les Lofoten ? Il posa encore quelques questions au père d'Agneta, jusqu'à finir par tourner en rond.

– Est-ce que je pourrais avoir ton numéro, au cas où j'aurais d'autres questions qui me viendraient ?

Stieg Sørensen accepta. Madsen lui promit de le tenir au courant de l'avancée de son enquête, puis retourna à la station du téléphérique.

Tandis que la cabine redescendait vers la ville, il fut pris d'un vertige. Il n'enquêtait plus sur un suicide, mais sur deux meurtres distants d'un millier de kilomètres.

38

L'avion pour le continent décolla légèrement en retard de l'aéroport de Longyearbyen, à cause d'une tempête au-dessus de la mer de Barents. Lottie ingurgita un cachet pour chasser les mauvaises pensées qui s'accumulaient sous son crâne. Assise dans le siège à côté d'elle, sa fille jouait à un jeu vidéo. Lottie caressa ses cheveux en songeant à ce qu'elle allait dire à Jakob. Elle lui avait expliqué qu'elle lui déposerait Lena exceptionnellement pour l'après-midi. Elle se doutait bien qu'il en profiterait pour avancer ses pions sur l'échiquier de leur divorce.

Tout au fond d'elle, elle savait qu'il y avait une part de vérité dans ce qu'il lui avait dit la dernière fois à l'aéroport. Les choix qu'elle avait faits impactaient la vie de Lena. À trop voir Longyearbyen comme un refuge, elle avait oublié que c'était aussi une prison. Elle avait passé toute son enfance là-bas à rêver d'ailleurs, à voyager à travers les dialectes des Norvégiens, à travers les histoires des touristes, à travers les souvenirs de ses camarades de classe qui avaient vu autre chose dans leur vie que son petit archipel glacé. Et maintenant, elle imposait ça à Lena. Parce qu'au fond, elle crevait de trouille d'affronter le mal invisible qui la rongeait.

La nuit polaire étendit son manteau noir pendant la majeure partie du vol vers Tromsø. Par le hublot, on ne voyait que les lumières mouvantes des bateaux, chalutiers et cargos, qui dansaient sur les crêtes noires de la mer de Barents, jusqu'à l'île de Bjørnøya, l'île aux ours, que ne rehaussait que le faible éclat de sa station météorologique. Puis arrivèrent les côtes et la lueur orangée des villages de pêcheurs accrochés au bord des fjords. Quand l'avion se posa sur le tarmac de l'aéroport, le jour était levé, enfin. Elle eut l'impression de sortir d'une longue hibernation.

Elle loua une voiture aux abords du hall d'arrivée et fila avec Lena jusqu'à la maison de Jakob. Il habitait dans le quartier de Strandkanten, à proximité des jardins botaniques. Il était seul chez lui : Hjørdis était à son travail.

Ils s'installèrent dans la cuisine pour parler, pendant que Lena faisait du trampoline dans le jardin, s'amusant à faire rebondir la neige chaque fois qu'elle sautait, toujours plus haut.

– J'ai lu dans les journaux que votre tueur s'était suicidé, dit Jakob en lui servant une tasse de café.

– C'est ce qu'on croit, oui. Mais on doit contrôler certains détails pour être sûrs. C'est pour ça que j'ai besoin que tu gardes Lena cet après-midi. Si tout se passe bien, demain je serai libre. On pourra peut-être passer du temps tous les trois ?

– Oui, bien sûr.

Jakob se racla la gorge.

– Tu as… tu as réfléchi, pour Oslo ?

Elle inspira profondément avant de répondre. Elle avait pensé à ça toute la nuit.

– J'ai réfléchi, oui. Peut-être qu'il est temps que je quitte Longyearbyen.

Rien qu'à le dire elle avait une boule dans la gorge. Mais il fallait qu'elle reprenne la main sur sa maladie. Elle savait maintenant qu'elle ne pouvait pas fuir. Que les angoisses voyageraient partout avec elle, où qu'elle se trouve. Même à l'autre bout du monde. Il fallait qu'elle l'accepte. Et qu'elle aille de l'avant.

– Super ! dit Jakob, tout sourire. Je vais dire à Hjørdis que…

– Je pensais m'installer à Tromsø.

Le sourire de Jakob retomba.

– Mais… mais pourquoi pas Oslo ?

– Tu es déjà installé ici. Lena a des copines, des habitudes à Tromsø. C'est une ville relativement tranquille. Et ça fait des mois que tu me dis que je serais mieux ici qu'au Svalbard.

– Oui… mais Oslo…

– On a le temps d'en reparler, ne t'inquiète pas, dit-elle en avalant son café.

Elle posa la tasse dans l'évier.

– Il faut que je te laisse. Tu salues Hjørdis de ma part.

Elle alla embrasser Lena, puis regagna sa voiture et entra l'adresse de Viktor Baran dans son GPS.

La route qui menait à son chalet serpentait dans la neige comme une couleuvre d'asphalte. Il vivait dans une impressionnante maison d'architecte, tout en ouvertures. Au deuxième étage de la résidence, une grande baie vitrée panoramique donnait sur le fjord. On y devinait, derrière les stores à demi baissés, une longue-vue qui pointait en direction des eaux calmes. En contrebas, la maison avait son propre ponton. Un petit voilier y était accosté. Ses amarres fouettaient régulièrement le mât, produisant un tintement métallique dont le rythme accélérait ou refluait en fonction de la vitesse du vent. Au loin, des aigles de mer faisaient de lentes révolutions autour des bassins flottants d'un élevage de saumons.

Viktor Baran avait dans les soixante-dix ans. Maigre, il avait de longues jambes et une démarche compassée qui lui donnaient des airs d'échassier. Ses sourcils broussailleux s'arquèrent de surprise quand elle lui expliqua la raison de sa visite.

– Anatoly est mort ?

Baran marqua un temps d'arrêt. Il vacilla légèrement et dut s'appuyer contre le montant de la porte.

– Nous pensons qu'il s'est suicidé. Nous le soupçonnons d'être impliqué dans le meurtre d'une étudiante norvégienne.

– Un meurtre… Anatoly…

Baran passa une main tremblante dans ses épais cheveux blancs.

– Est-ce que tu accepterais de me parler pour clarifier certains points ?

– Bien sûr, dit Baran d'une voix enrouée par l'émotion.

L'ancien professeur la fit entrer. Ils s'installèrent dans le salon. L'endroit sentait l'encaustique. Il était décoré de lourds meubles de marine et de tableaux dans le style national romantique. Des paysages grandioses, où les hommes étaient minuscules. La nature dehors, la nature dedans, pensa Lottie en regardant par la baie vitrée les montagnes enneigées qui dominaient le fjord.

Baran se servit un verre d'aquavit et lui en proposa un. Elle déclina.

– Vous vous connaissiez bien, Anatoly et toi, commença Lottie.

– Nous avons travaillé ensemble quand j'étais encore en Russie, puis sur des projets internationaux après mon installation en Norvège, dit Baran en s'asseyant dans un profond fauteuil en cuir.

– Il a laissé un message dans lequel il raconte qu'il a participé au trucage des quotas de pêche à la baleine, du temps de l'URSS. On pense que l'étudiante qu'il a tuée avait découvert ça et menaçait de le révéler au grand public.

– Les passeports baleiniers… À l'époque, tous les scientifiques embarqués participaient à leur falsification, dit Baran en s'épongeant le front avec un petit mouchoir blanc.

– Toi aussi ?

Il baissa les yeux.

– Bien sûr. Je travaillais à Mourmansk, comme Anatoly. On n'avait pas le choix. On était surveillés par des commissaires politiques. Et si on parlait, on risquait d'être condamnés pour haute trahison. La recherche a toujours été entre les mains de la politique, en URSS. C'est pour ça que j'ai quitté le pays, après l'effondrement du régime.

– Tu penses qu'Anatoly aurait pu tuer quelqu'un pour garder ce secret ?

– Franchement, j'ai du mal à le croire, mais… mais on ne sait jamais ce qu'il peut se passer dans la tête des gens. Anatoly a dirigé des associations de protection des animaux marins, en Russie. Il était très engagé. Peut-être qu'il craignait que tout ce qu'il avait construit au cours de sa carrière s'effondre si c'était révélé. Anatoly, moi et tous ceux impliqués dans la pêche industrielle des baleines, on a emmené des espèces au bord de l'extinction dans de nombreuses régions du monde. Mais on n'était pas les seuls, se défendit Baran. Les Japonais, les Américains, les Anglais… beaucoup de pays ont participé à la chasse. Les Norvégiens aussi. D'ailleurs, ça continue toujours.

Un écocide. Elle repensa à la phrase de Rozanov. *C'est ça, mon héritage. Des océans vides.*

– J'ai vu qu'il t'avait téléphoné. De quoi avez-vous parlé ?

Baran regarda à travers les baies vitrées du salon son bateau qui tanguait légèrement.

– Nous avons ressassé de vieux souvenirs. J'avais proposé à Anatoly de venir à Tromsø pour une conférence, mais il n'a pas pu se libérer.

Elle se souvint que Rozanov avait noté des noms de villes sur l'enveloppe qui contenait l'invitation.

– Est-ce que vous avez parlé des Lofoten ?

Baran tapota l'accoudoir de son fauteuil.

– Ah oui, cette histoire… Il y a une affaire qui a agité les Lofoten ces dernières semaines. Des échouages de mammifères marins et des mutilations de carcasses. Nous en avons parlé.

– Des mutilations ? s'étonna Lottie.

– Oui. Des ailerons coupés, mais aussi des symboles gravés sur certaines dépouilles. Anatoly se demandait ce qui pouvait se passer là-bas. Nous avons échangé nos points de vue sur le sujet.

Baran retira ses lunettes et se frotta l'arête du nez. Il commença à jouer avec les branches en acier tout en parlant.

– Est-ce que tu as déjà entendu parler de la vague de mutilations de chevaux, en France, en 2020 ?

La question était purement rhétorique. Baran s'humecta les lèvres avant de poursuivre.

– Les mutilations d'animaux sont un phénomène ancien. Presque aussi vieux que la chasse et la prise de trophées. Sans remonter aux origines de l'humanité, on a vu des cas de mutilations inexpliquées tout au long du vingtième siècle, dans des endroits très différents. Angleterre, États-Unis, Allemagne… Sauf que les autorités françaises, en 2020, ont été confrontées à une sorte d'épidémie de mutilations d'équidés. On a dénombré cette année-là plus de trente morts suspectes. Dans deux tiers des cas, une oreille au moins avait été sectionnée. La presse a commencé à parler d'un gang de tueurs de chevaux.

Baran avait l'air d'apprécier de s'entendre parler. Lottie, elle, contenait son impatience. Où cette histoire de chevaux devait-elle mener ?

– Dans les régions d'élevage de chevaux, la paranoïa s'est répandue comme une traînée de poudre. Les propriétaires de haras ont commencé à organiser des rondes, il y a eu des accrochages, et certains ont fini par redouter que ça finisse en lynchages. La police a ouvert plus de cent cinquante enquêtes dans tout le pays. Ils ont exploré toutes les pistes possibles.

Rituels sataniques, pratiques sectaires… Certains ont vu dans la collecte des oreilles une forme de fétichisme.

– Comme pour les tueurs en série ?

– Oui. Un serial killer de chevaux !

Baran sourit, amusé par l'idée, avant de reprendre son sérieux.

– Ils ont aussi pensé à des individus fascinés par la tauromachie. Après la mise à mort d'un taureau dans une corrida, on lui coupe une oreille. Ils ont su préserver cette tradition-là, dans le sud du pays.

Lottie eut l'impression que Baran trouvait ça bien. L'universitaire continua :

– On a aussi parlé de sorcellerie. De rites païens.

– Tu penses que c'est ce qui pourrait se passer dans les Lofoten ?

Baran regarda un des tableaux au mur. Un paysage de banquise, avec un bateau coincé dans la glace.

– Les habitants de l'Arctique ont toujours été fascinés par les baleines et ont développé des rites liés à la chasse. Les Inuits utilisaient des amulettes taillées dans de l'os de baleine et des chants pour attirer les animaux. Ils avaient aussi d'autres rites pour garantir que les baleines se « donneraient ». Certains peuples de chasseurs étaient persuadés que les baleines venaient volontairement se faire tuer pour les nourrir et qu'elles renaissaient après. C'est une des raisons pour lesquelles les Inuits ont voulu récupérer leur droit de chasse, même s'ils ne consomment plus autant de viande de baleine qu'avant. C'est une question de spiritualité. Mais pour répondre à ta question : non, je ne pense pas qu'il s'agisse d'une sorte de rituel macabre. Pour en revenir aux chevaux en France, en étudiant les carcasses avec plus d'attention, les autorités se sont rendu compte que les marques étaient causées par des blaireaux, des rongeurs ou des renards. C'était au final simplement de l'hystérie collective.

– Et Anatoly, il croyait lui aussi que c'était juste de « l'hystérie », ce qui se passait dans les Lofoten ?

– Non. Il pensait que quelqu'un était derrière ça. Personnellement, je trouvais ça ridicule, mais Anatoly y croyait dur comme fer.

– Il soupçonnait une personne en particulier ?

– Non. En tout cas, il ne m'en a pas parlé.

Lottie s'avança sur le bord du fauteuil.

– Est-ce que tu sais si Anatoly avait accès à des informations sensibles ?

– Qu'est-ce que tu entends par là ?

– Quelque chose qui aurait pu lui valoir d'être sous surveillance des autorités russes ?

Baran hocha la tête.

– Quand j'étais encore en Russie, dans les années 1990, Anatoly travaillait en partenariat avec des ingénieurs militaires.

– Pour quelle raison ? C'était juste un cétologue.

– Il travaillait à l'époque sur le paradoxe de Gray. Ça vient du nom de James Gray, un zoologiste anglais. Dans les années 1930, il a essayé d'évaluer la puissance musculaire des dauphins, et il n'arrivait pas à comprendre comment avec si peu de masse ils arrivaient à se déplacer si vite sous l'eau. Il en a conclu que c'était dû à une propriété particulière de leur peau, qui devait faciliter leurs mouvements. Un peu comme les alvéoles sur une balle de golf : ça leur donne une force de pénétration dans l'air plus importante. L'armée était très intéressée, à cause des applications pratiques : plus de furtivité pour les sous-marins, plus de vitesse, moins de consommation de carburant… Malheureusement, il y a quelques années, des chercheurs américains ont modélisé des peaux de dauphin, d'orque, de béluga, pour faire des tests plus approfondis. Ils se sont rendu compte qu'en fait il n'y avait rien de particulier dans leur peau qui pouvait expliquer leur vitesse.

– Tu crois qu'Anatoly bossait encore pour l'armée, après toutes ces années ?

– Possible. Mais si c'est le cas, il ne m'en a rien dit. Ce n'est pas le genre de chose qu'il pouvait évoquer au téléphone, tu imagines bien. Les Russes ne plaisantent pas avec ce qui touche à la sécurité de leur pays.

Lottie comprenait mieux pourquoi le consul avait insisté pour participer à l'interrogatoire de Rozanov. Il veillait à ce que le scientifique ne lâche pas par inadvertance des informations concernant des programmes militaires confidentiels.

Elle repensa au message énigmatique qu'elle avait trouvé dans le bureau de Rozanov.

– Dans les papiers d'Anatoly, j'ai trouvé une note qui parlait d'accéder à quelque chose appelé le « réseau Barents ». Ça te parle ?

– Bien sûr. C'est un réseau de suivi des mammifères marins. Il centralise les observations d'animaux et les échouages dans les comtés de Troms et Finnmark et de Nordland. Il permet d'avoir une meilleure vue d'ensemble sur les migrations, le suivi des individus, l'impact des activités humaines… La banque de données est alimentée par des observations de professionnels et de simples citoyens.

– Anatoly t'a parlé de Barents ?

– Non. Mais qu'il s'intéressait aux échouages dans les Lofoten, ce serait assez logique qu'il ait essayé d'utiliser la base de données du réseau.

– Comment on y accède ?

– N'importe qui peut contribuer, en remplissant une fiche d'observation ou en déposant des photos, mais l'utilisation des données est strictement encadrée. Il faut mener un travail de recherche sur les mammifères marins et faire la demande à l'université arctique de Tromsø pour pouvoir les consulter.

– Toi, tu dois pouvoir l'utiliser ?

Baran secoua la tête.

– C'était juste un projet en cours d'élaboration, quand j'ai quitté l'université. Je n'ai jamais utilisé le réseau autrement que pour poster les observations que je fais sur le fjord.

Lottie demanda à Baran s'il connaissait quelqu'un à l'université de Tromsø qui pourrait lui en dire plus sur Barents, mais il affirma ne plus connaître personne au département de biologie marine. Elle prit congé de l'enseignant et rejoignit son véhicule. Abîmée dans ses pensées, elle emprunta la route sinueuse qui longeait le fjord. L'hypothèse du suicide de Rozanov lui paraissait toujours aussi bancale. Elle avait maintenant la confirmation qu'il avait eu accès à des informations sensibles, qu'il aurait éventuellement pu transmettre à Agneta. Ça pouvait expliquer leur éventuelle rencontre à Pyramiden, loin des curieux. L'étudiante s'intéressait à l'impact des humains sur les mammifères marins. Ce qui se passait aux Lofoten avait également dû attirer son attention.

Bourdonnement discret. Elle avait mis son téléphone en mode vibreur, pendant qu'elle était chez Baran. Un numéro inconnu s'affichait sur l'écran. Elle décida malgré tout de répondre.

– Lottie Sandvik ? demanda une voix masculine.

– C'est moi, répondit-elle. Qu'est-ce que tu veux ?

– Je m'appelle Nils Madsen. Je crois que j'ai une autre victime dans l'affaire Agneta Sørensen.

39

Lottie prévint Jakob qu'elle passerait plus tard que prévu chercher Lena et rejoignit Nils Madsen dans un pub sur le port de Tromsø. Leur échange téléphonique avait été assez bref, mais suffisant pour qu'elle comprenne que le journaliste tenait quelque chose de solide.

Elle le trouva assis au bar, une pinte de bière bien entamée posée devant lui. Assez grand, plutôt beau mec, il avait les cheveux en bataille et une barbe de trois jours. Sa peau était bronzée, mais ça ne suffisait pas à masquer la fatigue qui tirait les traits de son visage.

Elle s'installa à côté de lui.

– Lottie Sandvik, je présume ?

– Qu'est-ce que tu as trouvé sur la mort d'Agneta Sørensen ? demanda-t-elle sans perdre de temps.

Il avala une lampée de bière.

– Sur Agneta, pas grand-chose, mais j'ai découvert un lien avec un autre meurtre sur lequel je travaille.

– Je t'écoute.

– Il y a quelques jours, j'ai appris la mort d'une personne qui a beaucoup compté dans ma vie…, commença le journaliste.

Il parla d'une certaine Åsa, et il avait de la tristesse dans ses yeux chaque fois qu'il prononçait son prénom. Elle lui trouva quelque chose de touchant, même si elle essayait de rester la plus détachée possible. Avant de venir, elle avait effectué une recherche rapide sur lui. Elle avait découvert qu'il bossait pour l'*Aftenposten*, mais qu'il avait été correspondant de guerre avant, tout comme cette Åsa dont il racontait la mort. Ils avaient été collègues, mais en l'entendant parler, elle comprit sans qu'il ait besoin de le préciser qu'ils avaient été un peu plus que ça, il y avait très longtemps.

– … la police de Svolvær a conclu au suicide, mais je n'y ai pas cru. C'est comme ça que je me suis retrouvé dans les Lofoten.

Il raconta la façon dont il avait reconstitué les derniers jours d'Åsa et son enquête sur les animaux mutilés. Elle pensa immédiatement à ce que lui avait dit Baran un peu plus tôt.

– Tu as découvert qui a fait ça ? demanda-t-elle brusquement.

Elle regretta son empressement : Nils Madsen comprit qu'elle avait elle aussi trouvé quelque chose au sujet des échouages.

– J'ai des soupçons, oui. Et toi ? On dirait que ça ne te surprend pas, ce que je te raconte.

– Continue, dit simplement Lottie.

Le journaliste commença à écorner nerveusement le sous-verre en carton sur lequel reposait sa bière.

– On devrait partager nos informations, tu ne crois pas ? Si tu me parles de ce que tu as de ton côté, je pourrai mieux t'aider.

– Je n'ai pas envie que ce que je pourrais te dire se retrouve dans l'édition de demain de l'*Aftenposten*, lui répondit-elle.

– Ce qui m'importe c'est de trouver l'assassin d'Åsa, le reste c'est accessoire.

Il y avait des accents de sincérité dans sa voix, mais elle préférait rester prudente. Elle avait déjà eu plusieurs expériences malheureuses avec la presse par le passé.

– Parle et on verra après, décréta-t-elle.

Il soupira.

– OK. J'ai surtout enquêté sur une famille de pêcheurs du côté de Henningsvær. Des baleiniers. Ólafur et Sven Gunnarsson.

– Pourquoi eux en particulier ?

– Ólafur et Åsa se sont souvent accrochés par le passé au sujet de la protection des mammifères marins dans les Lofoten. Le jour de sa mort, elle avait appelé Ólafur pour l'accuser d'avoir abattu un béluga d'un coup de fusil de chasse. Mais j'ai vérifié son alibi et ça a l'air de se tenir.

– Et Sven ?

– C'est son fils. Il a appris que je m'intéressais à l'enquête d'Åsa et est venu me menacer. Un peu plus tard, quelqu'un est entré par effraction dans le rorbu que j'occupais sur la propriété d'Åsa et a balancé des têtes de morue sur mon lit.

Lottie esquissa un sourire. Elle ne l'avait pas vue venir, celle-là.

– Si tu avais découvert ce bordel au milieu de la nuit, ça ne t'aurait pas fait marrer, se défendit Madsen, piqué dans son orgueil.

– Tu as des preuves contre les Gunnarsson ?

Il lui expliqua qu'il avait parlé à un témoin qui avait surpris un homme sur le point de s'en prendre à une carcasse de béluga dans une ville appelée Valberg et que la description collait vaguement à celle de Sven, mais qu'en dehors de ça, il n'avait rien de concret.

– Comment tu as fait le lien entre ton amie et Agneta ?

– Presque par hasard. L'ex-mari d'Åsa m'a donné les clés de chez elle. J'ai un peu fouillé et je suis tombé sur un calendrier sur lequel elle avait noté le nom d'Agneta. Je suis passé voir son père et il a confirmé qu'elles s'étaient bien rencontrées trois semaines avant la mort d'Åsa, apparemment pour parler de la thèse d'Agneta. Ses travaux portaient sur quoi, d'ailleurs ?

– L'impact des activités humaines sur les mammifères marins, pour faire simple.

Lottie se dit qu'elle pouvait bien lâcher cette information : il suffisait que le journaliste consulte les données publiques de l'UNIS pour le savoir.

– Ça expliquerait comment elle et Åsa sont entrées en contact, pensa Madsen à voix haute. Il y a beaucoup d'interactions entre les hommes et les animaux marins dans les Lofoten.

Lottie croisa les bras. Rozanov, Agneta, Åsa. Un cétologue, une thésarde en biologie marine, une dirigeante de safari nautique. La mer et les animaux marins étaient le lien entre eux. Mais pourquoi les avait-on tués ?

Si le journaliste avait raison, on avait fait de gros efforts pour maquiller le meurtre de son amie en suicide. Est-ce que ça voulait dire qu'on avait fait pareil pour Rozanov ? Dans ce cas, pourquoi le cétologue avait-il accepté d'avaler les médicaments ? Le légiste n'avait pas trouvé de traces de violences. Est-ce qu'on l'avait fait chanter ? Est-ce qu'on avait fait pression sur sa famille ?

Toutes ces questions sans réponse lui tordaient l'estomac.

– Qu'est-ce que tu peux me dire d'autre sur la mort de ton amie ? demanda-t-elle.

– Et si tu me parlais de l'assassin d'Agneta, Rosanev ?

– Rozanov, le reprit Lottie.

– Est-ce qu'il a pu se rendre dans les Lofoten ?

Les yeux du journaliste brillaient. Il pensait tenir l'assassin de son amie. Elle dut le décevoir :

– On a vérifié auprès de la compagnie aérienne qui assure les vols vers le continent. Il n'a pas quitté le Svalbard après son arrivée dans l'archipel, il y a un mois.

– Il avait peut-être un complice ?

Lottie resta silencieuse. Elle ne savait pas sur quel pied danser.

– Enfin, bon sang, dit quelque chose ! Moi je t'ai raconté tout ce que je savais sans faire d'histoires !

– Tu as dit que cette fille était ton amie, non ? Tu veux arrêter celui qui l'a tuée ou faire un bon article ?

Madsen se mordilla les lèvres.

– Vladimir. Est-ce que ce nom te dit quelque chose ? lui demanda-t-il.

– Pourquoi ?

– Åsa et Agneta ont parlé de ce type quand elles se sont vues. Est-ce que c'est un proche de Rozanov ?

Elle n'avait jamais entendu ce prénom au cours de l'enquête. Est-ce que ce Vladimir était l'homme qui avait rendu visite à Rozanov juste avant sa mort ?

– Qu'est-ce qu'elles ont dit sur lui ?

– Elles évoquaient ses déplacements. Le père d'Agneta n'a pas été plus précis.

– Je vais passer un coup de fil, dit Lottie en se levant. Je reviens dans cinq minutes.

– Tu veux boire quelque chose ?

Elle hésita. Le journaliste sourit faiblement. Elle céda.

– Une bière blanche, dit-elle finalement.

Dehors, elle s'alluma une cigarette près des tables encombrées de neige et appela Thor.

– Alors, on se la coule douce à Tromsø ? lui lança le Viking.

– J'ai besoin que tu fasses une vérification pour moi. Je veux la liste de tous les Vladimir de l'archipel.

– Pardon ?

– J'ai peut-être une piste pour identifier le type qui est venu voir Rozanov.

– Lottie, tu es supposée être en vacances, je te rappelle. Et l'enquête est close.

– Fais ce que je te dis, s'il te plaît. Et n'en parle pas à Jørn.

– C'est une très mauvaise idée, Lottie…

– Simple vérification. Ce n'est pas le bout du monde, non ?

Thor râla un peu, mais finit par accepter.

– Une fois que tu auras les noms, essaye de voir s'il y a des connexions possibles avec Rozanov.

Elle raccrocha et rentra dans le bar. Madsen avait terminé sa pinte et commandé deux autres bières.

– Tu vas me parler de ton enquête, oui ou non ? lui demanda-t-il.

Elle avala une gorgée de bière tout en lui coulant un regard en coin. Si elle parlait au journaliste de ses investigations, elle entrait dans une zone grise.

Pourtant elle se lança :

– Je… j'ai des doutes sur la culpabilité de Rozanov.

Madsen l'écouta attentivement pendant qu'elle lui parlait de l'interrogatoire de Rozanov, du consul de Barentsburg, de l'attitude suspecte de ce dernier, de la découverte du corps du cétologue et de son entrevue avec Viktor Baran.

– Tu penses que Rozanov travaillait pour l'armée russe ? s'étrangla Madsen.

Il se dandinait sur son tabouret, comme s'il avait du mal à tenir en place.

– C'est plus que probable. C'est pour ça que le consul le gardait à l'œil. D'après lui, il détenait des informations qui pouvaient menacer la sécurité nationale russe.

– Quel est le lien entre l'armée et les mutilations ?

– Je ne sais pas exactement. Mais Rozanov travaillait ces dernières années sur les problématiques liées au bruit dans les océans. Or il existe des sonars militaires qui peuvent pousser les mammifères marins à s'échouer.

– Les Russes essayeraient de cacher des manœuvres militaires au large des côtes norvégiennes ? s'interrogea Madsen, incrédule.

Ils passèrent un moment à échanger des théories sur ce qui se cachait vraiment derrière les échouages dans les Lofoten, puis Lottie regarda sa montre et constata qu'il était plus tard que ce qu'elle avait imaginé.

– Il faut que je rentre retrouver ma fille. Je te dépose ?

Madsen accepta.

– Tu as bien dit que Rozanov s'intéressait à une base de données en ligne ? demanda le journaliste alors qu'ils roulaient en direction de son hôtel.

– Barents, répondit Lottie. C'est un outil utilisé par les universitaires qui travaillent sur les mammifères marins.

– Je suis quasiment sûr qu'Åsa utilisait ce logiciel, continua Madsen. Une de ses employés m'a dit qu'elle faisait de la photo-identification. Il ne doit pas y avoir trente-six outils différents pour suivre les populations de mammifères marins dans la région.

– Agneta aussi devait l'utiliser pour sa thèse, compléta Lottie.

– C'est ça, le lien entre eux trois… le réseau Barents. Il faut qu'on trouve un moyen d'y accéder.

– Je connais quelqu'un qui devrait pouvoir nous aider.

Lottie composa le numéro de June, l'étudiante qu'elle avait interrogée à la résidence universitaire. Elle confirma qu'Agneta utilisait le réseau Barents pour ses recherches.

– Et toi, tu y as accès ? demanda Lottie.

– Non, ma thèse ne porte pas sur les cétacés, et Karlson distribue les accès au compte-goutte.

– Karlson ? Quel est le rapport avec Knut Karlson ?

– Barents, c'est son joujou. C'est lui qui l'a créé.

40

Lottie roulait à vive allure sur l'E8, en direction de Narvik. Après plusieurs tentatives infructueuses pour joindre Karlson sur son portable, elle avait appelé l'UNIS pour savoir où l'enseignant se trouvait. Une secrétaire lui avait expliqué qu'il assistait à un séminaire à l'université arctique de Tromsø pendant tout le reste de la semaine et qu'il passait la nuit dans sa résidence secondaire, dans le Nordland.

Assis sur le siège passager, Madsen trépignait d'impatience. Elle avait essayé de débarquer le journaliste à Tromsø, mais il avait refusé de descendre. Il comprenait aussi bien qu'elle l'importance de parler à Karlson. Barents était le lien entre toutes les morts. Åsa y postait ses observations et ses rapports de nécropsie. Agneta l'utilisait pour sa thèse. Rozanov s'en était très certainement servi pour enquêter sur les mutilations dans les Lofoten.

Le soleil était depuis longtemps caché derrière les montagnes quand elle arriva au chalet de Knut Karlson. La lumière était allumée chez lui. Elle se gara dans la cour en face et Madsen et elle se dirigèrent vers la porte d'entrée. Elle frappa plusieurs coups secs. Pas de réponse.

– Knut, c'est Lottie Sandvik. J'ai besoin de te parler. C'est au sujet de l'enquête sur la mort d'Agneta.

Aucun bruit à l'intérieur. Ses yeux se portèrent sur la poignée de la porte, puis la serrure.

Éclats métalliques, rayures.

Tout son corps se raidit.

– On a forcé la porte, souffla-t-elle.

Elle ordonna au journaliste de s'enfermer dans la voiture et d'appeler le 112. Dans le coffre, elle récupéra le pistolet rangé dans son sac de voyage, fit monter une balle dans le canon et s'avança vers la porte.

Son cœur tambourinait dans sa poitrine. Ne pas flancher… Il fallait qu'elle entre. Elle ouvrit la porte et avança dans le couloir de l'entrée, en essayant de balayer du regard tous les angles possibles.

Le salon. Tout était sens dessus dessous. Les livres de la bibliothèque avaient été jetés par terre, les vitrines contenant les objets de collection de l'universitaire avaient été ouvertes et les tiroirs des meubles sortis de leurs logements et vidés au sol.

Elle avança jusqu'à la cuisine. De grosses gouttes de sueur coulaient sur son front. Elle avait envie de battre en retraite, de retourner à la voiture et de foutre le camp, mais elle n'avait pas le choix. Karlson était peut-être dans le chalet. Peut-être que le tueur d'Agneta s'en était pris aussi à lui. Les images de son corps saccagé vinrent polluer son esprit et elle sentit la nausée monter.

Rien au rez-de-chaussée. Elle hésita au pied de l'escalier, gravit malgré tout les marches. Une première chambre, retournée comme le salon. Une deuxième, rien…

Un mouvement, dans un coin de son champ de vision. Quelque chose s'abattit sur son crâne.

Douleur, explosion lumineuse.

Désorientée, elle tomba au sol. Elle réussit à garder son arme en main, roula sur le dos, la pointa en direction de son assaillant, vit juste une ombre disparaître par la porte et s'élancer dans le couloir.

Elle se releva péniblement, fit quelques pas chancelants. Sa tête lui tournait. Du sang coulait sur sa tempe. *Allez Lottie, allez.*

Elle descendit l'escalier en se cramponnant à la rampe, sortit par la porte de devant. L'air froid l'aida à retrouver ses esprits. Madsen était toujours dans la voiture. Il la regarda avec des yeux exorbités, ouvrit la portière, lui cria quelque chose d'inintelligible.

L'arrière du chalet. Elle réalisa que celui qui l'avait agressée était en train de ficher le camp par l'autre côté. Elle contourna le bâtiment, se retrouva dans le jardin. Il donnait sur la lisière d'une forêt. Des empreintes filaient vers les arbres. Elle les suivit en courant et s'enfonça dans la pénombre d'un sous-bois, jusqu'à arriver sur un chemin forestier. Elle aperçut une silhouette à une trentaine de mètres. Un homme, d'après la carrure.

– Police ! Arrête-toi ! hurla-t-elle.

L'inconnu accéléra. Le chemin forestier débouchait sur une route, qu'il traversa. Il dépassa des panneaux de signalisation, enjamba une barrière et partit à l'assaut d'un haut talus. Elle passa la barrière à son tour, trébucha, lâcha son arme, s'étala dans la neige. Paniquée, elle chercha à tâtons le pistolet, le récupéra, se releva péniblement. Elle reprit sa course. L'air froid brûlait ses poumons. Les muscles de ses jambes tiraient désagréablement. Elle sentait la douleur irradier de son crâne, à l'endroit où l'homme l'avait frappée.

De l'autre côté du talus, il y avait un petit ensemble de chalets déserts. Les traces de pas de celui qu'elle poursuivait se mêlaient à celles des habitants. Elle tendit de nouveau l'oreille, n'entendit rien. Est-ce que l'inconnu se cachait quelque part ? Elle avança jusqu'à l'angle d'une des maisons, les mains serrées sur la crosse de son arme. La neige qui s'était insinuée entre les mailles de son pull commençait à fondre à cause de la chaleur qu'elle dégageait, l'eau cherchait un chemin jusqu'à sa peau, la faisait frissonner quand elle atteignait enfin son épiderme. À l'intérieur de sa tête, les rouages de la peur commencèrent à se mettre à tourner. Elle pensa que c'était le pire moment pour faire une crise, et cette pensée accompagna chacun de ses gestes.

Pas de lumière à l'intérieur des bâtiments. Elle dépassa une réserve de bois de chauffage montée sur des palettes et arriva dans une cour déserte.

Du mouvement, près d'un garage. Juste une ombre sans contour. Le crépuscule s'était épaissi, réduisant son champ de vision. Elle hésita malgré tout à sortir son téléphone pour s'éclairer. L'allumer, c'était se signaler. Devenir une cible.

Idiote. La peur la rendait idiote. Si son agresseur avait eu une arme à feu, il l'aurait déjà utilisée. Elle sortit son téléphone et, d'un mouvement du pouce, alluma la torche. L'éclat perçant de la lampe rebondit sur la neige, tremblota sur les façades peintes au rouge de Falun. Elle essaya de distinguer sur le sol les empreintes les plus fraîches.

Un craquement. Son agresseur était dans la forêt qui bordait les chalets. Les silhouettes pyramidales des épinettes enneigées bloquaient une partie de son champ de vision. Elle fendit l'espace étroit entre les branches des conifères et reprit sa chasse.

Soudain, ce qu'elle redoutait le plus arriva. Elle sentit sa gorge se resserrer. L'air se raréfia dans ses poumons. La bête était là, au creux de son ventre. Elle s'arrêta de courir. L'homme n'était plus qu'à vingt mètres. Elle cria de toutes ses forces. Un cri guttural, qui venait des tripes.

– STOP !

L'inconnu se retourna. Elle pointa son arme dans sa direction.

L'air se bloqua dans ses poumons.

La crise arriva comme une énorme vague qui lui coupa les jambes. Secouée de spasmes, elle se laissa tomber au sol. Elle hyperventilait. Des images violentes saturaient son esprit.

Oslo. Ça fait deux mois qu'ils enquêtent sur le meurtre d'une adolescente. Violée, étranglée. Une sale histoire qui l'empêche de dormir correctement depuis des semaines. La gamine a passé son enfance sur une petite île. Elle est montée à la capitale pour ses études. Comme elle.

Elle s'implique énormément dans l'affaire. Avec ses collègues, elle passe des centaines d'heures à visionner des enregistrements de caméras de surveillance, à vérifier son emploi du temps, à auditionner des témoins. La fille a un petit ami, il est suspect, naturellement, mais il a un alibi pour le soir du meurtre.

Un soir, elle passe chez le voisin de l'étudiante pour vérifier avec lui sa déposition. Un point de détail. Il dit l'avoir vue rentrer chez elle à vingt et une heures, mais son petit ami dit qu'il l'a déposée à vingt heures. Son collègue l'attend dehors, dans la voiture. Il est au téléphone. Ça se passe mal avec sa femme, ces derniers temps. Ils ont un nouveau-né, peinent à trouver un nouvel équilibre dans leur couple.

Le voisin dit qu'il s'est peut-être trompé sur l'heure. Il n'est plus très sûr. L'homme lui propose un verre d'eau. Elle accepte. Pendant qu'il est dans la cuisine, elle jette un œil dans le salon. Elle s'attarde sur un bijou fantaisie posé sur une étagère. C'est le seul élément féminin dans la pièce. Le voisin vit seul. Elle ne le sait pas à ce moment-là, mais c'est le collier de la victime.

Soudain, un grincement, derrière elle. Elle sent une violente brûlure à la gorge. Ses doigts se portent instinctivement à son cou, sentent les fibres d'une corde qui comprime brutalement sa trachée. L'homme balaye ses jambes. Elle tombe face la première contre le parquet. Sonnée, elle trouve malgré tout le moyen de glisser deux doigts sous la corde, dégage suffisamment d'espace pour avaler un peu d'air. L'homme lui cogne la tête contre le plancher, serre de plus belle. Le sang se met à battre dans ses tempes. Elle voit son reflet dans la baie vitrée. Son visage, gonflé, méconnaissable, ses yeux qui semblent vouloir sortir de leurs orbites, les veines saillantes. Une certitude s'imprime dans son cerveau : son visage déformé, c'est la dernière chose qu'elle va voir avant de crever. Le type pèse lourdement contre son dos et tire de toutes ses forces, comme s'il voulait la décapiter. Elle sent son souffle sur sa nuque.

L'oxygène se raréfie. Un sifflement enfle dans ses oreilles, couvre tous les sons. Sa vision se met à danser.

Puis, plus rien.

La pression se relâche. Sa gorge s'ouvre, douloureuse et sèche. Elle s'entend aspirer l'air dans un sifflement rauque. Son collègue s'inquiétait de ne pas la voir revenir. Il est entré, s'est jeté sur l'homme. Elle rampe sur le dos, pendant qu'il essaye de maîtriser le voisin.

Un éclat blanc. La lumière d'un spot qui court sur une lame. Le voisin s'est saisi d'un couteau. Elle le voit l'enfoncer entre les côtes de son coéquipier. Un coup, puis un autre. Tétanisée, elle regarde l'homme se relever, passer devant elle, s'enfuir.

Son coéquipier est allongé. Prostrée contre le mur, elle regarde sa poitrine se soulever et s'abaisser. Une dizaine de minutes plus tard, le monde est devenu une explosion de sirènes et de striures bleutées. On la charge dans un brancard. Son coéquipier est mort. Elle ouvre la bouche, les mots ont du mal à sortir.

Une présence près d'elle… Le tueur…

Elle leva son pistolet, le doigt sur la queue de détente, prête à tirer.

– Nom de Dieu, baisse ton arme ! s'écria le journaliste.

41

– J'ai cru que tu allais me descendre, grogna Madsen alors qu'ils faisaient le chemin en sens inverse vers le chalet de Karlson.

– Je t'avais dit de rester dans la voiture.

Le journaliste lui lança un regard réprobateur.

– J'ai eu peur que tu te fasses tuer.

– C'est moi la flic.

– Une flic qui tombe dans les pommes au milieu d'une course-poursuite.

Elle se contracta. Madsen sentit qu'il l'avait blessée.

– Tu as appelé le 112 ? demanda-t-elle d'une voix métallique.

– Ouais, les renforts arrivent. Le type, tu as vu son visage ?

– Non. Il faisait trop sombre.

– Ton crâne, ça va ?

– Ça va, dit-elle en passant prudemment ses doigts sur la blessure.

C'était douloureux, mais superficiel, pour autant qu'elle pouvait en juger. Ils regagnèrent le chalet et cinq minutes plus tard, Knut Karlson débarquait au volant de sa voiture. En voyant Lottie sur le perron de sa hytte, du sang sur la tempe, il lui lança un regard affolé.

– Qu’est-ce que… qu’est-ce que tu fais là ? lui demanda-t-il en descendant du véhicule.

Côté passager, la femme de Karlson avait le visage tordu par la peur. Lottie se rendit compte qu’elle avait toujours son pistolet à la main et que c’était ça qui l’effrayait. Elle remit la sécurité et coinça l’arme dans son dos, derrière sa ceinture, tandis que Karlson rassurait son épouse.

– Ça fait des heures que j’essaye de te joindre. Pourquoi tu ne répondais pas ? lui reprocha Lottie.

– Je n’ai pas de comptes à te rendre… et qu’est-ce que tu fais chez moi ? Comment tu es rentrée ?

– Quelqu’un a cambriolé ton chalet. Je suis tombée sur lui.

– Un cambriolage ?

Karlson se précipita à l’intérieur. Lottie le suivit jusqu’au salon. Le professeur observa les vitrines ouvertes avec inquiétude, constata que les objets manquants étaient entassés dans un sac posé sur un des fauteuils, en fit l’inventaire, parut soulagé.

– Ils n’ont pas eu le temps d’emporter quoi que ce soit, se félicita-t-il.

– Le réseau Barents, lui dit Lottie. J’ai besoin d’y accéder pour l’enquête sur Agneta. Tu as un ordinateur ?

– Je ne comprends pas le rapport entre Barents et tes investigations…

– Fais ce que je te dis, ordonna-t-elle.

Le regard de Karlson s’arrêta sur une sacoche qui gisait par terre. Il la ramassa avec précaution et sortit son portable. Tandis qu’il allumait l’ordinateur, Madsen entra, accompagné de la femme de Karlson, qui eut un vertige en voyant son salon saccagé. Il l’aida à s’asseoir dans un fauteuil, lui apporta un verre d’eau et resta avec elle le temps qu’elle se calme.

– C’est qui, lui ? bougonna Karlson.

– Il m'assiste pour l'enquête, répondit Lottie, sans entrer dans les détails.

L'enseignant pianota sur le clavier de l'ordinateur et une carte du nord de la Norvège apparut sur l'écran. Une multitude de marqueurs de différentes couleurs piquetaient les côtes. En dessous de la carte, un menu listait les observations et les échouages. Dans chaque cas, une colonne indiquait la date, le nom usuel de l'animal observé, son nom latin, son règne et les effectifs observés.

– Anatoly Rozanov s'intéressait à des animaux mutilés dans les Lofoten. Il t'en a parlé ?

– Non, pas du tout.

– Il avait accès à Barents ?

– Pas que je sache. C'est moi qui valide tous les dossiers, il n'a jamais déposé de demande.

– Tu peux vérifier ?

– Je viens de te dire que…

– Vérifie, ordonna Lottie.

Karlson s'exécuta et tapa le nom du Russe dans une barre de recherche.

– Aucune correspondance, comme je te l'ai dit, maugréa-t-il.

Lottie réalisa que le scientifique russe devait utiliser le compte d'Agneta. Elle demanda à Karlson s'il pouvait s'y connecter.

– Je peux faire ça, oui, j'ai tous les droits d'accès…

Il navigua dans les menus.

– Non… c'est impossible…

– Qu'est-ce qu'il y a ?

– D'après le logiciel, Agneta se serait reconnectée sur le réseau hier soir.

Lottie sentit un frisson courir le long de sa colonne vertébrale. Il n'y avait pas que Rozanov qui avait accès au compte d'Agneta : son assassin aussi devait pouvoir l'utiliser. Est-ce que c'était pour ça qu'il l'avait torturée ? Pour lui extorquer ses codes ? Mais pour quelle raison ? Qu'est-ce qu'elle avait bien pu découvrir ?

– Quelles sont les dernières activités sur son compte ? demanda Lottie.

– Elle… enfin, la personne qui utilise son compte a passé en revue des fiches d'observation dans le Vestfjord… c'est aux Lofoten… ce sont tous des bélugas…

– Agneta travaillait sur les bélugas ?

– Pas uniquement. Elle s'intéressait aussi aux cachalots, aux baleines…

– À quoi lui servait Barents ?

– Elle l'utilisait pour reconstituer les routes migratoires de mammifères marins. Le mieux c'est que je te montre.

Karlson cliqua sur un onglet intitulé « Saisie des études », puis sur le dossier portant le nom de famille d'Agneta.

– Qu'est-ce que… Ça n'est pas normal, s'étonna l'universitaire.

L'écran de l'ordinateur était vide.

– Il y avait des documents là-dedans, poursuivit Karlson. Agneta m'a montré ses travaux il y a deux semaines !

– On peut récupérer les données ?

– Je ne sais pas comment faire… je n'ai jamais été confronté à ça avant…

Des flashs de lumière bleue se mirent à strier les murs du chalet. Les flics du coin débarquaient.

– C'est sans doute la même personne qui a tué Agneta et qui a fait effraction dans le chalet, dit Lottie. Est-ce qu'il y a quelque chose ici en rapport avec elle ?

Karlson réfléchit un moment.

– Sa thèse. Elle m'avait remis une copie de l'état de son travail pour que je lui donne un avis. Comme il y a beaucoup de photos, elle me l'a remise sur une clé USB plutôt que de me l'envoyer par mail…

Il entreprit de fouiller dans la poche avant de sa sacoche.

– Elle était là, j'en suis sûr !

42

Le poste de police de Narvik. Trois heures d'audition avec un flic halluciné par ce qu'il lui racontait. Des animaux mutilés, des meurtres déguisés en suicides… le pauvre fonctionnaire n'en croyait pas ses oreilles. On le relâcha vers vingt-trois heures. Trop tard pour rentrer à Tromsø. Il trouva un hôtel, y passa une nuit désagréable, se leva plus fatigué qu'il ne s'était couché.

Après une douche, il se résolut à appeler Lars pour lui annoncer que la police considérait désormais officiellement que la mort d'Åsa était un meurtre et que l'assassin était sans doute le même que celui d'Agneta Sørensen.

Abasourdi, Lars lui posa mille questions, auxquelles il répondit du mieux qu'il put.

– Et maintenant ? demanda finalement Lars. Tu rentres à Oslo ?

– Non. Je retourne dans les Lofoten. Le tueur est certainement là-bas. J'arriverai peut-être à trouver quelque chose qui aidera les flics à le coincer.

Il se souvint brusquement de la caméra de surveillance au-dessus de la porte d'Åsa. Il demanda à Lars s'il avait réussi à récupérer les codes pour accéder aux enregistrements.

– J'ai appelé la société qui a vendu à Åsa le système de surveillance, répondit Lars. Les patrons sont des amis, ils n'ont pas fait d'histoires pour me refiler les codes. Je t'envoie ça tout de suite.

– Ils t'ont expliqué pourquoi elle l'a fait installer ?

– Elle leur a dit que ça l'aidait à se sentir plus en sécurité, sans entrer dans les détails.

Madsen remercia Lars, puis raccrocha. Il alla déjeuner et profita du réseau internet de l'hôtel pour installer sur son portable l'application permettant de contrôler la caméra et d'accéder aux enregistrements vidéo. L'appareil se déclenchait dès qu'il y avait du mouvement dans la zone couverte par ses capteurs, si bien qu'il se retrouva à passer en revue un nombre significatif d'apparitions de merles à plastron et d'huîtriers pies avant d'accéder à la première vidéo intéressante.

Elle avait été enregistrée à dix-sept heures trente le soir de la mort d'Åsa. Elle s'ouvrait sur l'arrivée d'une personne sur le perron de la maison. Un homme. Il avait des cheveux bouclés, longs et noirs comme un paquet de varech, le regard fuyant, une courte barbe et un nez épaté. Madsen fit une capture d'écran et poursuivit l'exploration de la vidéo.

L'homme frappa et Åsa apparut sur le pas de la porte. Ils discutèrent un moment. La caméra n'enregistrait pas les sons, mais on comprenait à l'attitude corporelle d'Åsa qu'elle était en colère. Elle faisait de grands gestes tout en parlant. L'inconnu, lui, mettait ses mains en avant, comme pour l'inciter à se calmer. À la fin, elle ferma sa porte violemment. Le type fit demi-tour et disparut.

Une dizaine de minutes plus tard, une autre personne apparut dans le champ de vision de la caméra.

Christopher, le surfeur américain.

Il portait un gros carton dans ses bras. Åsa lui ouvrit, récupéra le colis et ils parlèrent un moment avant que l'Américain ne reparte. Une heure et demie plus tard, la caméra se déclenchait de nouveau. Åsa quittait sa maison et fermait la porte à clé derrière elle.

Un moment plus tard, elle rencontrait son assassin.

Madsen arrêta l'image, observa son visage. Elle avait l'air soucieuse. Qu'est-ce qu'elle avait en tête à ce moment-là ?

Il composa le numéro de Christopher et tomba sur son répondeur. Il lui laissa un message lui disant de le rappeler au plus vite.

Après le petit déjeuner, il reçut un message de la flic du Svalbard lui proposant de l'emmener dans les Lofoten. Surpris, il accepta et elle passa le chercher une demi-heure plus tard. La flic avait une tête de déterrée, tout comme lui. Une bosse déformait le haut de son crâne, là où on l'avait frappée la veille. On devinait quelques points de suture.

– Je ne savais pas que la police norvégienne proposait des services de taxi, plaisanta Madsen en attachant sa ceinture.

– Je vais à Svolvær. Je me suis dit que tu comptais y retourner, toi aussi. Autant faire le chemin à deux.

– Tes supérieurs sont au courant que tu voyages avec un journaliste ?

– Ils n'ont pas à le savoir.

Elle régla son GPS. Il indiqua que le trajet leur prendrait environ trois heures.

– Comment ça s'est passé pour toi, hier soir ? demanda Madsen.

Ils ne s'étaient quasiment pas parlé au commissariat de Narvik. Il se demanda d'ailleurs si elle n'avait pas passé la nuit là-bas, à dormir sur un canapé. Elle avait les traits tirés et ses vêtements, les mêmes que la veille, étaient particulièrement fripés.

– Mal. Mes supérieurs voulaient que je rentre à Longyearbyen.

– Pourquoi ?

– Je suis supposée être en congé. Et… et Karlson a raconté que j'avais une arme avec moi.

– Mais tu es toujours là.

– Je ne leur ai pas laissé le choix.

– L'audition de Karlson, ça a donné quoi ? demanda-t-il.

– Rien de plus que ce qu'il nous a dit. J'ai eu le service informatique du Kripos au téléphone : ils vont examiner la base de données du réseau Barents pour essayer de comprendre qui usurpe l'identité d'Agneta. Karlson confirme aussi que la seule chose qu'on ait volée chez lui, c'est la clé USB avec la thèse. Les vitrines ouvertes, les objets d'art entassés, c'était pour faire diversion.

– Qu'est-ce qu'Agneta a pu découvrir de si gênant pendant ses travaux, pour qu'on la tue et qu'on essaye d'effacer toute trace de son travail ?

– Le Kripos planche aussi là-dessus. L'ordinateur d'Agneta a disparu, mais ils vont passer en revue tout le matériel informatique de sa famille et de l'université à la recherche de copies de sauvegarde.

– Et le « cambrioleur », vous avez appris des choses sur lui ?

– Introuvable. Les prélèvements chez Karlson sont en cours d'analyse, mais ça m'étonnerait qu'on trouve quoi que ce soit d'intéressant. La bonne nouvelle, c'est que les empreintes de semelles qu'on a relevées dans la neige correspondent à celles trouvées dans le jardin de ton amie le soir où on a foutu des têtes de morue sur ton lit.

Elle réprima un sourire.

– Tu crois que c'est ce Vladimir dont Åsa et Agneta parlaient ?

Lottie haussa les épaules.

– Possible. Mes collègues du Svalbard ont dénombré onze Vladimir dans l'archipel : neuf à Barentsburg, deux à Longyearbyen. Ils vont les interroger, mais on sait déjà qu'aucun n'a quitté le Svalbard au cours des derniers mois. Or je mettrais ma main à couper que le Vladimir qu'on cherche est dans les Lofoten. S'il utilise toujours l'accès d'Agneta à Barents pour surveiller le Vestfjord, c'est qu'il n'a pas encore terminé ce qu'il fait là-bas, quoi que ça puisse être.

Madsen acquiesça. Il s'était fait la même réflexion.

– Et de ton côté ? Tu as du neuf ? demanda Lottie.

Il lui parla de la caméra de surveillance.

– Donc, cet inconnu, ce serait le dernier à avoir vu ton amie en vie ?

– Pas exactement. Quelques minutes plus tard, on aperçoit quelqu'un d'autre. Christopher. C'est un Américain qui bosse dans les safaris nautiques, comme Åsa. J'ai essayé de le joindre pour lui demander s'il connaissait ce gars-là, mais il ne répond pas.

– Tu sais où il habite ?

– Non, mais je connais quelqu'un qui pourra me le dire.

Il téléphona à Liv et lui demanda où il pouvait trouver Christopher. Elle lui répondit sèchement qu'il garait généralement son camping-car à Hellvågan, une aire de repos à la périphérie de la ville. Madsen réalisa qu'ils n'avaient pas reparlé depuis qu'il lui avait demandé ce qu'elle faisait le soir de la mort d'Åsa et qu'elle devait penser qu'il allait vérifier son alibi. Elle raccrocha avant qu'il ait l'occasion de s'expliquer.

Après avoir débriefé, ils enchaînèrent des kilomètres de routes sinueuses en parlant de tout et de rien. Lottie appela sa fille en milieu de matinée pour prendre des nouvelles. La petite lui faisait la tête. Sa mère lui avait vendu un week-end prolongé sur le continent. Lottie culpabilisait à mort, ça se voyait.

– C'est un drôle d'endroit pour élever une gamine, le Svalbard, lança Madsen.

Lottie serra les doigts sur le volant. Il sentit immédiatement qu'il avait touché un point sensible et qu'il aurait mieux fait de se taire.

– J'y ai passé toute mon enfance, répondit-elle d'un ton sec.

Elle changea de sujet.

– Tu as des enfants ?

– Non.

– Avec Åsa, vous aviez parlé d'en avoir ?

Il fronça les sourcils.

– Comment tu sais qu'on a été ensemble ?

– Tu aurais fait tout ce que tu as fait pour une simple amie ?

Il sourit. Elle devait faire des ravages pendant les interrogatoires.

– On en a parlé, à une époque. Moi je remettais ça à plus tard, continuellement. Et puis on s'est séparés. On n'était plus sur la même longueur d'onde. Le terrain… elle ne supportait plus. J'ai mis du temps à m'en rendre compte. J'étais dans ma bulle. Je n'ai pas vu qu'elle prenait des médocs pour tenir. Stress post-traumatique. Quand j'ai appris qu'elle s'était suicidée, je me suis demandé…

Il ne termina pas sa phrase. Tellement de choses lui étaient passées par la tête après la mort d'Åsa. Sa part de responsabilité dans son geste, par exemple. Il avait mis du temps à se l'avouer, mais son enquête était aussi une manière de s'absoudre.

Lottie prit un chewing-gum et le mâchonna nerveusement.

– La crise que tu as faite, hier. C'est pour ça que tu as choisi de bosser au Svalbard ? demanda Madsen.

Elle décolla un instant ses yeux de la route pour le regarder.

– Je… j'ai subi une agression, quand j'étais flic à Oslo. Depuis, j'ai des crises. Ça se déclenche surtout dans les situations de stress. Mais ça peut frapper n'importe quand. J'ai cru que ça s'arrêterait là-bas. Que j'avais juste besoin d'un endroit tranquille pour repartir. Mais… mais ça ne marche pas comme ça.

Ils se ressemblaient, au fond. Elle recluse dans son archipel glacé, lui dans sa course effrénée de conflit en conflit. Deux fuyards, en somme. Il songea aussi qu'elle devait s'en vouloir d'avoir laissé échapper le type, après leur course-poursuite dans les bois. C'était peut-être pour ça qu'elle avait décidé de partager ses informations avec lui.

Un peu avant midi, ils s'arrêtèrent dans une station-service pour déjeuner, puis rejoignirent l'aire de stationnement d'Hellvågan. Elle se situait en contrebas de l'E10, en face d'une petite crique qui donnait sur le Vestfjord. On était à marée basse et le vent rabattait des odeurs d'algue et de vase qui se mêlaient à la senteur fraîche et boisée des conifères.

Le camping-car de Christopher était bien là, comme l'avait expliqué Liv. Lottie se gara tout à côté.

Madsen frappa trois coups à la porte. Le surfeur ouvrit, surpris d'avoir de la visite.

– Nils ? Qu'est-ce que tu fais là ?

Son regard s'arrêta sur Lottie.

– Lottie Sandvik. C'est une enquêtrice. Elle travaille sur le meurtre d'Åsa.

– Le meurtre ? s'étrangla Christopher.

Le visage du surfeur se décomposa. Madsen lui résuma succinctement la situation.

– On a des questions à te poser au sujet d'Åsa. On peut entrer ?

– Entrer ? dit Christopher en se grattant le cou.

L'Américain regarda à l'intérieur du camping-car, comme pour s'assurer qu'il était suffisamment présentable. Soudain, Madsen réalisa qu'une odeur de cannabis flottait dans l'air et se souvint que Christopher s'était déjà fait choper par Strand en train d'en consommer par le passé.

– On ne vient pas saisir tes pétards, si c'est ça qui t'inquiète, lui lança Lottie.

– C'est thérapeutique, soupira le surfeur en les faisant entrer.

L'intérieur était en désordre. L'évier était plein de vaisselle sale, une combinaison en Néoprène séchait sur un cintre et des vêtements traînaient un peu partout. L'Américain les invita à s'asseoir. Ils s'installèrent sur la banquette du coin salon.

– Tu savais qu'Åsa avait installé une caméra de surveillance devant sa porte ?

L'Américain parut vraiment surpris.

– Non, pourquoi tu me racontes ça ?

– J'ai visionné les enregistrements. J'ai vu que tu étais allé chez elle.

Christopher regarda en l'air, comme s'il peinait à s'en souvenir.

– Ah oui, le matériel de plongée, se rappela-t-il enfin. Je lui ai rapporté du matos que j'avais emprunté pour une copine.

– Il y a un type qui est passé la voir un peu avant toi. Est-ce que tu l'aurais vu ?

– Ruben ? Ouais, on s'est croisés.

– Tu le connais ?

– C'est un pêcheur. Ruben Anker.

– Il t'a parlé, le soir où tu es passé chez Åsa ?

– Non. On s'est juste salués.

– Tu as remarqué quelque chose d'inhabituel ?

– Il n'avait pas l'air de bonne humeur, mais ça mis à part, rien de spécial.

– Sur la vidéo, on avait l'impression que lui et Åsa se disputaient. Tu as une idée de la raison ?

– Mec, je suis juste passé déposer un colis.

– Tu sais où je peux le trouver, ce Ruben ?

– À Henningsvær.

43

Les Gunnarsson, songea Madsen tandis qu'ils roulaient vers Henningsvær. La ville était leur fief. Anker était pêcheur. Le lien paraissait évident.

Je te vois. L'effraction dans son rorbu pendant qu'il était à Valberg, la descente de Sven au Fiskerkona, le message sur son pare-brise, depuis qu'il était dans l'archipel, quelqu'un le surveillait. Est-ce que c'était cet Anker qui se chargeait du sale boulot des baleiniers ? Et quel était le rapport avec Agneta Sørensen ?

La maison d'Anker se trouvait sur Løktveien, une rue étroite tout à la pointe d'Henningsvær, bordée de maisons de pêcheurs colorées. À son extrémité, elle filait vers des séchoirs à skrei et le terrain de foot municipal avec sa pelouse synthétique vert émeraude, tellement proche de l'eau que les ballons se retrouvaient flotter dans le fjord dès qu'on ratait un tir trop appuyé.

Lottie tambourina à la porte. Le marin lui ouvrit en râlant.

– Ça va pas de frapper comme ça ? T'es qui ?

– Lottie Sandvik, police, dit la flic en tendant sa carte professionnelle.

Le visage crayeux du marin se contracta. Il plissa ses yeux de fouine pour examiner le document.

– Police du Svalbard… C'est une blague ?

– C'est exactement ça, répondit Lottie. Là je suis en répétition, mais le grand final, c'est au poste de police de Svolvær. Est-ce que tu veux qu'on s'y rende tout de suite pour parler du meurtre d'Åsa Hagen et de la raison pour laquelle vous vous êtes disputés quelques heures avant sa mort ?

– C'est quoi ces histoires ? s'écria Anker, paniqué.

– Åsa avait installé une caméra de surveillance chez elle. On te voit dessus lui parler. Une discussion très animée, insista Lottie.

Le regard d'Anker passa d'elle à Madsen.

– Toi… C'est toi… c'est toi le journaliste qui s'est pointé chez Ólafur, réalisa Anker.

– On se concentre, Ruben. Qu'est-ce que tu faisais chez Åsa ? insista Lottie.

De la sueur était apparue sur le large front du pêcheur. Il l'essuya d'un revers de manche.

– Putain, jura-t-il, j'ai pas signé pour toutes ses emmerdes. J'y suis pour rien dans tout ça. C'est pas ma faute si les Gunnarsson l'ont butée.

Madsen sentit son cœur s'emballer.

– Ils l'ont tuée ? Les Gunnarsson l'ont tuée ? s'écria-t-il.

– J'en sais rien ! protesta Anker. Je suis au courant de rien, je te jure… S'ils l'ont fait, moi j'étais pas au courant, OK ? J'ai juste fait ce qu'Åsa m'a dit.

– Attends, de quoi tu parles ? demanda Lottie.

Anker jeta un coup d'œil inquiet vers les passants qui traversaient la rue en face de chez lui.

– Pas ici… entrez.

Il leur fit signe de le suivre et se dirigea vers un salon en désordre où traînaient des jouets d'enfant.

– Åsa et moi on… on avait un accord. Elle voulait prouver qu'Ólafur ne respectait pas les nouvelles procédures pour les prises accessoires.

– Les prises accessoires ?

– Les prises accidentelles de mammifères marins, si tu préfères. On doit les signaler à la Direction des pêches. C'est obligatoire depuis pas longtemps, à cause des Américains. Si un pays veut pouvoir continuer d'avoir le droit d'exporter du poisson aux États-Unis, il faut qu'il prouve qu'il a un contrôle correct des « prises accessoires » de mammifères marins. La Direction des pêches prend ça très au sérieux, parce que si l'Amérique estime que la Norvège ne joue pas le jeu, elle peut interdire son marché à toutes nos productions, même le saumon. Alors, quand un bateau attrape un dauphin ou un autre animal protégé, on doit le signaler. Mais certains sont tentés de ne pas le faire.

– Comme les Gunnarsson, énonça Madsen.

– Ouais. Ólafur s'en tape. Pour lui, quand on remonte une espèce protégée, ça sert à rien de la déclarer, vu qu'elle est déjà morte. C'est de la paperasse et ça fait perdre du temps de pêche.

– Tu as assisté à ce genre de scènes ? demanda Madsen.

– Bien sûr. De temps en temps, on remontait des dauphins. Ólafur insistait pour qu'on coupe les ailerons et les nageoires pour les sortir des filets sans les abîmer, et ensuite on les rebalançait à l'eau.

– Les animaux étaient encore en vie ? s'inquiéta Lottie.

– Non. Les dauphins entrent dans les chaluts pour attraper des poissons et restent bloqués. Comme ils ne peuvent pas respirer sous l'eau, ils étouffent. Åsa voulait que je filme ça si ça se reproduisait.

– Et donc, tu as réussi à faire une vidéo ? demanda Lottie.

– Presque. C'est pour ça qu'Åsa était en colère… Ólafur m'a chopé en train de filmer. Il a balancé mon téléphone à l'eau. J'ai cru qu'il allait me passer par-dessus bord, moi aussi.

– Pourquoi tu as accepté d'aider Åsa ?

– Je… j'ai deux gamins qui grandissent. Mon aîné veut faire pêcheur, comme moi. J'ai pas envie que la mer soit saccagée à cause de types comme Ólafur. Åsa m'a dit qu'en filmant ça, ça les obligerait à mieux se comporter. Pour que la mer continue à nourrir nos gosses et leurs gosses après eux.

Madsen sourit. Åsa avait toujours su trouver les mots justes pour convaincre un témoin de se laisser interviewer, un garde de regarder ailleurs quelques minutes, ou obtenir d'un fonctionnaire un laissez-passer inaccessible.

– Mais au final, tout ce que j'ai récolté, c'est d'être viré, poursuivit Anker, amer.

Le marin regarda avec dépit des documents de la NAV, l'agence norvégienne pour l'emploi et les services sociaux, qui traînaient sur la table du salon.

– Pourquoi tu n'as pas balancé Ólafur à la police ou à la Direction des pêches ?

– Sans preuve, c'était sa parole contre la mienne et celle de ses autres matelots. On s'est mis d'accord pour fermer tous les deux notre gueule. Je devais garder pour moi ses sales méthodes et en échange, il ne devait dire à personne qu'il m'avait chopé en train de filmer sur le bateau. La pêche, c'est un tout petit monde ici. Et aucun patron n'a envie d'embaucher un type qui risque de le balancer.

– Ça ne t'a pas paru bizarre, qu'Åsa saute d'un pont quelques heures après t'avoir parlé ? demanda Madsen.

Le pêcheur hésita.

– J'ai… j'ai préféré ne pas trop y penser. Elle comptait beaucoup sur les images, mais de là à se foutre en l'air… Et puis elle avait un plan B. Elle croyait que les Gunnarsson s'attaquaient aux animaux échoués pour lui envoyer un message, pour la narguer, tu vois ? Elle pensait avoir trouvé un moyen de les coincer.

– Comment elle comptait s'y prendre ?

– Avec des pièges photographiques. C'est un genre de caméra que les chasseurs utilisent pour repérer le gibier. Ça se déclenche dès que quelque chose passe à proximité.

– Elle t'a dit où elle avait posé ces pièges ? demanda Madsen, fébrile.

– Aucune idée. C'était un projet qu'elle avait, je ne sais même pas si elle l'avait mis en place.

44

– Åsa n'a peut-être pas eu le temps de relever ses pièges… Peut-être qu'ils sont toujours en place… peut-être qu'ils ont photographié son assassin ! s'exclama Madsen tandis qu'ils quittaient la maison d'Anker.

– Reste à savoir où elle a pu les poser.

– Il faut qu'on passe à l'agence. On trouvera peut-être quelque chose là-bas.

Ils se rendirent à Nordland Safari. Madsen téléphona à Liv tout en déverrouillant la porte d'entrée et lui raconta sa rencontre avec Anker.

– Il m'a parlé du plan B d'Åsa. Elle comptait utiliser des pièges photographiques. Ça te parle ?

– Les caméras de chasse ? Elle en a acheté il y a quelques mois, pour surveiller les populations d'aigles de mer dans le Trollfjord. Mais elle ne m'a jamais dit qu'elle comptait les utiliser pour choper les Gunnarsson.

– Il y en avait combien ?

– Trois, je crois.

– Tu as une idée de l'endroit où elle a pu en installer ?

– Désolée, non.

– Appelle-moi si tu as une idée.

Avec la flic, ils jetèrent un coup d'œil dans le bureau d'Åsa à la recherche d'indices, mais ne trouvèrent que les boîtes vides des caméras.

Où est-ce que tu as posé tes pièges ? se demanda Madsen. Son regard se porta sur la carte marine des Lofoten et il comprit.

– Barents ! s'écria-t-il. Elle a forcément utilisé Barents pour trouver le meilleur endroit où poser les caméras.

Il rappela Liv pour lui demander ses codes informatiques et ils utilisèrent l'ordinateur de l'accueil pour se connecter au site internet du réseau Barents. Une multitude de marqueurs s'affichèrent au milieu du Vestfjord : des signalements d'orques et de baleines, essentiellement.

– Voilà, maintenant, on retire les observations en mer et on ne garde que les échouages, marmonna Madsen.

La plupart des marqueurs disparurent, mais il en resta quand même plusieurs dizaines. Certains se trouvaient tout au bout de l'archipel.

– Elle a forcément placé les caméras près d'une carcasse fraîchement échouée, lança Lottie.

Madsen navigua dans les paramètres du logiciel pour qu'il n'affiche que les échouages observés dans les trois semaines précédant la mort d'Åsa.

– Quinze échouages, énonça-t-il. On se rapproche.

– Celui qui utilise le compte d'Agneta s'intéressait particulièrement aux bélugas, se souvint Lottie.

Madsen fit un tri par espèce.

– Deux animaux échoués. Un à Vindstad, mais je l'ai déjà vu. Ça m'étonnerait qu'Åsa ait mis une caméra là-bas.

– Et l'autre ?

– Il est près de Hopen.

– C'est loin ?

– Entre Henningsvær et Svolvær.

– C'est forcément là-bas ! s'exclama Lottie.

Madsen referma l'ordinateur.

– Il faut qu'on y aille tout de suite, décréta Madsen. Depuis que je suis ici, c'est comme si j'étais sous surveillance. Si ça se trouve, le type qu'on cherche est déjà en train de se rendre là-bas. Il ne faut pas qu'on perde une minute.

– OK, OK, répondit Lottie d'une voix nerveuse.

Ils sortirent. Elle s'était garée un peu en retrait du port. Madsen lança le GPS de son téléphone et ils roulèrent en direction de Hopen. Une vingtaine de minutes plus tard, ils arrivèrent aux abords d'une forêt.

– C'est là, dit Madsen.

Lottie se gara sur le bas-côté.

– D'après Barents, le béluga est à une centaine de mètres de l'autre côté.

On était en fin d'après-midi, et la lumière déclinait rapidement. Ils allumèrent la lampe de leurs téléphones. Lottie examina la neige aux alentours. Des empreintes partiellement recouvertes s'enfonçaient dans la forêt. Elle vérifia machinalement que son pistolet était bien dans la poche de son manteau. Une façon de se rassurer face à la forêt silencieuse et à ses souvenirs de la course-poursuite de la veille.

Elle suivit le journaliste, qui avançait prudemment devant elle. Bientôt, les berges du fjord apparurent dans la lumière vacillante de leurs torches. Le béluga s'y trouvait encore. Il mesurait moins de deux mètres et avait la peau gris foncé.

– C'est un baleineau, dit Madsen.

Elle passa la lumière sur sa peau. Des inscriptions y étaient gravées.

VILAINE PETITE CURIEUSE

Lottie réprima un frisson.

– Espérons que cette fichue caméra est bien là.

– Elle ne doit pas avoir une portée de plus de dix ou vingt mètres, répondit Madsen.

Il éclaira les arbres à proximité.

– Ici, dit-il en apercevant une sorte de gros boîtier harnachant un tronc d'arbre.

Il était peint d'un motif semblable au camouflage qu'utilisaient les militaires. Madsen détacha la sangle qui le maintenait attaché à l'arbre et examina l'appareil.

– Elle a forcément filmé ce type. On le tient ! s'enthousiasma Madsen.

Ils retraversèrent la forêt. Lottie la trouva encore plus lugubre maintenant qu'elle savait qu'un tueur l'avait arpentée, armé d'un couteau, pour aller scarifier le béluga. Qui avait pu se donner autant de mal pour camoufler des meurtres distants de centaines de kilomètres et faire toute cette mise en scène ?

Des phares. Les feux d'une voiture éclairèrent la lisière du bois. Instinctivement, comme deux animaux sentant un danger, Lottie et Madsen s'immobilisèrent. Le véhicule s'arrêta. Pendant d'interminables secondes, ils entendirent son moteur tourner, persuadés qu'une porte allait claquer et que quelqu'un allait descendre.

Puis la voiture repartit. Le conducteur ou la conductrice devait avoir trouvé bizarre de voir une voiture de location abandonnée sur le bas-côté.

– Bon sang, il m'a fait flipper, dit Madsen en accélérant le pas.

Une fois dans l'habitacle, ils examinèrent la caméra. Elle était munie d'un écran qui permettait d'observer ce qu'elle avait filmé. Elle s'était déclenchée à de nombreuses reprises à cause de la faune locale. Ils passèrent en revue les vidéos, jusqu'à trouver celle qu'ils cherchaient.

L'écran affichait la plage. On était de nuit et on apercevait à peine la carcasse du béluga.

Une silhouette s'en approcha.

– C'est lui, souffla Madsen.

L'individu était arrivé par le côté gauche, le long de la plage. La carcasse se trouvait à la limite du champ de vision nocturne de la caméra et on voyait mal les détails. Åsa n'avait pas pu l'installer plus près, faute d'arbre où accrocher l'appareil. D'après la carrure et la taille, c'était probablement un homme. Il portait un grand manteau rembourré, une paire de jeans et des bottes en caoutchouc. Sa capuche, ourlée de fourrure, était rabattue sur sa tête, si bien qu'on ne voyait pas son visage.

L'homme s'accroupit près de la bête, enfila des gants, puis un couteau apparut dans sa main droite. Il passa quelques minutes à taillader la chair avant de se relever.

– Allez, reviens vers nous, supplia Madsen.

L'inconnu nettoya la lame dans l'eau, puis repartit dans la direction d'où il était venu, sans jamais se tourner vers l'objectif de la caméra.

Madsen arrêta l'enregistrement.

– Bordel, jura-t-il entre ses dents. On ne voit rien !

– J'enverrai ça aux services techniques du Kripos, ils parviendront peut-être à en tirer quelque chose, tempéra Lottie.

Ils reprirent la route de Svolvær. Madsen jeta des coups d'œil inquiets dans le rétroviseur tout le long du chemin.

– Est-ce que l'allure de ce type te fait penser à quelqu'un ? demanda-t-elle.

Il fit non de la tête. La silhouette ne ressemblait ni à Ólafur, ni à Sven, mais de toute façon, ils n'étaient plus vraiment des suspects, maintenant. Il voyait mal les Gunnarsson aller tuer deux personnes au Svalbard pour une histoire de mutilations.

– Tout ça n'a aucun sens, murmura-t-il.

45

Vers dix-sept heures, Lottie déposa le journaliste chez Åsa. Il voulait inspecter les lieux à la recherche de pièges photographiques ou de cartes mémoire qu'elle aurait laissés derrière elle.

Elle se rendit ensuite au commissariat de Svolvær et demanda à voir Viggoh Strand pour lui parler de l'enquête sur la mort d'Åsa et de ses propres investigations au Svalbard. Elle s'installa ensuite dans un des bureaux du commissariat et envoya la vidéo qu'ils venaient de récupérer aux services informatiques du Kripos. Elle éplucha ensuite les fiches d'observation du réseau Barents, en particulier celles qu'avait récemment consultées la personne qui contrôlait le compte d'Agneta.

Lottie s'intéressa d'abord au béluga de Valberg. Il y avait un onglet qui présentait le rapport de nécropsie rédigé par Åsa. Elle le lut en diagonale, puis remarqua un champ d'information nommé « Remarques protégées ». Dans le guide d'utilisation du site, elle découvrit qu'il s'agissait de notes qu'une personne pouvait ajouter sans que ce soit partagé par les autres utilisateurs. Le compte de Karlson permettait cependant d'y accéder. Åsa y avait simplement écrit : *Contacter Anna Lene Birkeland.*

Le nom n'était pas courant. Elle l'entra dans un moteur de recherche. Les premiers résultats affichèrent des liens vers le site de l'université de Bergen. D'après une page qui lui était dédiée, Anna Lene Birkeland travaillait au département d'histoire naturelle ainsi qu'au musée qui dépendait de l'université.

Intéressant…

Le site proposait une visite virtuelle du musée. Lottie se balada un moment dans les salles d'exposition, jusqu'à tomber sur l'image d'une grande vitrine en bois. À l'intérieur, on avait installé deux mannequins de cire, une femme et un enfant à qui elle donnait le biberon. En dessous, un carton indiquait : « L'animal le plus dangereux de la planète ». Elle se demanda si le conservateur qui avait conçu le panneau parlait des humains en général ou des mères en particulier. Si on s'en prenait à sa fille, Lottie savait qu'elle pourrait probablement tuer.

Elle continua sa visite virtuelle jusqu'à arriver devant de lourdes doubles portes. Un panneau au-dessus indiquait « Hvalsalen ».

Le hall des baleines.

Plancher en bois, piliers à l'antique, hautes fenêtres en forme d'arches, un grand hall d'une soixantaine de mètres s'afficha à l'écran. Malgré sa taille, la pièce semblait exiguë, à cause des géants qui flottaient au plafond, de gigantesques squelettes de baleine suspendus flanc contre flanc, qui écrasaient les perspectives. Lottie s'abîma un instant dans la contemplation des léviathans du *hvalsalen*. Le plus grand des squelettes devait faire plus de vingt mètres et elle aurait pu se tenir dans sa cage thoracique sans avoir à baisser la tête.

Le numéro de téléphone de la professeure Birkeland figurait sur le site, et Lottie l'appela. Anna Lene Birkeland était encore au bureau, elle avait une voix douce et presque chuchotante. Lottie se présenta, puis lui demanda si elle connaissait Åsa Hagen.

– Bien sûr. Åsa et moi nous avons participé à un projet de livre, il y a quelques années. Elle travaillait sur Keiko et moi sur Jarle Kval.

– Attendez : qui sont ces personnes ?

Anna Lene Birkeland émit un gloussement amusé.

– Ce ne sont pas des « personnes ». Pas au sens où tu l'entends. Ce sont des mammifères marins. Avec Åsa on devait faire des espèces de « portraits » de cétacés pour ce livre. Keiko, c'était une orque. Le film *Sauvez Willie*, ça te dit quelque chose ?

Lottie acquiesça. Elle l'avait vu quand elle était gosse. Ça racontait une histoire d'amitié entre un jeune adolescent mal dans sa peau et une orque coincée dans un delphinarium vétuste qui refusait d'être dressée.

– Et Jarle Kval ?

– Une baleine de Cuvier. C'est un peu la star de notre musée. Jarle Kval s'est échouée dans l'île de Sotra il y a quelques années. Le département pour la conservation de la vie sauvage est intervenu pour essayer de la sauver, mais ça n'a pas marché et ils ont dû l'euthanasier. On n'observe pas de baleines de Cuvier d'ordinaire dans la région, alors le musée a décidé de collecter le squelette. Mais en faisant sa nécropsie, on a eu une drôle de surprise…

Tout en l'écoutant, Lottie avait repris sa visite virtuelle du musée. En quelques clics, elle était arrivée dans une salle d'exposition avec en son centre un espace où l'on avait suspendu des dizaines de sacs plastique de différentes tailles, des bruns, des bleus, des blancs. Si on se fiait aux mots imprimés dessus, ils provenaient de différents pays, parfois assez éloignés de la Norvège.

– Jarle Kval, c'est la baleine en plastique ! réalisa soudain Lottie.

La NRK avait fait un reportage sur le sujet quelques années plus tôt.

– Exactement. On a trouvé trente sacs à l'intérieur de son estomac et tout un tas d'autres résidus. On pense qu'elle les a pris pour des calamars. Ça occupait tout l'espace. Imagine ça un instant : ne plus pouvoir te nourrir parce que ton ventre est bourré de plastique.

Elle repensa à la femme en cire dans la vitrine. *L'animal le plus dangereux de la planète.*

– En Norvège, ça a ouvert les yeux à beaucoup de personnes sur la pollution plastique des côtes, poursuivit la conservatrice. Beaucoup d'associations se sont lancées dans des opérations de nettoyage et des actions de sensibilisation, en Norvège mais aussi dans le monde entier.

Tout cela était fort intéressant, mais elle n'avait pas appelé Anna Lene Birkeland pour tailler une bavette.

– J'ai vu qu'Åsa te mentionnait dans une des fiches d'observation du réseau Barents concernant un béluga dans les Lofoten, ça te dit quelque chose ?

– Bien sûr. Åsa se demandait si ce n'était pas Vladimir.

– Vladimir ?

Lottie réalisa alors que ce n'était pas d'un homme qu'Agneta et Åsa avaient parlé quand elles s'étaient rencontrées à Tromsø, mais d'un mammifère marin.

– Qu'est-ce qu'il a de particulier, ce béluga ? demanda-t-elle.

– On pense qu'il s'est échappé d'un centre d'entraînement militaire en Russie.

– Tu… tu plaisantes ?

Elle avait l'impression qu'Anna Lene Birkeland lui faisait une mauvaise blague.

– Pas du tout. D'ailleurs, son nom exact c'est « Hvaldimir ».

Lottie percuta tout de suite. *Hval.* Baleine, en norvégien. *Vladimir*, comme le prénom du président russe, Vladimir Poutine.

– L'utilisation de mammifères marins par l'armée est quelque chose de relativement bien documenté, poursuivit la conservatrice. Les Américains ont fondé dans les années 1960 le Navy

Marine Mammal Program, pour évaluer s'ils pouvaient utiliser des animaux marins à des fins militaires. À l'heure actuelle, ils utilisent toujours des grands dauphins et des otaries de Californie. Ils les entraînent dans la baie de San Diego.

Lottie n'en croyait pas ses oreilles. Elle regarda les photos du béluga de Valberg en pensant à Rozanov. Est-ce que le cétologue avait compris que c'était un animal perdu par l'armée russe ? Est-ce que c'était pour ça qu'on les avait assassinés, lui, Agneta et Åsa ?

– Hvaldimir était dressé pour tuer ? demanda Lottie d'une voix blanche.

L'enseignante eut un petit rire flûté.

– Non, ça c'est de la science-fiction. Ces animaux sont entraînés pour accomplir des missions de protection des ports, essentiellement. Avec leur sonar, les dauphins sont capables de détecter facilement des nageurs de combat. Ils utilisent l'écholocation pour repérer leur cible et ensuite, ils placent un marqueur. Ils peuvent aussi espionner : quand on l'a aperçu la toute première fois à Hammerfest, Hvaldimir était équipé d'un harnais sur lequel était écrit « Équipement de Saint-Pétersbourg ». On suppose qu'il servait à accrocher une caméra.

Anna Lene Birkeland lui envoya un lien vidéo. Lottie l'ouvrit. Des montagnes enneigées s'affichèrent à l'écran, l'eau bleue d'un fjord, puis les flancs d'un bateau de pêche. Soudain, une forme blanche apparut à la surface. La caméra pivota vers l'arrière du bateau. Un homme tenait un ballon de rugby dans les mains. Il le lança au loin.

Stupeur.

L'animal se dirigea vers la balle, l'attrapa dans sa bouche et la rapporta à l'homme comme un chien rapporterait une balle à son maître.

Lottie prit congé de la scientifique, puis lança une recherche sur Internet. Le Navy Marine Mammal Program existait vraiment. *Merde*. C'était vrai. Tout ce délire était vrai. Les Américains dressaient bien des animaux marins. Elle lut qu'ils travaillaient en eaux libres et que parfois, certains individus s'échappaient pendant les entraînements. Est-ce que c'était ce qu'il s'était passé avec le béluga abattu ? Apparemment, les Russes considéraient ces animaux comme plus adaptés aux manœuvres dans les eaux froides du cercle arctique.

Son téléphone émit une discrète vibration. Elle regarda l'écran. C'était une notification de la caméra de surveillance de la maison d'Åsa. Elle avait installé l'application pour jeter un œil, plus tard, aux vidéos dont lui avait parlé Madsen.

Effroi.

L'appareil venait de capter les images d'un homme sur le seuil de la porte. Il portait une grosse veste avec une capuche ourlée de fourrure.

Comme celui qui avait mutilé le béluga à Hopen.

46

Du bruit au rez-de-chaussée.

Madsen quitta le bureau d'Åsa et descendit voir d'où il provenait. Son sang se glaça quand il tomba sur un homme au milieu du salon, une arme à la main. Il le reconnut immédiatement.

– Askeladden, murmura-t-il.

L'indic de Kristian Möller… L'homme à la capuche, c'était lui… lui qui avait tiré sur le béluga, lui qui avait tué Åsa aussi, lui qui les avait manipulés, la flic et lui, pour qu'ils soupçonnent les Gunnarsson.

Sa tête lui tournait.

– Pourquoi ? demanda-t-il, la gorge serrée. Pourquoi tu as fait tout ça ?

– Les caméras, ordonna Askeladden d'une voix tranchante. Je sais que l'autre connasse en avait posé pour me choper. Où elles sont ?

Interdit, Madsen resta muet. Comment savait-il ?

– Je… je ne sais pas de quoi tu parles…

Askeladden s'avança vers lui et abattit violemment la crosse de son arme contre son crâne. Madsen tomba au sol. La douleur irradia dans tout son corps.

– Te fous pas de ma gueule ! hurla l'autre. Où elles sont ?

– Je… je n'en ai trouvé qu'une.

– Où ?

– À Hopen

– Comment tu l'as trouvée ?

– Avec le réseau Barents.

Le tueur lança des insultes dans une langue étrangère. Du russe ?

– Elle est où ? La caméra ?

Madsen réfléchit à cent à l'heure. C'était la flic du Svalbard qui avait la caméra et sa carte mémoire. S'il le disait à Askeladden, il allait l'abattre. Il fallait gagner un peu de temps. Mais pour quoi faire ? Personne n'allait venir…

Askeladden lui flanqua un coup de pied dans les côtes.

– Cherche pas à m'enfler. Elle est où ?

– Le rorbu, dit Madsen. La caméra est là-bas, avec mes affaires.

Le tueur désigna le couloir d'un geste de la tête.

– On y va. N'essaye pas de courir, sinon je te descends.

Madsen se leva péniblement et ils sortirent. Sur le perron, il regarda un instant en direction de la caméra de surveillance au-dessus de la porte. Askeladden était à visage découvert. Lui allait mourir, il le savait, mais au moins, cette fois-ci, on verrait le visage de ce salaud, se consola-t-il en avançant vers le jardin.

47

Lottie roulait trop vite sur la petite route côtière. Les flics de Svolvær, dans leur bagnole sérigraphiée, peinaient à la suivre. Elle sentit son téléphone vibrer. La caméra de surveillance de la maison s'était de nouveau déclenchée. Madsen apparut sur le pas de la porte, suivi de près par l'autre homme. Son cœur s'accéléra quand elle vit l'arme qu'il tenait dans ses mains.

Sa respiration s'emballa.

Pas encore.

Pas maintenant.

Elle se mordit si fort l'intérieur des joues qu'un goût métallique se diffusa dans sa bouche. Hors de question de flancher maintenant.

Hors de question.

48

Ils traversèrent le jardin en empruntant le chemin bordé de petits lampadaires qui menait au rorbu. Askeladden ne prit même pas la peine de lui ordonner de ne pas crier. On était au milieu de nulle part. Il pouvait gueuler autant qu'il voulait, personne n'entendrait rien.

Le tueur exigea qu'il lui donne son téléphone portable et le code pour le débloquer, puis pianota sur les touches tandis qu'ils avançaient, cramponnant toujours fermement l'arme de son autre main. Qu'est-ce qu'il était en train de faire ? Un message d'adieu bidon, comme avec Rozanov ?

– Arrête de traîner, lui lança Askeladden en lui appuyant son pistolet contre la colonne vertébrale.

Il accéléra. Arrivé devant le premier rorbu, Madsen sortit les clés de sa poche, ouvrit la porte et alluma. Son ventre se noua. Tout son corps se mit à trembler. Qu'est-ce qu'il allait faire maintenant ?

– Alors, c'est où ?

– Dans la chambre, je crois.

– Mets-toi contre le mur.

Il obéit. Askeladden inspecta la chambre du regard.

– Y a rien. Tu te fous de moi ?

Il pointa l'arme vers sa tête.

– Où est cette putain de caméra ?

– Elle est… la police. C'est la police qui l'a.

Une lueur homicide passa dans le regard d'Askeladden.

– Qu'est-ce qu'il y a sur l'enregistrement ? On me voit ?

Un soupçon d'inquiétude dans le fond de sa voix. Est-ce qu'il pouvait le raisonner ?

– On te voit, oui. Tu ferais mieux de te rendre.

Askeladden jura de nouveau en russe. Il commença à faire les cent pas en marmonnant.

– Pourquoi tu as tué tous ces gens ? Tu cherches à cacher quoi ? demanda Madsen.

– Ta gueule ! cria le tueur sans arrêter sa déambulation.

Madsen regarda la porte. Il pourrait l'atteindre avant qu'Askeladden ne tire. Et ensuite ? Ensuite rien. Il n'avait nulle part où aller.

Le tueur s'arrêta soudain.

– Dehors.

Askeladden l'obligea à marcher jusqu'au ponton à côté du rorbu. « Je peux arranger ça », répétait-il en boucle. Ils étaient presque arrivés au niveau de l'eau, quand l'assassin abattit l'arme sur son crâne.

49

Madsen perdit connaissance trois ou quatre secondes tout au plus, puis le contact de l'eau électrisa son corps. Le goût du sel et du sang envahit sa bouche. Askeladden lui maintenait la tête sous l'eau. Il commença à se débattre, à donner des ruades, puis poussa sur ses bras pour se relever. Ses doigts s'enfoncèrent dans le sable. Sa tête creva la surface une fraction de seconde, avant que le tueur ne la lui enfonce de nouveau dans l'eau glacée. À cheval sur lui, il pesait de tout son poids pour le maintenir sous l'eau. Madsen battit des mains, essaya de rouler sur le côté pour se dégager de l'étau, s'agita frénétiquement.

Suffocation. Panique.

L'air se raréfiait dans ses poumons. Il allait mourir là, noyé, comme Åsa.

Bouger, se débattre jusqu'au bout. Son cœur mitraillait dans sa poitrine. Il poussa sur ses jambes avec l'énergie du désespoir et réussit, au prix d'un effort surhumain, à déséquilibrer Askeladden, qui tomba sur le côté. Madsen se redressa, lutta pour respirer de nouveau, toussa, cracha.

Le tueur contre-attaqua rapidement. Askeladden se plia en deux, plongea vers lui, passa les mains derrière ses genoux et le projeta de nouveau dans l'eau. Cette fois-ci, il l'immobilisa en lui tordant le bras pour l'empêcher de bouger.

Apnée. Ses yeux s'ouvraient sur un néant glacé, les sons se réduisaient aux pulsations sourdes de son sang.

Une minute, peut-être deux. Il ne tiendrait pas plus longtemps. L'air filait au coin de ses lèvres. Il sentait les bulles d'oxygène glisser contre son visage, la texture rugueuse du sable contre son front.

Sa main libre toucha un objet dur et froid. À tâtons, il comprit que c'était l'arme du tueur. Askeladden avait dû la perdre quand il était tombé. Madsen l'attrapa. Ses doigts étaient malhabiles, engourdis. Mais il réussit à saisir la crosse, à passer son doigt dans la boucle de métal qui abritait la queue de détente. Il orienta le canon vers un des genoux d'Askeladden, appuya.

Rien.

Le tueur l'obligea à lâcher l'arme en le frappant violemment. Madsen poussa un cri de douleur qui vida ses poumons du peu d'oxygène qu'il lui restait. Le froid se diffusa dans tout son corps. Il lutta contre le réflexe impérieux d'ouvrir la bouche et de respirer.

La syncope.

Il allait s'évanouir.

Il allait…

50

Lottie bondit de la voiture à peine arrêtée. Au mépris de toute prudence élémentaire, elle franchit la porte d'entrée de la maison d'Åsa, l'arme à la main, et s'avança dans les pièces en la pointant devant elle. Arrivée à la moitié du salon, elle aperçut par les fenêtres les rorbuer au bout du jardin, la lumière était allumée dans l'une des deux. Elle traversa la pelouse enneigée, entendit des bruits étranges, des clapotis, des éclaboussements.

De l'autre côté des rorbuer, il y avait un ponton. L'homme à la capuche était en train de maintenir sous l'eau une forme indistincte. Avec horreur, elle comprit qu'il essayait de noyer le journaliste.

Elle tira en l'air.

L'homme lâcha Madsen et tomba sur le côté sous l'effet de la surprise.

– Je veux voir tes mains ! hurla-t-elle.

Il leva une main devant son visage.

– Calme-toi, je n'ai pas d'arme.

L'individu tâtonnait dans l'eau avec sa main droite, comme pour trouver un appui dans le sable humide. À côté de lui, Nils Madsen refaisait surface en crachant et en respirant bruyamment. Entre deux respirations, il trouva la force d'articuler une mise en garde :

– Pistolet… caché !…

L'inconnu sortit la main droite de l'eau. Il tenait un pistolet automatique. Une déflagration déchira l'air, puis une autre. L'homme lâcha son arme, s'effondra en arrière, la poitrine transpercée par deux balles.

51

Le ciel cotonneux au-dessus du Vestfjord était d'un gris profond et soyeux comme une plume d'animal quand Lottie Sandvik se gara près des séchoirs à morue de l'île de Kjeøya.

Au commissariat, on lui avait dit que Nils Madsen était parti marcher jusqu'à la digue après avoir fait sa déposition. Au terme de vingt-quatre heures sous surveillance médicale à l'hôpital, il avait ressenti le besoin de prendre l'air.

Des paquets d'eau explosaient en gerbes d'écume sur les rochers au pied de la statue de la femme de pêcheur qui marquait la sortie du port. Madsen l'observait, immobile sur la digue.

Il accueillit Lottie d'un signe de tête et ils restèrent un moment à regarder la colère de la mer, sans rien dire.

Ce fut lui qui brisa le silence le premier. Sa voix était encore très rauque, à cause de la tentative de noyade.

– Alors tous ces morts, c'était pour cacher la fuite d'un animal dressé par l'armée russe ?

La nouvelle tournait en boucle sur les chaînes d'information, des scientifiques avaient validé l'hypothèse, et pourtant, il trouvait ça toujours aussi dingue.

– Ouais. Et ce n'est pas le plus fou. Les services de renseignements sont en train de plancher là-dessus, mais il semblerait qu'il y en ait plusieurs.

Madsen tourna son regard vers Lottie, elle continua :

– Ton Askeladden. Son vrai nom, c'est Lubek Vlassenko. Les informaticiens du Kripos se sont rendu compte qu'il avait effacé des dizaines de fiches d'observation dans la base de données de Barents. Des animaux vus en train de jouer avec des plaisanciers ou des pêcheurs. Les observateurs pensaient que c'était Hvaldimir, mais en fait, il s'agissait la plupart du temps d'un de ses « compagnons d'armes ».

– Vlassenko travaillait pour l'armée russe ?

– Indirectement, comme mercenaire en quelque sorte. Il avait un casier long comme le bras. Attaques à main armée, coups et blessures, blanchiment, dix ans pour meurtre. Il bossait pour la pègre russe à Oslo. On a retrouvé sur ses comptes plus d'un million de couronnes versées depuis une banque au Kazakhstan.

Elle lui expliqua qu'Økokrim, l'unité centrale de lutte contre la criminalité économique et environnementale, essayait de remonter jusqu'à la source initiale du versement, mais qu'il y avait peu de chances que ça aboutisse à autre chose qu'une société bidon domiciliée dans un paradis fiscal.

– Vlassenko utilisait Barents pour retrouver les bélugas et les éliminer discrètement. Ça a bien marché, jusqu'à ce qu'une de ses victimes échoue sur la plage de Valberg et que ton amie décide d'enquêter. Comme elle ne lâchait pas l'affaire, il a essayé de la lancer sur une fausse piste. Il a découvert qu'elle était en conflit avec les Gunnarsson et a utilisé ça pour lui servir un coupable sur un plateau d'argent. Il savait où trouver des carcasses grâce à Barents. Il n'avait plus qu'à les mutiler pour faire croire qu'Ólafur ou Sven étaient derrière ça.

– C'est pour ça qu'il y avait des signes qui ressemblaient aux tatouages de Sven, commenta Madsen.

Elle confirma :

– Pas très subtil, mais ce n'était pas l'objectif. Il fallait que la « signature » des Gunnarsson soit le plus claire possible pour qu'elle les accuse.

– Mais ça n'a pas suffi, dit tristement Madsen. Åsa a continué de gratter. Et ce pourri a décidé qu'il fallait la tuer.

La houle cogna contre les rochers. Il attendit que le ressac se calme avant de reprendre :

– Ce que je ne comprends pas, c'est pourquoi il a essayé de se faire payer par Möller pour donner son témoignage. Ça n'a pas de sens.

– Au contraire. C'était plutôt une bonne idée. Il savait qu'Åsa serait tentée de payer. Et que Möller, lui, n'envisagerait jamais de verser la somme qu'il demandait. Ça rendait crédible son histoire. Åsa n'a pas dû se méfier. Je pense qu'il l'a d'abord mise sur une fausse piste en lui disant avoir vu Sven à Valberg. Et quand il a constaté que ça ne marchait pas, il a décidé de l'exécuter. Il a dû lui raconter qu'il se souvenait de quelque chose au sujet de Sven et lui donner rendez-vous près du pont.

– Et il l'a poussée à l'eau, dit Madsen d'une voix éraillée par l'émotion.

– Vlassenko devait faire en sorte que ça ressemble à un accident. Pour que personne ne pose de questions gênantes. Ce que tu as quand même fait. Il a essayé de te manipuler, comme elle auparavant. Quand il a compris qu'Åsa avait posé des caméras et que tu étais en train de les rechercher, il a décidé que tu devais disparaître, toi aussi, pour que la police ne retrouve pas son identité. À partir de là, il a dû improviser.

Madsen hocha la tête. Il connaissait la suite du plan de Vlassenko. Lorsqu'ils avaient traversé le jardin, le tueur à gages avait pris son téléphone portable pour envoyer un SMS à Ólafur Gunnarsson. Le message le menaçait de balancer des informations compromettantes sur son fils à la police s'il ne venait pas tout de suite chez Åsa. C'était pour ça qu'il avait essayé de le noyer plutôt que de lui mettre une balle dans la nuque. Pour faire croire que dans un accès de colère, le baleinier l'avait tué, comme Åsa avant lui. Le dernier chapitre, en quelque sorte, de l'histoire parallèle qu'il avait construite pour cacher ses crimes.

Madsen regarda la surface sombre du fjord. Les souvenirs de sa quasi-noyade affluèrent. Il les laissa circuler un instant, le temps qu'ils migrent vers l'endroit de son cerveau où s'enterraient tous ses souvenirs traumatiques.

– Et Agneta ? C'est bien à cause de sa thèse qu'il l'a tuée ?

Lottie confirma :

– On a pu mettre la main sur une copie de secours qu'elle gardait sur un disque dur chez ses parents. Elle avait réussi à retracer le chemin de Hvaldimir depuis la Russie grâce à Barents. C'est sans doute pour ça que Vlassenko l'a torturée : pour obtenir ses codes d'accès et s'assurer qu'elle n'avait pas parlé de ça à qui que ce soit d'autre.

– Et c'est là qu'elle lui a donné le nom de Rozanov. Comment il est entré dans l'équation ?

– On suppose qu'il l'informait sur le programme militaire russe. C'est la raison pour laquelle ils avaient prévu de se rencontrer à Pyramiden avec Agneta : c'était plus sûr qu'ils se voient loin de Barentsburg et de Longyearbyen. Les militaires ont dû se dire qu'ils faisaient d'une pierre deux coups en le tuant : ils se débarrassaient d'un mouchard et nous donnaient un coupable idéal. Ils ont sans doute menacé de s'en prendre à sa famille pour l'obliger à se taire, puis à rédiger des aveux et à avaler une dose mortelle de médicaments.

– Trois morts pour ça, maugréa Madsen.

– Le gouvernement russe nie que ces bélugas se soient échappés lors d'un exercice militaire. Et par conséquent être impliqué dans les meurtres.

Madsen secoua la tête.

– Askeladden était un simple exécutant. Il faut qu'on remonte jusqu'aux donneurs d'ordres.

– Ça nous dépasse, Nils. On ne saura jamais le nom de tous les gens impliqués dans cette histoire.

– Åsa serait allée jusqu'au bout.

Le journaliste avait le regard perdu sur l'horizon. Il lui fit penser à ces femmes de marin qui continuaient à guetter les voilcs au loin sur l'océan bien après qu'on leur avait annoncé la disparition en mer de leur époux. Elle comprit que prolonger l'enquête, c'était pour lui une manière de continuer à faire vivre Åsa.

Ils commencèrent à avoir froid et remontèrent vers sa voiture.

– J'oubliais. Les Gunnarsson. Ils ont reconnu avoir rejeté à la mer des mammifères protégés pris dans leurs filets. Plusieurs de leurs matelots ont déjà témoigné contre eux. Ils vont prendre de grosses amendes. Ton amie aurait apprécié, je pense.

52

Le lendemain, Madsen passait voir Lars, l'ex-mari d'Åsa, à Tromsø. Il n'y avait plus d'urgence. Wegner avait décidé d'envoyer quelqu'un d'autre en Ukraine pour le remplacer, vu la situation.

Lars avait promis à son fils qu'ils feraient une excursion en mer. Ils prirent un ferry sur le port, puis naviguèrent en direction du Kaldfjorden.

À l'avant du bateau, le gamin prenait des photos avec un gros appareil reflex, celui de sa maman.

– Il se passionne pour tout ce qui touche à la mer. Avant la mort d'Åsa, on arrivait à peine à le décoller de l'écran de son ordinateur. Maintenant, il passe son temps dehors à faire des photos. Il parle de reprendre le safari, plus tard.

– C'est pour ça que tu as confié la gérance à Liv ?

Il était passé la saluer avant de quitter les Lofoten. Elle avait longtemps hésité avant d'accepter la proposition de Lars.

– Après la mort d'Åsa, dit ce dernier, je ne voulais plus en entendre parler. C'était trop douloureux. Mais… mais elle aurait voulu que Nordland reste ouvert. Elle croyait qu'en montrant aux gens les animaux marins, on changerait petit à petit les mauvaises habitudes.

Lars se tourna vers lui, ému.

– Je voulais te dire merci, Nils. Sincèrement. Si tu n'avais pas été au bout de tout ça, j'aurais passé le reste de ma vie à m'en vouloir. Et lui aussi, il m'en aurait voulu, dit-il en regardant son fils. Parce qu'il aurait pensé que sa mère s'était tuée à cause de notre divorce.

Madsen hocha la tête. Il avait la gorge nouée. Lars lui donna une tape amicale dans le dos, puis partit rejoindre son fils à l'avant du bateau. Il l'entendit lui raconter comment les cachalots faisaient la marguerite.

Åsa aurait été heureuse de les voir comme ça.

53

Est-ce qu'il allait se montrer ?

On était le 8 mars et tout le monde l'attendait depuis octobre.

Le soleil.

C'était aujourd'hui qu'il devait revenir à Longyearbyen. Les enfants se serraient autour de l'escalier de l'hôpital en attendant de l'apercevoir. Lottie repéra sa fille au milieu de ses petits camarades. Impatiente, Lena sautillait dans la neige. Comme tous les autres gosses, elle avait enfilé son gilet de sécurité à bandes réfléchissantes et portait autour du cou une espèce de collier en tissu jaune censé représenter les rayons du soleil. C'était supposé inciter l'astre à se montrer, comme les chants qu'entonnait régulièrement la foule.

Le printemps était en avance. Lottie avait aperçu des eiders à tête grise dans le port. Les oiseaux migrateurs commençaient déjà à arriver. On avait encore les gros manteaux d'hiver, les bonnets, les écharpes, les gants et les bottes, mais déjà l'ambiance avait changé.

Midi passé. Un peu de brume coiffait les montagnes. Lottie espéra qu'elle ne resterait pas, pour ne pas gâcher la fête. Presque toute la ville était là. Une masse compacte d'hommes, de femmes et d'enfants. Lottie sentit la paume de ses mains la piquer. Elle allait avoir une crise, elle le savait. Elle n'essaya pas de lutter. Elle fit un petit signe à sa fille, se mit en retrait et alla s'asseoir, le temps que ça passe.

Elle se releva quand la cérémonie de remise du diplôme pour le « soleil de l'année » commença. Lena n'avait pas été sélectionnée, c'était le dessin d'un autre enfant qui avait été choisi, mais sa fille était malgré tout contente parce que c'était une copine qui avait remporté le concours.

La foule se mit de nouveau à chanter. Thor était en retard. Elle l'appela pour lui dire de se dépêcher. C'était leur dernière Solfestuka dans l'archipel. Elle avait annoncé à son boss, Jørn, qu'elle regagnerait le continent à la fin de l'été.

Le soleil se montra enfin. Pendant un court instant, il éclaira les visages, fit cligner les yeux. Chacun retrouva son ombre.

Son téléphone sonna. Nils Madsen. Elle n'avait pas eu de nouvelles du journaliste depuis leur discussion sur la digue de Svolvær, quelques semaines plus tôt.

– Toujours au Svalbard ? demanda-t-il.

– Pour l'instant, oui. Et toi ? Comment ça va à Oslo ?

– Je suis en Chine.

– Qu'est-ce que tu fais là-bas ? s'étonna-t-elle.

– J'ai trouvé les vrais coupables, Lottie.

Épilogue

Madsen raccroche, marche vers le delphinarium. Il a des proportions titanesques. Il inspecte les idéogrammes sur la façade, observe les gens, les familles. Il y a beaucoup d'enfants. Tous sont venus en avance pour le spectacle. Ils veulent être tout devant, au plus près des animaux. Certains ont prévu des ponchos en plastique pour éviter que leurs vêtements soient trempés quand les dauphins feront des cabrioles et des grands sauts qui inonderont les premiers rangs.

À l'intérieur, des centaines de personnes sont assises sur les gradins, les yeux rivés sur le grand bassin central. Des ballons en forme de dauphins, d'orques et d'otaries flottent dans l'air. Les enfants sont surexcités.

Madsen scrute longuement la salle, trouve le visage qu'il cherchait. Un poids se lève de sa poitrine. Il est bien là. Il ne s'était pas trompé. Il repère une place libre à côté de lui. Il pensait au départ l'attendre à la sortie. Il change d'avis et décide d'aller s'asseoir à côté de Christopher.

L'Américain se fige.

– Nils, qu'est-ce que…

Il ne finit pas sa phrase. Madsen imagine ce qui se passe dans sa tête. Ça fait plusieurs semaines qu'il a quitté les

Lofoten. La police avait tout mis sur le dos d'Askeladden. Le surfeur se pensait à l'abri.

Autour d'eux, les spectateurs ne remarquent pas ce qui se joue. Leurs regards sont magnétisés par le bassin.

– Je suis là pour te faire une proposition, lance Madsen.

L'Américain se lève.

– Je ne suis pas intéressé.

– La prison des baleines, dit Madsen. Je l'ai retrouvée.

Christopher se rassoit aussi vite qu'il s'est levé. Des dresseurs arrivent, en tenue de plongée mauve. La musique est si forte qu'elle fait légèrement vibrer les rambardes en Plexiglas. On se croirait dans une boîte de nuit.

– Quand on y pense, dresser un animal pour la guerre ou pour faire un spectacle aquatique, c'est la même chose, non ? C'est en tout cas ce que se sont dit les responsables du delphinarium militaire de Sébastopol dans les années 1990.

Des dauphins entrent dans le bassin. Premiers cris de joie dans le public. Les animaux jouent avec une balle.

– C'était là-bas que l'armée russe formait l'essentiel des mammifères marins qu'elle employait dans ses rangs, continue-t-il. Quand l'URSS s'est effondrée, le pays est entré dans une grave crise économique et les dirigeants du centre se sont subitement retrouvés avec des animaux parfaitement dressés mais qu'ils ne pouvaient plus entretenir. Alors ils ont eu l'idée de vendre quelques bêtes à des delphinariums civils. Tout était à vendre dans les pays de l'ex-URSS à l'époque, pourquoi pas des dauphins ? Ça a tellement bien marché qu'ils ont fini par quitter l'armée pour se mettre à leur compte et vendre des bélugas, des orques et des dauphins aux delphinariums américains. Quand les États-Unis ont commencé à durcir leurs lois sur les delphinariums, ils se sont tournés vers le marché chinois.

Mal à l'aise, Christopher se dandine sur son siège.

– Entre 2018 et 2019, nos anciens militaires ont acheté des terrains dans la baie de Nakhodka, dans l'Extrême-Orient russe. Là-bas, ils capturaient des bélugas et des orques et les retenaient dans des enclos flottants en attendant de les vendre à leurs clients chinois. Tout allait pour le mieux, jusqu'à ce que des écologistes découvrent les bassins et lancent une grande campagne pour faire fermer ce qu'ils appelaient « la prison des baleines ».

Les tours s'enchaînent. Les gens sourient. Les animaux bondissent hors de l'eau, font des saltos. Quand quatre dauphins sautent à l'unisson, un grand « Woaaaa » parcourt la salle. Les adultes sont redevenus des enfants.

– Le président lui-même, Vladimir Poutine, se mêle du dossier. Il ordonne de mettre fin à la vente des cétacés à l'étranger et fait relâcher les animaux. Quatre-vingt-dix bélugas et onze orques. Une perte financière abyssale. Ça se vend combien, déjà, une orque ?

Christopher ne lui répond pas. Il insiste :

– Je sais que tu es ici pour négocier la livraison de plusieurs mammifères. Ça fait des semaines que j'enquête sur ton business.

L'Américain avale péniblement sa salive.

– Deux… deux à dix millions de dollars pour les orques. Les bélugas, c'est deux cent cinquante mille.

Madsen hoche la tête. C'était à peu près les tarifs qu'on lui avait présentés.

– Cent millions de marchandise perdue. Un sacré coup dur. Les anciens du delphinarium de guerre ont contracté des dettes auprès d'individus peu fréquentables pour concevoir la prison des baleines et ils doivent les rembourser. Alors ils ont fait ce qu'ils savaient faire : ils ont créé une nouvelle prison, cette fois-ci dans l'Arctique, pas très loin de la frontière norvégienne. C'est là que tu interviens.

Madsen plante son regard dans celui de l'Américain.

– Ils ont besoin de personnes de confiance pour dresser leurs animaux. Ils pourraient les vendre sans les entraîner, mais ils gagneraient beaucoup moins d'argent. Alors ils t'appellent. Dans les années 2010, tu prêtais tes talents à des delphinariums américains. Tu étais dresseur. Jusqu'à ce que tu assistes à un accident.

Nouveaux cris joyeux dans la foule. Un dresseur se tient debout sur le dos d'un béluga.

– Une orque qui n'avait jamais eu de problèmes, poursuivit Madsen. Tu travaillais avec elle depuis des mois. Mais un jour, pendant l'entraînement, elle prend le bras d'une soigneuse dans sa gueule, la descend au fond de l'eau, la remonte à la surface, puis recommence plusieurs fois avant de la relâcher. Le supplice dure trente minutes. La soigneuse s'en sort vivante, mais traumatisée. Le delphinarium lui propose un arrangement financier pour qu'elle se taise. Il faut que les animaux continuent à faire rêver les enfants. Elle accepte. Toi aussi, on achète ton silence, avec une prime et un nouveau poste, bien rémunéré, loin des bassins. On te confie les achats et le transport des animaux pour l'ensemble des delphinariums du groupe. Tu allais chercher les bélugas directement en Russie. C'est là que tu es entré en contact avec tes futurs employeurs.

Christopher soupire.

– Il y a un an, commence-t-il d'une voix lasse, j'ai reçu un appel d'un des Russes avec qui je travaillais à l'époque. Il avait besoin de dresseurs pour monter une structure, pas loin de Mourmansk. Des personnes de confiance. Il m'a donné des parts dans sa société. Vingt pour cent. J'ai accepté.

– Vingt pour cent d'un business à cent millions de chiffre d'affaires. Pas mal. Comment les bélugas que tu dressais se sont-ils retrouvés dans la nature ?

– Une tempête. Des animaux se sont barrés des enclos et ont gagné la haute mer. Les Russes étaient furieux, mais on se faisait assez de fric pour absorber facilement la perte.

– Sauf qu'un jour, un de vos bélugas a fini par atterrir en Norvège. Hvaldimir.

L'animatrice invite les spectateurs à applaudir. Un message s'affiche sur l'écran géant qui surmonte le bassin, en chinois et en anglais.

Nous rappelons à tout le monde d'aimer la nature et de protéger l'environnement.

– Les Russes ont commencé à péter les plombs, explique Christopher. On avait des dizaines de Hvaldimir dans la nature, et si quelqu'un comprenait que ces bélugas s'étaient échappés de nos bassins, c'était la fermeture et la taule assurées. Ils arrosaient pas mal de gens pour protéger leur business, mais si les militaires ou Moscou foutaient leur nez là-dedans, ils étaient finis. Ils m'ont envoyé en Norvège pour que je règle ça. J'utilisais le réseau Barents pour retrouver les bélugas et les abattre.

– Comme à Valberg.

– Ouais. Et s'il n'y avait pas eu cette tempête, ce fichu béluga ne se serait pas échoué sur la plage. Et tout serait comme avant.

– Tu as tué Åsa ? demande Madsen d'une voix tremblante.

Christopher le regarde, sent sa colère, baisse les yeux.

– Non. J'ai tout fait pour éviter qu'elle meure. Les autres voulaient la buter dès le début, mais je leur ai dit que je pouvais brouiller les pistes. J'ai trouvé un job dans une agence pas loin de la sienne et j'ai commencé à l'espionner. J'ai appris qu'elle était en conflit avec les Gunnarsson. Spontanément, elle s'est mise à les accuser pour le béluga. Alors j'ai eu l'idée de mutiler des carcasses pour entretenir ses soupçons, en me disant qu'au bout d'un moment, elle finirait par passer à autre chose

– Mais elle n'a pas lâché. Et on t'a demandé de la tuer.

– J'ai refusé. Je suis pas… je suis pas un assassin. Je devais juste descendre des animaux. Pas des gens. C'est Vlassenko qui l'a fait. Au départ, il m'aidait juste à brouiller les pistes. Mais les Russes lui ont ensuite demandé de tuer Åsa et les autres. J'étais contre, mec, il faut vraiment que tu me croies.

– Mais tu savais qu'ils allaient la tuer. Tu connaissais même le jour exact. C'est la raison pour laquelle tu as passé la nuit avec Liv. Pour te fournir un alibi.

L'Américain semble se ratatiner sur sa chaise.

– Coucher avec elle te permettait aussi de surveiller Åsa. Tu as fait un double de ses clés. C'est pour ça qu'il n'y avait pas de traces d'effraction dans mon rorbu, le soir où j'y ai retrouvé les têtes de morue.

C'était le détail qui l'avait poussé à poursuivre ses investigations. Lubek Vlassenko ne pouvait pas être à Valberg et saccager le rorbu à Svolvær au même moment.

– À l'heure où je te parle, des dizaines d'ONG, de fonctionnaires et de politiciens russes sont en train de recevoir un message dans leur boîte mail leur expliquant exactement où se trouve la prison des baleines. En d'autres termes, toi et tes associés vous êtes finis.

Christopher blêmit.

– Ce qui te laisse deux options. Option un : tu m'accompagnes à l'ambassade et tu fais des aveux complets.

– Pour passer le reste de mes jours en prison ? Tu plaisantes…

– Vingt et un ans. C'est la peine maximale en Norvège.

– Et l'autre option, c'est quoi ?

– Tu retournes en Russie et tu fais face aux conséquences de tes actes là-bas. Je sais que tes associés t'ont dégoté un passeport russe quand tu as commencé à bosser avec eux, donc tu dois te dire que ça vaut le coup de te faire la belle là-bas. Je ne pense pas que les Chinois t'en empêcheront. Mais laisse-moi juste te rappeler une chose. La prison des baleines va fermer. Les animaux que tu as dressés vont être relâchés dans la nature. Il y en avait pour combien, cette fois-ci ? Cent cinquante, deux cents millions ? Quand ceux qui ont financé le business de tes camarades vont comprendre qu'ils ne sont pas près de revoir leur argent, je ne donne pas cher de leur peau. Ni de la tienne.

– Pourquoi tu me laisses le choix, si tu es si sûr que je vais me faire descendre en Russie ? demande Christopher, suspicieux.

– Åsa. Elle aurait voulu qu'on aille au fond des choses. Je veux les noms de tous ceux qui ont participé à ce trafic pourri. Tous les rouages de la machine.

Madsen se lève.

– Mon taxi est dehors. Je vais t'attendre vingt minutes. Passé ce délai, tu te débrouilles tout seul pour survivre.

Il tourne les talons. Des phoques entrent en scène. Ils font semblant de faire claquer leurs nageoires, comme pour applaudir. Un dresseur jette une bouteille à l'eau et un des phoques se précipite pour la ramasser. La voix de l'animatrice résonne : « *Pensez à ne pas jeter de sacs plastique à l'eau, les animaux peuvent les confondre avec des méduses et les avaler !* »

Madsen a la nausée. Il sait que quelque part dans les sous-sols, il y a une pièce où l'on parque les phoques malades dans des bassins insalubres. Des animaux à la peau gangrenée, rendus aveugles par les éclairages criards et les flashs des appareils photo des spectateurs.

Il s'en va. Dehors il fait chaud. Il remonte l'esplanade en face du delphinarium, passe devant des statues d'orques à la peinture écaillée. Tout est neuf, et pourtant tout semble déjà partir en poussière. Il rejoint son taxi.

Vingt minutes passent. Il se concentre sur les portes du delphinarium. Le spectacle est terminé. Les familles descendent l'esplanade. Il cherche le visage de Christopher, l'aperçoit enfin, au milieu de la foule. Leurs regards se croisent. Il comprend que l'Américain a décidé de se rendre.

Il pense à Åsa et sourit.

– On va à l'ambassade de Norvège, lance-t-il au chauffeur.

Note de l'auteur

Ce livre est une œuvre de fiction, bien sûr, mais certains des éléments les plus extravagants de prime abord sont inspirés de faits réels.

Ainsi, la baleine en plastique, Keiko et surtout Hvaldimir sont des animaux ayant réellement existé. Au moment de la rédaction de ce roman, le béluga fréquente toujours les côtes norvégiennes et ses origines sont encore débattues : baleine-espion ? animal échappé d'un delphinarium ?

Frost est décédée peu de temps avant la fin de ce roman. Elle n'a jamais tué personne à ma connaissance.

La Réserve mondiale de semences du Svalbard existe.

La « prison des baleines » a existé, elle a été fermée grâce à l'action d'ONG russes. Elle servait à alimenter les delphinariums chinois.

L'existence des programmes militaires russes et américains faisant intervenir des mammifères marins est attestée par de nombreuses sources. Le delphinarium militaire de Sébastopol a fermé dans les années 1990. D'après certains témoignages, on y formait des dauphins de combat. L'Institut de biologie marine de Mourmansk entraînerait toujours des animaux marins à des fins militaires.

Remerciements

L'idée d'une « enquête » sur la mort d'un dauphin m'est venue pendant une sortie en mer sur un des bateaux de l'association AL LARK, à Cancale. Merci Gaël, pour ton amitié.

Merci, Caroline, pour ta patience, ton professionnalisme et ta compréhension. Merci à toute l'équipe d'Albin Michel pour son travail.

Je remercie le *chief superintendent* de m'avoir accueilli à Longyearbyen et d'avoir répondu à mes questions.

Merci aux libraires et aux lecteurs qui me suivent.

Merci mes collègues, à mes amis et à ma famille pour leur soutien tandis que j'étais immergé dans ce roman.

DU MÊME AUTEUR

DE BONNES RAISONS DE MOURIR, Albin Michel, 2019 ; Le Livre de Poche, 2021

TROP DE MORTS AU PAYS DES MERVEILLES, Le Rouergue, 2016 ; Le Livre de Poche, 2023

Composition : Nord compo
Impression : Imprimerie Floch, août 2023
Éditions Albin Michel
22, rue Huyghens, 75014 Paris
www.albin-michel.fr
ISBN : 978-2-226-48486-4
N° d'édition 25505/01 – N° d'impression : 102969
Dépôt légal : septembre 2023
Imprimé en France